CHV

James Lasdun

DIE JAGD AUF DAS EINHORN

Roman

Aus dem Englischen von
Renate Orth-Guttmann

Carl Hanser Verlag

Die Originalausgabe erschien erstmals 2002
unter dem Titel *The Horned Man*
bei W. W. Norton in New York.

5 4 3 2 1 06 05 04 03 02

ISBN 3-446-20215-3

Satz: Satz für Satz. Barbara Reischmann, Leutkirch
Druck und Bindung: Friedrich Pustet, Regensburg
Printed in Germany

1

An einem Nachmittag zu Beginn dieses Winters nahm ich in einem Augenblick müßiger Neugier ein Buch aus dem Regal in meinem Büro und fing an, darin zu lesen. Das Buch hatte sich von selbst aufgeschlagen, weil zwischen den Seiten ein flachgedrücktes Stück Papiertaschentuch lag, das offenbar als Buchzeichen gedient hatte. Nach wenigen Sätzen wurde ich unterbrochen; es hatte geklopft. Widerstrebend – die Sätze erschienen mir interessant – klappte ich das Buch zu, wobei ich das Lesezeichen ließ, wo es war, und stellte es ins Regal zurück.

Am nächsten Morgen nahm ich den Band wieder zur Hand, um dort weiterzulesen, wo ich aufgehört hatte, mußte aber feststellen, daß das Lesezeichen nicht mehr an der gleichen Stelle war. Beim Blättern fand ich meinen Text dreißig Seiten vorher. Entweder hatte ich das Buchzeichen versehentlich selbst an eine andere Stelle gelegt, oder ein nächtlicher Besucher hatte in meiner Abwesenheit in dem Buch gelesen. Ich entschied mich für die erste als die wahrscheinlichere Erklärung, auch wenn ich es merkwürdig fand, daß ich ein Lesezeichen um dreißig Seiten nach vorn verlegt hatte, ohne es zu merken.

Nachmittags erzählte ich Frau Dr. Schrever davon, als ich auf der karminroten Couch ihres kleinen Sprechzimmers in der West Eighty-Sixth Street lag. Sie hörte sich meine Geschichte wie gewöhnlich schweigend an, und ich fragte, ob es sich vielleicht um einen Fall von *Parapraxis* handele – Freuds

Begriff für Gedächtnislücken, Versprecher und andere im Alltagsleben auftretenden harmloseren Verdrängungen.

»Vielleicht habe ich es selbst an eine andere Stelle gelegt, ohne es zu merken.«

»Glauben Sie das wirklich?« fragte Dr. Schrever.

»Ich weiß nicht. In dem Fall wäre wohl die nächste Frage, warum ich es getan habe.«

Dr. Schrever sagte nichts.

»Sie glauben, daß ich den Text absichtlich vor mir versteckt habe, weil er mich irgendwie beunruhigte?«

»Glauben Sie das?«

»Möglich wäre es.«

Wir redeten noch eine Weile hin und her, kamen aber nicht recht weiter und wandten uns anderen Themen zu.

Und als ich das nächstemal mein Büro betrat, interessierte das Geheimnis des wandernden Lesezeichens mich schon nicht mehr.

Ein paar Tage später kam mit der Hauspost meine dienstliche Telefonrechnung. Bei flüchtiger Durchsicht der aufgelisteten Gespräche – fast alles Verbindungen mit meiner Privatnummer in New York – entdeckte ich eine Vorwahl, die mir unbekannt vorkam. Ich überlegte noch, wen ich unter dieser Nummer wohl angerufen hatte, als ich sah, daß der Anruf um zwei Uhr morgens erfolgt war, zu einer Zeit, zu der ich mich noch nie im Büro aufgehalten hatte.

Die Vorstellung, ein Unbekannter könne Zugang zu meinem Büro haben und es mitten in der Nacht zum Telefonieren aufsuchen, war einigermaßen ungemütlich. Ich hatte nichts zu verbergen, aber dank dieser Einmischung kam mir der nichtssagende Raum samt seinem Teppichboden, den Stahlschreibtischen und Aktenschränken vorübergehend fremd vor, als verstecke er etwas vor mir.

Bis dahin hatte ich mir noch nie Gedanken darüber gemacht, wem die Bücher in den Regalen gehörten, wessen Akten im Schrank lagen oder wessen Computer dort plastikverhüllt auf der Platte des klobigen Schreibtischs an einer der Längsseiten des Zimmers stand. Wenn einem so ein Büro zugewiesen wird, liegen dort immer die gleichen Gegenstände herum – Bücher, Akten, Briefe, Einladungen zu Vorträgen, abgegriffene Cartoons aus dem *New Yorker*, häufig ein Paar Handschuhe, ein Schirm ... die Überbleibsel früherer Benutzer, Dinge, denen die Zeit und der Staub all das genommen haben, was an einen lebendigen Menschen erinnern könnte.

Doch als ich jetzt die Telefonrechnung auf meinem Schreibtisch ansah, kam mir der Gedanke, daß mein Besucher, der einen Schlüssel gehabt haben mußte (ich schloß immer ab, wenn ich das Zimmer verließ), möglicherweise einer dieser früheren Benutzer war.

Andererseits teilte ich mir ja vielleicht das Zimmer ganz legitim und offiziell mit einem Kollegen, der an anderen Tagen zum Dienst kam. Vielleicht hatte nur niemand daran gedacht, mich von dieser Regelung in Kenntnis zu setzen.

Auf dem Weg zur Mittagspause fragte ich Amber, unsere Praktikantin, so beiläufig wie möglich, ob außer mir noch jemand Zimmer 106 nutzte.

»Nein.«

Sie sah mich an, als erwarte sie eine nähere Erklärung. Ich tat nichts dergleichen und fragte, ob sie wisse, wer das Büro vor mir gehabt hatte.

»Ja. Das war Barbara.«

»Barbara?«

»Barbara Hellermann. Warum?«

»Ich ... es sieht so aus, als ob sie hier ein paar Sachen vergessen hätte.« Über das Lesezeichen und die Telefonnummer mochte ich mich nicht näher auslassen.

Amber streifte mich mit einem eigenartigen Blick.

»Ja ... Kann schon sein. Sie wissen doch, was mit ihr war?«

»Nein.«

»Sie ist tot.«

»Oh.«

Ehe ich weiterfragen konnte, meldeten sich die Vorzeichen eines Übels, das mich seit Antritt dieser Stelle im Herbst plagte – ein unberechenbarer und peinlicher Hang zum Erröten. Inzwischen war diese Heimsuchung für mich – wie es auch bei Schlaflosigkeit der Fall ist – zu einem sich selbst verewigenden Problem geworden. Die Angst zu erröten führte zu einer ständigen Bereitschaft zum Rotwerden, wobei schon die leiseste gedankliche Abschweifung, bewußt oder unbewußt, die Blutgefäße erweitern konnte. Ehe es losging, spürte ich, wie es mir innerlich einen Ruck gab, und ich wußte genau, ohne daß ich etwas dagegen tun konnte, daß mir jetzt gleich eine glühende rote Woge vom Hals über Kinn und Wangen bis in die Stirn steigen würde. Ich hätte mir schon einen Bart wachsen lassen, wenn meine Gesichtsbehaarung nicht so hell und dürftig wäre.

Ich bedankte mich kurz angebunden bei Amber und ging rasch weg. Nachdem ich ihr Kraftfeld verlassen hatte, zog sich der Befehl zum Rotwerden zurück, und ich setzte meinen Weg über den Gang, der aus unserem Gebäude ins Freie führt, frisch erblaßt fort.

Es schneite, als ich von der U-Bahn-Station die Central Park West hochging. Die großen Flocken waren noch so spärlich, daß ich jede einzelne im Vorbeiwehen wahrnahm, doch präsentierte sich der Himmel in einem unheimlichen Hämatomblau, als wolle er jeden Augenblick mit dem Schnee Ernst machen.

In den Fenstern ging das Licht an, als ich am Dakota Building vorbei in die Gegend kam, die ich irgendwen mal den Therapiebezirk hatte nennen hören. Schon fielen die Flocken dichter. Die Bäume an Dr. Schrevers Straße hatten sich plustrige Schneeflocken an den Spitzen ihrer lilafarbenen Zweige eingefangen – eine geisterhafte, in der dunkelnden Luft fast durchscheinende Blütenpracht. Durch das heftiger wirbelnde Weiß sah ich eine Gestalt auf mich zukommen, eine Frau in dicker Jacke mit taubenblauem Schal und einem schwarzen Rock, der dem Glanz nach wohl aus Leder war.

Als sie näher kam, merkte ich, daß ich gedankenverloren ihre Figur musterte, ein primitiver Reflex, gegen den ich schon lange ankämpfte, bei dem ich mich aber immer wieder einmal ertappte. Ihre Beine waren schlank und wohlgeformt, die Hüften bewegten sich in der glänzenden Hülle schwungvoll und geschmeidig. Ich spähte durch die Schneeschleier, um ihr Gesicht zu erkennen, und sah zu meiner Überraschung, daß es Frau Dr. Schrever war.

Ich war für meinen Termin bei ihr zu früh dran, so daß es mich eigentlich nicht hätte wundern müssen, sie auf der Straße anzutreffen. Trotzdem verunsicherte mich die Begegnung (ich hatte sie noch nie außerhalb des Sprechzimmers zu Gesicht bekommen). Sie lächelte mir zu, wir grüßten uns und gingen unserer getrennten Wege. Am Ende der Straße drehte ich mich um und sah, daß sie die Allee überquert hatte und in Richtung Central Park ging.

Um die nächste halbe Stunde totzuschlagen, setzte ich mich auf einen Kaffee in einen Schnellimbiß an der Amsterdam Avenue. In meiner Nische dachte ich über die Begegnung nach. Hatte Dr. Schrever gemerkt, daß ich sie gemustert hatte? Der Gedanke beunruhigte mich. Sie hatte mich wiederholt gefragt, ob ich sexuell etwas für sie empfände, und ich hatte das nachdrücklich verneint. Tatsächlich hatte ich mir, obwohl ich bei den ersten Sitzungen ihr gegenüber auf einem Stuhl gesessen und nicht wie jetzt auf der Couch gelegen hatte, nie ein auch nur annähernd deutliches Bild von ihrer Körperlichkeit gemacht. Sie hatte ziemlich kurzes dunkles Haar, dunkle Augen, glatte Haut. Alles andere an ihrer Erscheinung war, wenn ich sie mir vor Augen zu rufen versuchte, verschwommen und unbestimmt. Vom Alter her konnte man sie ebensogut für eine erfahrene Dreißigjährige wie für eine gut erhaltene Fünfzigerin halten. Ihre Kleidung hatte ich nie wahrgenommen, hätte ihr aber wohl eine Neigung zu Lederröcken nicht zugetraut.

Mir wurde klar, daß sie in ihrer Eigenschaft als meine Therapeutin in sexueller Hinsicht für mich off limits war, daß sie aber, reduziert auf ein anonymes weibliches Wesen, durchaus begehrenswert sein konnte.

Diese beiden Aspekte hatten sich, als ich sie durch den Schnee auf mich zukommen sah, voneinander getrennt. Ich rief mir wieder ihre Gestalt vor Augen, versuchte die unbeschwerte, sinnliche Eleganz zu erfassen, die sie ausstrahlte, ehe ich begriff, wer sie war. Ich spürte, wie sich unverkennbar Lust in mir regte. Und dann kam mir ein völlig verrückter Gedanke: daß sie sich in der Zeit zwischen zwei Sitzungen den Lederrock anzog, um Männer aufzureißen und gegen Geld mit ihnen Sex im Park zu haben. Wenn ich jetzt hinging und nachsah, würde ich sie, ein Knie provozierend angezogen, blaß und diskret fröstelnd an einem Zedernholzpfosten des Laubengangs finden, der zum See führte …

Ich trank meinen Kaffee aus, las eine Zeitung und ging die beiden Blocks zu ihrem Haus. Im Sprechzimmer sah ich, daß sie sich umgezogen hatte. Jetzt trug sie einen braven Faltenrock aus Tweed, dicke braune Wollstrumpfhosen und Hausschuhe. Sie wirkte ziemlich distanziert, ja fast bedrohlich.

Ich legte mich auf die Couch und wandte mich ab. Einen Moment scheute ich fast davor zurück, ihr zu erzählen, was mir gerade durch den Kopf gegangen war, aber bei einem Stundenhonorar von hundert Dollar konnte ich es mir nicht leisten, mit etwas womöglich Aufschlußreichem hinter dem Berg zu halten.

»Nachdem ich vorhin auf der Straße an Ihnen vorbeigegangen war«, fing ich an, »habe ich mich in einen Schnellimbiß gesetzt und überlegt, warum Ihr Anblick mich so in Verwirrung gestürzt hat, und da ist mir dann unversehens dieses Hirngespinst in den Sinn gekommen ...«

Ich schilderte meine Gedanken, Empfindungen und Vorstellungen. Dabei hörte ich das Kratzen ihrer Feder in der Kladde, in der sie sich immer hektisch Notizen machte, während ich redete. Mir kam der Gedanke, daß diese Kladde sehr viel vertrauliches Material über mich enthielt, und ich überlegte, ob sie es unter bestimmten Umständen wohl Dritten zugänglich machen würde. War sie an eine Schweigepflicht oder so etwas wie einen hippokratischen Eid für Therapeuten gebunden? Und was band eigentlich mich an sie, abgesehen von dem Honorar, das ich ihr zahlte und das ich – nicht ohne Unmut, wie ich jetzt begriff – auf dem offenkundig teuren Lederrock hatte glänzen sehen?

Meine Ausführungen hatten offenbar mehr Zeit in Anspruch genommen, als ich dachte; mir schien, als hätten wir gerade erst angefangen, über meine Phantasievorstellung zu sprechen, in der sie fremde Männer im Park anmachte, als ein leiser Summton signalisierte, daß Dr. Schrevers nächster Patient eingetroffen war.

Als ich aufstand und gerade gehen wollte, musterte mich Frau Dr. Schrever einen Augenblick fast befangen.

»Ich war mir nicht sicher, ob ich es Ihnen sagen sollte«, fing sie an, »aber nach reiflicher Überlegung halte ich es für besser. Sie seien auf der Straße an mir vorbeigegangen, sagen Sie. Aber ich habe den ganzen Nachmittag dieses Zimmer nicht verlassen.«

Ich sah sie sprachlos an.

»Als Sie kamen«, fuhr sie fort, »hatte ich einen anderen Patienten. Sie müssen gesehen haben, wie er ging, als Sie im Wartezimmer saßen.«

Jetzt fiel mir ein, daß ich ihn tatsächlich gesehen hatte – einen Mann mit trauriger Miene, der an diesem Wochentag immer seinen Termin vor mir hatte –, aber ich war so fest davon überzeugt gewesen, vor einer halben Stunde Frau Dr. Schrever begegnet zu sein, daß mir gar nicht in den Sinn gekommen war, aus seiner Anwesenheit etwas zu folgern, was diese Begegnung in Zweifel gezogen hätte. Ich hatte ihn gesehen, ihn aber offenbar nicht zur Kenntnis genommen.

»Vielleicht stört es Sie, daß ich noch andere Kunden habe?« fragte sie und sah mir direkt ins Gesicht.

»Patienten, meinen Sie?«

»Wenn Sie so wollen …« sagte sie mit einem angedeuteten Lächeln, und ich begriff, daß sie scherzhaft auf meine Phantasievorstellung angespielt hatte, wohl um die Verlegenheit, die ich deshalb vielleicht empfand, mit einer Prise Humor zu entschärfen, wofür ich ihr dankbar war.

Trotzdem machte mir der Gedanke, daß ich mich so getäuscht haben sollte, sehr zu schaffen, und als ich wieder in Richtung Park ging, wo der Schnee jetzt in dicken Strängen auf den schwarz glänzenden Zweigen und Ästen lag und Baum für Baum gewissenhaft in Weiß nachzeichnete, überlegte ich, wer wohl die Frau war, die mich auf der Straße angelächelt und gegrüßt hatte.

Ohne mir viel dabei zu denken, ging ich zu dem Durchgang hinüber, wo ich sie im Park hatte verschwinden sehen, und lief sogar ein Stück den Weg hinunter, der sich in Richtung See schlängelte.

An der Biegung stand eine kleine rustikale Schutzhütte. Ich warf einen Blick hinein, wohl halb und halb in der Hoffnung, die Frau dort zu sehen. Natürlich war sie leer. Ich blieb einen

Augenblick stehen und sah zu, wie die Schneeflocken sich in dem schwarzen Wasser auflösten, auf oder unmittelbar unter dem noch große Eisschollen trieben.

Dann ging ich nach Hause.

Als ich das nächstemal in meinem Büro saß, bemühte ich mich, die Frage zu lösen, ob es wirklich Grund zu der Vermutung gab, daß ich einen ungebetenen Gast hatte. Das wandernde Lesezeichen kam mir nicht mehr besonders rätselhaft vor, und in Anbetracht des Irrtums, der mir bei Frau Dr. Schrever unterlaufen war, fragte ich mich jetzt, ob ich mich bei der Durchsicht der Telefonrechnung vielleicht nicht hinreichend konzentriert hatte. Möglicherweise hatte ich die fragliche Nummer doch angerufen, hatte vergessen, wessen Anschluß es war, und mich in der auf dem Ausdruck angegebenen Zeit vertan. Vergeblich suchte ich nach der Rechnung. Wahrscheinlich hatte ich sie nach Überweisung des Rechnungsbetrags weggeworfen, und den Papierkorb hatte die Putzfrau inzwischen ausgeleert.

Doch bei meiner Suche registrierte ich zum erstenmal bewußt den Inhalt des Zimmers. Bisher war ich noch nicht auf den Gedanken gekommen, eine Bestandsaufnahme zu machen. Wozu auch nur eine Sekunde auf Gegenstände verschwenden, bei denen von tatsächlichem Benutztwerden oder Besitzen so wenig die Rede sein konnte, daß sie inzwischen kaum mehr als verstaubte Erinnerungen ihrer selbst waren? Jetzt aber war meine Neugier geweckt, und ich machte mich daran, eine Inventarliste zu erstellen.

Schwarzgebeizte hölzerne Stühle und Bücherregale, beigefarbene Wände, grauer Teppichboden, graue Türen, ein stählerner Aktenschrank mit vier Schüben, auf dem ein Hewlett-Packard-Drucker hockte; die beiden wuchtigen Schreibtische an dem vergitterten Fenster, auf einem ein Dell-Desktop-Computer, auf dem anderen eine riesige Heftmaschine. In einem geöffneten Karton eine Kaffeemaschine für fünf bis sieben Tassen; mein hölzerner Schreibtisch, um dessen Beine sich Kabel ringelten, mit einem Häufchen Styroporflocken unter dem Sockel, bis zu dem der Staubsauger der Putzfrau nicht reichte.

Hinter einer Tür, die ich noch nie geöffnet hatte, fand sich eine Kammer, auf deren Fußboden ein ordentlich zusammengeklappter Ventilator überwinterte. Auf einem Haken hing an einem Drahtbügel Kleidung in einer Plastiktüte von der chemischen Reinigung unter einer braunen Damenbaskenmütze ... die vielleicht der verstorbenen Barbara Hellermann gehört hatte? Ich machte die Tür zu. Auf dem Fensterbrett standen ein paar gewellte und verblaßte Grußkarten. Ich klappte sie auf und sah, daß es sämtlich Grußbotschaften an Barbara von ihren Studenten waren: »Danke dafür, daß Sie Sie sind.« »Ihre Großzügigkeit und Ihr Verständnis werden immer in mir wachbleiben.« Eine Uhr in Form einer Sonnenblume stand auf einem Blechregal neben mehreren bunt glasierten, laienhaft getöpferten Bechern. Auch wenn all diese Gegenstände an sich nicht sehr interessant waren, fand ich es aufschlußreich, daß ich sie bisher überhaupt noch nicht registriert hatte. Auf einem zweiten Regal stand eine Bronzeschale mit Kieseln, einem Stück Quarz, einem Fichtenzapfen, einer angelaufenen Münze, die sich bei näherer Betrachtung als ein bulgarisches Geldstück entpuppte, einem Schlüsselring und einer Elsterfeder. An der Wand hingen ein gerahmter Druck – ein Stilleben von Matisse –, ein kleines Pinnbrett aus Kork mit einem alten Stundenplan und daneben ein quadratisches Blatt mit unregelmäßigen Rändern, das nach handgeschöpftem Papier aussah und auf dem in goldenen Druckbuchstaben das folgende Zitat stand:

»Ich möchte etwas Herausragendes machen. Etwas Heroisches oder Wundervolles, was nicht in Vergessenheit gerät, wenn ich tot bin.

Ich denke, ich werde Bücher schreiben.

Louisa May Alcott.«

Die Decke war aus weißen Lochplatten und durch ein Leck in einer Ecke gelb verfärbt. Licht spendeten drei plastikverkleidete Neonröhren.

Die Inspektion war beendet, ohne daß sie meine Neugier erheblich befriedigt hätte. Jetzt dachte ich an Barbara Hellermann. Ich stellte mir vor, wie sie hereinkam, ihre Baskenmütze und die Sachen aus der Reinigung an den Haken hängte, einen munteren Blick auf ihre Karten und ihr erbauliches Zitat warf, die Kaffeemaschine für fünf bis sieben Tassen aus dem Karton nahm, um Kaffee für ihr Seminar zu kochen, und die getöpferten Becher bereitstellte. Ein sanftmütiges, arbeitsames Geschöpf, sagte mir mein Gefühl. Ich stellte sie mir als ältere Dame vor und hoffte, daß sie einen friedlichen Tod gehabt hatte.

2

In der gleichen Woche nahm ich an einer Sitzung des Ausschusses für Fragen sexueller Belästigung teil. Daß ein Neuzugang wie ich in dieses Gremium berufen wurde, war ungewöhnlich, aber ich war in einer früheren Stelle in Louisiana im Disziplinarausschuß gewesen und hatte dadurch Erfahrungen gemacht, die man meinte, hier gebrauchen zu können, so daß man den Platz, der zu Semesterbeginn frei geworden war, mir angeboten hatte.

Ich hatte nicht sofort akzeptiert, denn ich wußte sehr wohl, wieviel Feindseligkeit man zu gewärtigen hat, wenn man so eine Aufgabe übernimmt. Anläßlich eines Picknicks auf dem Collegegelände in Louisiana hatte ein Professor gehört, wie ein Student eines höheren Jahrgangs etliche Erstsemester vor den »chiggers« warnte – kleinen Milben, die sich unter die Haut bohren und in dieser Gegend eine verbreitete Plage sind –, und war unbedacht mit einem törichten Bonmot herausgeplatzt. »Die Biester heißen jetzt nicht mehr ›chiggers‹«, hatte er lachend erklärt, »die müssen wir jetzt ›chegroes‹ nennen.«

Es dauerte nicht lange, bis die Studenten die unter der geistreichelnden Replik lauernde rassistische Häme erkannt hatten, und die Party war noch nicht zu Ende, als ihre Beschwerde beim Studentenrat einging. Die Sache kam vor den Disziplinarausschuß, und wir befanden einstimmig, daß es sich bei diesem Scherz um einen Sprechakt handelte, der eine implizite Verachtung für die Empfindlichkeiten von Studierenden aus

Minderheiten zum Ausdruck brachte. Der Professor wurde gebeten, sich schriftlich zu entschuldigen, aber statt dessen hatte er gekündigt – eine Reaktion, die in der Lokalpresse einen Publicitywirbel auslöste. Wochenlang hatte man die Mitglieder des Disziplinarausschusses – einschließlich meiner Wenigkeit – als fanatische Anhänger der neuen Lehre politischer Korrektheit an den Pranger gestellt. In Anbetracht des niedrigen Niveaus der beteiligten Presseorgane – ganz zu schweigen von ihrer extrem reaktionären Einstellung zu allen gesellschaftlichen Fragen – war das nicht so peinlich, wie es klingen mag, sondern verhalf einem sogar zu dem Gefühl, man sei für eine gerechte Sache zum Märtyrer geworden, aber für mich war es trotzdem keine erfreuliche Erfahrung gewesen, und die Vorstellung, daß sich hier am Arthur Clay College so etwas womöglich wiederholen könnte, war nicht gerade verlockend.

Letztlich ausschlaggebend war dann die Tatsache, daß ich als Dozent für Geschlechterforschung – einem Fach, in dem ich die Studierenden in der Wissenschaft zu unterweisen hatte, wie man den genetischen Code von Vorurteilen, falscher Objektivität und verderblichen sexuellen Klischees entschlüsselt, der die Bausteine für so viele unserer kulturellen Denkmäler geliefert hat – die ethische Verpflichtung hatte, meine intellektuellen Grundsätze auch auf den Bereich realer menschlicher Beziehungen zu übertragen, wo diese verborgenen Codes voll ihre vernichtende Wirkung entfalten, oder mich zumindest einem solchen Ansinnen nicht zu verweigern. Entweder war es meine ehrliche Überzeugung, daß das, womit ich meinen Lebensunterhalt verdiente, im wirklichen Leben verankert war, oder alles, was ich tat, war nur Zeitverschwendung.

Natürlich wußte ich, daß die Arbeitsweise solcher Ausschüsse inzwischen in populären Theaterstücken und Romanen mit Hohn und Spott überschüttet wird, aber als meine Entscheidung zur Mitarbeit einmal feststand, merkte ich, daß mich das nicht mehr störte als die Reaktion der Presse in Louisiana, zumindest nicht so sehr, daß ich mich um das gedrückt hätte, was ich als meine Pflicht betrachtete. Hier war ich aufgerufen, vorzutreten und Zeugnis abzulegen.

In zwei Monaten war eine »Woche zur Bewußtmachung sexueller Belästigungen« geplant, und zu Beginn der Sitzung legten die beiden Studentenvertreter Vorschläge für Events zum Thema »Hol dir die Nacht zurück«, Seminare über »Dein Freund – dein Vergewaltiger«, eine Tagung über Sprachcodes und einiges mehr vor.

Nachdem wir dafür gestimmt hatten, diese Vorschläge zu unterstützen und zu finanzieren, verließen die Studenten den Raum, und wir machten uns an die Erörterung einer »delikaten Angelegenheit«, wie Roger Freeman, unser Vorsitzender, sich ausdrückte. Dabei ging es um einen jungen Dozenten, der angeblich sexuelle Beziehungen zu mehreren Studentinnen geknüpft hatte. Formelle Beschwerden waren bisher offenbar noch nicht eingegangen, aber wenn man den umlaufenden Gerüchten glauben durfte, war das nur noch eine Frage der Zeit.

Der betreffende Dozent, ein gewisser Bruno Jackson, Engländer wie ich, war sich der Regeln, die bei so einem Verhalten zur Anwendung kamen, sehr wohl bewußt. Wir hatten beide Anfang des Jahres das für alle neuen Lehrkräfte obligatorische Seminar für Probleme sexueller Belästigung absolviert. Dort hatte uns Elaine Jordan, die College-Anwältin (die ebenfalls dem Ausschuß angehörte), die Notwendigkeit ständiger Wachsamkeit und Selbstprüfung ans Herz gelegt. Sie hatte uns geraten, bei Besprechungen mit Studierenden beiderlei Geschlechts die Türen unserer Büros weit geöffnet zu lassen. Sie legte uns nahe, unsere Schreibtische auf unabsichtlich anzügliche Gegenstände hin zu überprüfen, die sensible Studierende kränken oder verunsichern könnten. Als Beispiel nannte sie einen australischen Gastdozenten, der das Wort »Ramses« –

den Markennamen eines Kondoms – an die Tafel geschrieben hatte. Zwei oder drei Besucher seiner Veranstaltungen hatten sich daran gestört, weil sie darin eine australische Form von Anmache witterten. Als der Mann vor unseren Ausschuß zitiert wurde, zeigte er sich überrascht und behauptete, es handele sich um eine türkische Zigarette gleichen Namens, die er für einen Freund in New York hatte besorgen sollen, und er habe sich den Namen als Gedächtnisstütze auf der Tafel notiert. Nach dem Motto »Im Zweifel für den Angeklagten« verzichtete man auf einen dienstlichen Verweis, aber sein Vertrag war nicht verlängert worden. »Und nehmen Sie bitte zur Kenntnis«, hatte Elaine hinzugefügt, »daß diese Dinge in Ihrer Personalakte verbleiben. Für immer.«

Dann hatte sie uns vor den Gefahren gewarnt, die eine Diskussion des Themas Sex in unseren Seminaren mit sich bringe. »Daß sie sich nicht immer vermeiden läßt, liegt auf der Hand, aber gehen Sie sensibel damit um. Manche Studierende finden es peinlich, besonders wenn sie meinen, daß eine Lehrkraft unnötig auf dem Thema herumreitet. Wir bekommen häufig Beschwerden über Lehrkräfte, die ständig nach dem sexuellen Symbolwert eines Gedichtes oder einer Erzählung suchen ...«

An dieser Stelle hatte Bruno Jackson sie unterbrochen. Ich hatte bereits gemerkt, daß er auf Elaines Ausführungen weitgehend mit schlecht verhehlter Verwunderung und sarkastischer Ungläubigkeit reagiert hatte, als erlebe er so etwas hier zum erstenmal, was in Anbetracht der Berufserfahrungen, die wir beide schon in verschiedenen Stellungen gesammelt hatten, eher unwahrscheinlich war. Ich selbst hatte, seit ich sieben Jahre zuvor aus England in die USA gekommen war, schon zahlreiche Fassungen zu dem Thema gehört und ließ derlei Vorträge inzwischen mit demselben Gleichmut über mich ergehen wie etwa die Demonstration der Sicherheitsvorkehrungen durch eine Flugbegleiterin vor dem Start.

»Moment mal«, hatte er in einem Ton gesagt, der vor streitbarer Ironie nur so triefte, »soll das heißen, daß ich eine Diskussion über sexuelle Metaphorik in den Büchern, die ich behandele, einfach abwürgen soll?«

Elaine sah ihn überrascht an. Sie betrachtete sich als unsere Verbündete, als Vermittlerin überlebenswichtiger Informationen, und es traf sie sichtlich, daß er sie zur Gegenseite rechnete.

»Nein, das soll es nicht heißen.« Ihr Blick huschte besorgt und hilfesuchend durch den Raum. »Ich sage nur, daß ihr sensibel vorgehen müßt.«

Ich nickte energisch, und ein, zwei meiner Kollegen taten es mir nach.

»Die Kids haben es nicht gern, wenn man sie in Verlegenheit bringt«, fuhr Elaine fort. »Denken Sie daran, wie jung sie sind, manche noch nicht mal in den Zwanzigern ...«

»Soso«, hatte Bruno gesagt. »Dann nenne ich mal ein Beispiel: Diese Woche spreche ich über Jane Austen. *Mansfield Park*. Da gibt es diese Szene, in der einer jungen Frau irgendwas zwischen Sitz und Sofalehne fällt. Sie schiebt die Hand in die Ritzen zwischen den Polstern und tastet danach. Es ist alles sehr pointiert und für mich ein nur dürftig verschleiertes Bild weiblicher Masturbation. Wollen Sie sagen, daß ich das irgendwie beschönigen soll?«

Elaine, die sich inzwischen wieder gefaßt hatte, sah ihn offen an. »Ich versuche ja nur«, sagte sie, »Sie auf die möglichen Folgen bestimmter Handlungsweisen aufmerksam zu machen. Es ist nicht meine Aufgabe, Ihnen vorzuschreiben, wie Sie Ihre Seminare halten sollen. Das können nur Sie selbst beurteilen.«

»Somit wäre das ein Veto für Masturbation bei Jane Austen«, hatte Bruno grinsend festgestellt und sich umgesehen, als erwarte er verständnisinniges Lächeln. Ich hatte seinen Blick gemieden, und soweit ich das beurteilen konnte, hat keiner von uns – weder Mann noch Frau – ihn in irgendeiner Weise ermutigt.

Nach der Sitzung hatte ich Elaine dazu gratuliert, wie sie mit der Situation fertig geworden war, und sie hatte sich überschwenglich bedankt. Wir unterhielten uns eine Weile, ich weiß nicht mehr, worüber, erinnere mich aber, daß ich bei mir dachte, sie sei doch verletzlicher und gefühlsbetonter, als man nach ihrem einigermaßen farblosen Aussehen vermuten konnte.

Wenn ich an Brunos Verhalten zurückdenke, ist mir klar, daß man kein Prophet hätte sein müssen, um die Schwierigkeiten vorauszusagen, die sich jetzt über seinem Haupt zusammenbrauten.

Roger Freeman, unser Vorsitzender, war klein, adrett und um die Fünfzig, hatte blitzende blaue Augen und eine weiße Mähne. Seine Redeweise war nüchtern und so flüssig, als stünden die Worte schon lange, ehe er sie aussprach, auf Abruf bereit, als gäbe er nur seine Seite eines Gesprächs wieder, das bereits stattgefunden hatte.

»Folgendes muß meiner Ansicht nach geschehen«, fing er an. »Erstens müssen wir inoffiziell mit diesem jungen Mann reden und ihm die Chance geben, zu klären, was hier läuft. Zweitens ...«

Mir als dem neuesten Ausschußmitglied fiel die Aufgabe zu, bei diesen Sitzungen Protokoll zu führen. Ich war ein gewissenhafter Schriftführer, und in meinem Eifer, alle Diskussionsbeiträge festzuhalten, begriff ich den Inhalt häufig erst nach der Sitzung. Zum Beispiel registrierte ich den Namen »Trumilcik«, der in den nächsten Wochen immer wichtiger für mich werden sollte, erst später, als ich mein Protokoll auf Lesbarkeit hin kontrollierte, ehe ich es der Fachbereichssekretärin zum Schreiben gab.

Auf gar keinen Fall dürfen wir die Dinge so weit kommen

lassen, hatte Roger meinen Aufzeichnungen zufolge gesagt, *daß wir einen zweiten Trumilcik am Hals haben.*

»Wer ist Trumilcik?« fragte ich Marsha, die Fachbereichssekretärin.

»Bogomil Trumilcik? Gott im Himmel! Weshalb wollen Sie denn über den was wissen?«

Ich lächelte. »Das werden Sie sehen, wenn Sie das hier gelesen haben.« Ich reichte ihr das Protokoll.

Marsha war eine stattliche Frau mit einer volltönenden Stimme.

»Er war Gastprofessor, irgendein Lyriker oder Romancier aus Rumänien oder Bulgarien oder aus dieser Ecke. Ein gräßlicher Kerl. Einfach gräßlich.«

»Was hat er denn getan?« Amber sah von ihrem Schreibtisch an der Längsseite des Zimmers auf. Weil ich mich nur zu gut erinnerte, wie ich neulich beinahe rot geworden wäre, vermied ich es, sie anzusehen, war mir aber ihrer Präsenz sehr bewußt – der Schlafzimmeraugen, der kurzen orangeroten Haare, die sich in weichen fedrigen Strähnen auf dem Nacken teilten, der sommersprossigen und unnatürlich blassen, fast silbrigen Haut. Ich gestand mir ein, daß diese junge Frau allmählich eine gewisse Wirkung bei mir hervorrief, und da ich es vorziehe, mich mit derlei Dingen auseinanderzusetzen, statt sie unter den Teppich zu kehren, nahm ich mir vor, mir Gedanken darüber zu machen, welcher Art genau diese Wirkung war, und mir eine angemessene Reaktion zurechtzulegen.

»Fragen Sie lieber, was er nicht getan hat«, sagte Marsha gerade. »Praktisch alle Frauen in seinen Seminaren hat er angemacht. Und als sich endlich jemand über ihn beim Präsidenten beschwert hat, war ihm das nicht etwa peinlich, sondern er ist total ausgeflippt. Hier draußen auf dem Campus. Unglaublich, wie er sich aufgeführt hat. Es war eine schauderhafte Szene.

Den Präsidenten hat er angebrüllt, mit den wüstesten Schimpfnamen um sich geworfen, die Studenten haben zurückgebrüllt ... Einfach schauderhaft. Schließlich ist er kreischend und brüllend wie ein Wahnsinniger die Mulberry Street heruntergerannt.«

»Was ist aus ihm geworden?«

»Er ist nie wiederaufgetaucht. Sie mußten sich nach einem anderen Dozenten für seine Seminare umtun.«

Die wahre Bedeutung von Marshas Geschichte ging mir erst auf, als ich wieder in meinem Büro war. Ich wollte mich gerade an meinen Schreibtisch setzen, als mein Blick auf die Bronzeschale fiel, die auf einem der schwarzgebeizten Regale stand, und mir die bulgarische Münze einfiel, die ich darin gesehen hatte.

Ich ging zu der Schale, um mir die Münze noch einmal anzusehen. Die Kiesel waren noch da, das Stück Quarz, der Fichtenzapfen, der Schlüsselring und die Elsterfeder. Aber die Münze war verschwunden. In Anbetracht meiner Schnitzer und Ausfälle in letzter Zeit neigte ich zunächst dazu, den Fehler wieder bei mir zu suchen. Entweder hatte es überhaupt nie eine Münze gegeben und ich hatte mir die Erinnerung daran ausgedacht, oder aber es gab die Münze, und ich hatte sie hinter meinem eigenen Rücken verschwinden lassen.

Die erste Möglichkeit schien unvorstellbar. Ich erinnerte mich ganz genau an die physische Beschaffenheit der Münze: auf der einen Seite der Kopf irgendeines Würdenträgers mit hoher Stirn, auf der anderen die Weintraube, die kyrillischen Buchstaben, die ich mit Hilfe der paar Brocken Griechisch, die mir von der Schule her noch im Gedächtnis geblieben waren, entziffern konnte. Ich meinte noch die Münze in meiner Hand zu spüren, die praktisch gewichtslose silbergraue Legierung, die kaum etwas Metallisches an sich hatte, sondern sich eher wie Plastik ausnahm. Wie hätte ich mir eine so lebendige und detaillierte Erinnerung ausdenken können? Ausgeschlossen! Was die Möglichkeit betraf, daß ich mich selbst der Münze entledigt hatte, mußte ich einräumen, daß dies zwar weit hergeholt, aber im Hinblick darauf, daß ich möglicherweise das Lesezeichen an eine andere Stelle gelegt und die Telefonnummer falsch gelesen hatte – ganz zu schweigen von dem zweifelsfreien Irrtum im Falle Dr. Schrever –, durchaus denkbar war. Aber welchen Grund sollte ich dafür gehabt haben – zumal ich es hätte tun müssen, *ehe* ich von Trumilcik gehört oder zumindest erfahren hatte, daß er vielleicht Bulgare war? Mit Bulgarien verband ich nichts, und ich konnte mir beim besten Willen nicht vorstellen, wieso ich eine Münze vor mir selbst hätte verstecken wollen. Es war völlig unlogisch.

Und doch konnte ich mich noch immer nicht so ganz mit dem Gedanken anfreunden, daß jemand in meinem Büro gewesen war und sie mitgenommen hatte.

Einigermaßen ratlos machte ich mich auf den Weg zum Bahnhof, für den ich zu Fuß zehn Minuten benötigte.

Der Schnee der letzten Woche war fast vollständig weggetaut, nur im Schatten von Mauern und Hecken lagen noch ein paar Flecken rußgesprenkeltes Weiß. Bei der Gestaltung des Campus hatte man sich bemüht, den Eindruck ländlicher Idylle zu erwecken, obschon er mitten in einer tristen Stadt lag, die ihrerseits Teil der sich nördlich und westlich von New York erstreckenden lückenlos bebauten Fläche war. Gegründet hatte die Hochschule zu Beginn des zwanzigsten Jahrhunderts ein ortsansässiger Zuckerkaufmann zum Gedenken an einen geliebten Neffen, Arthur Clay, der jung gestorben war und dessen Namen das College trug. Etwas von dem Zufälligen seiner Entstehung (wäre der Junge nicht gestorben, gäbe es das College vermutlich nicht) haftete ihm immer noch an, ungeachtet der mächtigen schattigen Bäume und der neugotischen Bauwerke mit den dicken Mauern. Besonders im Winter, wenn der

Verkehrsstrom und die nahe gelegenen Sozialsiedlungen nicht durch Blattwerk verdeckt waren, spürte man, wie dürftig, fast wesenlos die romantische Illusion – ein Mittelding zwischen Landgut und mittelalterlichem Sitz der Gelehrsamkeit – sich ausnahm, die das College zu vermitteln suchte.

Auf dem Parkplatz sichtete ich Amber, die in ihrem üblichen schlafwandlerischen Tempo in Richtung Mulberry Street schlenderte. Da ich noch nicht dazu gekommen war, mir Gedanken über ihre Wirkung auf mich zu machen, befleißigte ich mich ersatzweise einer vielleicht beklagenswerten, aber für einen Mann in meiner Stellung leider unverzichtbaren Zurückhaltung. Ich hielt es nicht für geraten, daß man uns zusammen beim Verlassen des Campus beobachtete, wollte aber andererseits nicht unhöflich erscheinen, indem ich sie einfach überholte, und verhielt deshalb den Schritt, so daß zwischen uns ein paar hundert Meter Abstand blieben. Infolgedessen verpaßte ich meinen Zug und mußte auf den nächsten eine halbe Stunde warten.

Diese Zeit galt es totzuschlagen. Ich mag es nicht, wenn ich nichts zu tun habe. Ich ging bis zum Bahnsteigende und wieder zurück und sah auf meine Uhr: Eineinhalb Minuten waren vergangen. Vage Unruhe – ein vertrautes Gefühl – überkam mich. Das vor mir liegende Geviert an Zeit schien sich zu verdichten, wurde zu einer zähen, undurchdringlichen Leere. Ich wollte nicht an das denken müssen, woran ich unweigerlich in diesen Leerzeiten dachte. Auf dem Bahnsteig gegenüber kuschelten sich fünf frierende Tauben auf einer vom Regen verzogenen Reklametafel aneinander, auf dem die Werbung eines Fußpflegers stand: *1-800 – Warum leiden? 1-800 – Schmerz ade.*

Trumilcik … der Name regte sich wieder in meiner Erinnerung. Ich sah ihn *kreischend und brüllend wie ein Wahnsinniger* die Mulberry Street hinunterrennen. Wohin? Zum Bahnhof? Hatte er wie ich hier gestanden und auf einen Zug nach Manhattan gewartet? Und dann? Hatte er seine Koffer gepackt und die nächste Maschine nach Bulgarien genommen?

Eher unwahrscheinlich. Ich war kaum einem Gastarbeiter in diesem Land begegnet, der auch nur die mindeste Absicht hegte, freiwillig in seine Heimat zurückzukehren. Der Verstand hat einen Horror vor jedem Vakuum. In dem absoluten Vakuum, als das sich mein Wissen über Bulgarien darstellte, verbreitete sich nun jenes eine Detail, auf das ich jüngst gestoßen war, nämlich die Münze. Ich sah ihr plastikähnliches Material vor mir, die bläßliche Farbe (als habe man alle Kaufkraft aus ihr weggewaschen), die gedrungenen, wie verkrüppelt wirkenden Buchstaben, das fade, aufgeblasene Gesicht auf der einen Seite, die Traube mit den unglaubhaft kreisrunden Weinbeeren auf der anderen ... Und es schien mir äußerst unwahrscheinlich, daß ein Mann, der all dies hinter sich gelassen hatte, aus freien Stücken dorthin zurückkehren würde, wenn es sich irgend vermeiden ließ.

Ich stellte mir vor, wie sich Trumilcik spätnachts in mein Büro schlich. Ich sah ihn an meinem Schreibtisch sitzen, in dem Buch lesen, das ich vom Regal genommen hatte, telefonieren ... Ich sah ihn die Münze aus der Bronzeschale nehmen. Dabei wurde mir sonderbar unbehaglich zumute, doch als ich versuchte, eine Erklärung für dieses Unbehagen zu finden, hatte sich die Empfindung – zu schwach, um einer Prüfung standzuhalten – schon verflüchtigt.

Sechseinhalb Minuten ... Ein Expreß sauste wie ein Geschoß durch den Bahnhof und versetzte die Luft in Schwingungen. Die Tauben flogen gemeinsam auf, plusterten sich ein wenig und ließen sich dann wieder an der gleichen Stelle nieder, als meinten sie, es sei ein Gebot der Höflichkeit, so ein Ereignis zur Kenntnis zu nehmen.

Auf dem Bahnsteig war ein Münztelefon. Ich hatte bisher

seinem blinzelnden Glitzern widerstanden, merkte aber jetzt, daß ich langsam darauf zuging. Dabei sah ich mich die Nummer meiner Frau wählen. Ich hörte sie hallo sagen und mich beiläufig fragen, wie es ihr so ging, erklären, daß ich gerade an sie gedacht hätte, stellte mir vor, wie ich wartete, ob sie ein gemeinsames Abendessen vorschlagen würde, und hörte mich, nachdem ich begriffen hatte, daß nichts dergleichen geschehen würde, freundschaftlich-spröde adieu sagen in dem Bewußtsein, daß die Leere dieses Abends bitterer sein würde denn je.

Laß es sein, sagte ich mir, während ich mich dem Telefon näherte. Sag dir lieber, daß sie, hätte ich angerufen, vielleicht ausnahmsweise wirklich das Abendessen vorgeschlagen hätte. Dann kannst du dir beim Essen mit Fug und Recht vorstellen, sie säße dir gegenüber.

Aber ich hielt weiter Kurs auf das Telefon.

Ich war nur noch einen knappen Meter entfernt und ergab mich meiner Schwäche mit jener Resignation, mit der man einem Laster nachgibt, als auf dem Bahnsteig eine munter schwatzende bunte Gruppe erschien. Bis auf eine Ausnahme waren es Studenten, versehen mit den verschiedensten albernen Kopfbedeckungen und in diesen übergroßen formlosen Klamotten, die kurz aus der Mode gekommen waren, jetzt aber ganz im Trend lagen.

Die eine Ausnahme – klein und gedrungen, angetan mit einem schwarzen Wintermantel – war kein anderer als Bruno Jackson.

Als er mich sah, kam er, gefolgt von seinem lärmenden jugendlichen Troß, breit lächelnd auf mich zu.

Ich hatte in diesem Semester wenig mit ihm zu tun gehabt, aber er gab sich immer freundschaftlich, wenn wir uns zufällig trafen. Ich hatte das Gefühl, daß er die Hoffnung, mich als Verbündeten zu gewinnen, noch nicht aufgegeben hatte. Die Tatsache, daß wir beide Engländer waren, schien ihm wichtig zu sein. Obwohl er schon einige Jahre länger als ich in den Staaten und in vielerlei Beziehung gründlich amerikanisiert war (sein Tonfall war zu einem unschönen transatlantischen Mischmasch verkommen, was mich veranlaßte, der Reinheit meiner Aussprache besondere Fürsorge angedeihen zu lassen), hatte er nach wie vor großes Interesse an der britischen Popkultur und ging offenbar davon aus, daß ich dieses Interesse teilte. Ich erinnere mich an seine wortreichen Auslassungen über eine neue Show im Kabelfernsehen, in der britische Darts-Turniere groß herausgestellt wurden, und an meine höflichen Bemühungen, ihm an Begeisterung nicht nachzustehen, während ich in Wirklichkeit nur jene unbestimmte Schwermut empfand, die fast alles Englische in mir weckt, seit ich als Abramowitz Fellow an der Columbia University zum erstenmal in die Staaten gekommen war. Unsere derzeitige Differenz war allerdings eine ernstere Sache. Ob er sich darüber im klaren war, daß ich dem Ausschuß für Fragen sexueller Belästigung angehörte, weiß ich nicht, aber aus meiner Sicht schloß allein diese Tatsache eine Freundschaft mit ihm aus.

Daß er jetzt so aufgeräumt auf mich zukam, war besonders peinlich. Im Hinblick auf die Debatte über seine Person in der Sitzung, an der ich vorhin teilgenommen hatte, hätte ich es als kompromittierend empfunden, wenn man mich beim Fraternisieren mit ihm beobachtet hätte, zumal seine Entourage in Hörweite war. Ich befürchtete auch, er könne mich für unaufrichtig halten, wenn ich jetzt nett zu ihm war, nur um ein paar Wochen später über ihn zu Gericht zu sitzen.

»Auf dem Weg in die Stadt, Lawrence?« fragte er und nahm sich eine Zigarette aus der Packung, die eine Studentin des zweiten Jahrgangs – ich kannte sie von einem meiner Seminare her – gerade ihrem bestickten Rucksack entnommen hatte.

»Ja.«

»Wir auch.«

Ich lächelte und schwieg.

Die Studenten wirkten in meinem Beisein ziemlich verhalten. Natürlich hätte ich gern gewußt, weshalb sie mit ihrem Lehrer nach New York fuhren – ein ungewöhnliches, wenn auch nicht direkt verbotenes Vorkommnis –, andererseits machte mir der Gedanke zu schaffen, es könnte, wenn ich fragte, später so aussehen, als hätte ich ihnen belastendes Material entlocken wollen.

»Wo wohnen Sie eigentlich?« fragte mich Bruno.

»Im East Village«, sagte ich, und seine gelbgrünen Augen leuchteten auf.

»Da wollen wir auch hin.«

»Ach ja?« Ich sah, daß der Rock seines langen Mantels im Rücken auf seltsam barocke Weise in zwei Schößen aus dicker schwarzer Wolle auslief, die von dem hochstehenden Rand eines Stoffgevierts herunterhingen.

»Wir gehen ins Theater. *Blumfeld, ein älterer Junggeselle,* die Adaptation einer Kafka-Erzählung, die wir gerade lesen. Kennen Sie die Geschichte?«

»Nein.«

»Wow!« sagte eine der Studentinnen, eine kleine füllige Person mit peruanischer Wollmütze. »Das müssen Sie lesen!«

Ein Junge mit scharfgeschnittenem Gesicht und unsteten schmalen Augen fing an, mir den Inhalt zu erzählen.

»Es geht um einen einsamen alten Knaben, der eines Abends in seine Wohnung kommt und zwei Bälle ganz von allein darin herumhüpfen sieht. Sehr komisch.«

Der Zug kam, und ich setzte mich wohl oder übel zu Bruno und seinen Studenten. Das Mädchen mit der peruanischen Wollmütze holte einen Camcorder heraus und richtete ihn auf das zerkratzte Fenster. An den Gleisen zog sich ein öliger, mit kiesigen Eisbrocken durchsetzter Fluß voll halbversunkener Autowracks und ausrangierter Haushaltsgeräte entlang.

»*Hello Tomorrow*«, sang ein anderes Mädchen mit blondem Haar, ein zartes, elfenhaftes Geschöpf.

»He, Mann, das ist schön«, sagte der Junge mit den unsteten Augen.

Sie richtete den Camcorder auf Bruno, der ihm eine Kußhand zuwarf, dann auf mich. Ich lächelte höflich.

»Wie geht's Carol?« fragte Bruno. Ich hatte vergessen, daß er meine Frau kannte, die beiden hatten sich vor ein paar Jahren am Getty-Institut kennengelernt.

»Danke, gut.« Ich mochte ihm nicht erzählen, daß wir uns getrennt hatten.

»Kommen Sie doch auch ins Theater. Nehmen Sie Carol mit.«

Ich lehnte dankend ab, wir hätten keine Zeit.

Er grinste in den Camcorder. »Professor Miller gibt uns einen Korb.«

Die Studenten lachten.

Es war Nacht geworden, als ich an meinem Wohnblock zwischen B und C ankam. Als Carol und ich einige Jahre zuvor eingezogen waren, war es ein Crack-Block gewesen – die Gehsteige übersät von Glasröhrchen, die aussahen wie mutierte Hagelkörner, in den Hauseingängen Dealer mit nietenbesetzten Halsbändern und böse grimassierenden Hunden an Ketten und Lederleinen, die ihren Haltern wie aus dem Gesicht geschnitten waren; eine falsche Bodega, in deren Schaufenster sich auf der unveränderlichen Auslage von Seifenpulverkartons der Staub sammelte und durch deren Tür ein stetiger Strom menschlicher Wracks herein- und herausschwankte. All das war spurlos verschwunden, weggeräumt von einem Bürgermeister, der sich (so scheint es mir jetzt) als Vorbild den Angelo in *Maß für Maß* genommen hatte, der in den Elendsquartieren von Wien den eisernen Besen schwang. Ich hatte das Stück für die mittlere Reife gelesen, und es hatte sich mir eingeprägt wie kein anderes literarisches Werk seither. »Des Menschen Herze frönt – wie Ratten, die ihr eigen Gift verschlingen – dem bösen Durst, und tödlich wird der Trunk.« Claudio, der seiner Enthauptung harrt, weil er eine junge Frau geschwängert hat. Inzwischen war die Bodega ein Internetcafé, der Schießstand an der Ecke eine Bar, in der man Weizengrassaft bekam, und das Crack-Haus gegenüber hatte sich zu einem Fitness-Center gewandelt.

Während ich die Treppe zu meiner Wohnung erklomm – im sechsten Stock gelegen und ohne Aufzug –, überlegte ich, wie bedrückend dieses einsame Leben doch war. Die wenigen Freunde, die ich in New York gefunden hatte, waren von der Jobzentrifuge, die das Leben der Amerikaner beherrscht, in alle Himmelsrichtungen verstreut worden, oder die Geburt von Kindern hatte sie in die Vororte getrieben. Inzwischen bedauerte ich fast, daß ich Brunos Einladung nicht hatte annehmen können. Es kam nicht in Frage, ganz klar, aber unwillkürlich gab es mir doch einen leisen Stich, als ich mir vorstellte, wie sie vergnügt beieinandersaßen und sich das Stück ansahen.

Da ich nichts Besseres zu tun hatte, beschloß ich, die Erzählung zu lesen, die ihm zugrunde lag. Ich mied sorgfältig den Blick auf den Anrufbeantworter am Fenster (solange nicht feststand, daß Carol nicht angerufen hatte, konnte ich mir mit Fug und Recht sagen, daß sie hätte anrufen können) und holte meine Kafka-Ausgabe aus dem Regal.

Es war ein sehr merkwürdiger Text, aber fast noch merkwürdiger als der Text selbst, die Geschichte von den beiden bizarren, blau-weiß gestreiften Bällen, die Blumfeld durch die Wohnung folgen, war die Tatsache, daß ich ihn, obgleich ich Bruno das Gegenteil versichert hatte, sehr wohl kannte. Und zwar nicht nur kannte, sondern auch in einem Seminar behandelt hatte, denn mein Exemplar war von vorn bis hinten mit Unterstreichungen und gekritzelten Bemerkungen in meiner Schrift gespickt. Und trotzdem kam mir kein Wort darin vertraut vor. Kein einziges!

Es ist doch nicht ganz wertlos, als unbeachteter Junggeselle nur im Geheimen zu leben, jetzt hat irgendjemand, gleichgültig wer, dieses Geheimnis gelüftet und ihm diese zwei komischen Bälle hergeschickt.

Wie hätte ich etwas so verblüffend Groteskes vergessen können? Da mußte eine komplette geistige Entleerung stattgefunden haben. Ich erkannte kein Wort wieder. Um die Bälle loszuwerden, spielt Blumfeld ihnen einen Streich: Er klettert rücklings in den Kleiderkasten, damit sie auch hineinhüpfen müssen: *Und als nun Blumfeld, der inzwischen die Tür des Kastens fast zugezogen hat, mit einem großen Sprung, wie er ihn schon seit Jahren nicht ausgeführt hat, den Kasten verläßt, die Tür zudrückt und den Schlüssel umdreht, sind die Bälle eingesperrt.* Erleichtert wischt sich Blumfeld den Schweiß von der Stirn und verläßt die Wohnung. *Es ist merkwürdig, wie wenig Sorge um die Bälle er sich macht, seitdem er sie von sich getrennt hat ...*

Plötzlich, noch ehe ich mit der Geschichte zu Ende war, tauchte in einer Ecke meines Gesichtsfeldes ein kleiner, pulsierender silberner Fleck auf.

Seit meinem zwölften oder dreizehnten Lebensjahr war dieses Phänomen nicht mehr aufgetreten, aber ich erkannte es sofort und legte bestürzt das Buch aus der Hand.

Der Fleck wurde größer, wie ich befürchtet hatte, und bewegte sich flirrend und schwirrend wie eine Wolke zorniger Insekten über mein Gesichtsfeld. Ich war mitten im Wohnzimmer stehengeblieben und sah hilflos aus dem Fenster, während die Erscheinung nach und nach den Götterbaum im Hof und die erleuchteten Fenster der Wohnungen gegenüber verdeckte. Nach einer Weile sah ich rechts und links nur noch ein paar schmale Streifen Decke und Wände. Und dann war ich für die Dauer von ein, zwei Minuten völlig blind.

Ich stand da, bemühte mich, die Ruhe zu bewahren, und horchte auf die plötzlich so viel ausgeprägteren Nachtgeräusche – das Affengekreisch der Polizeisirenen, das Brummen des Dachventilators der Pizzaküche auf der anderen Hofseite. Der Mieter über mir, Mr. Kurwen, machte den einen Fernseher an, ging schweren Schrittes durch die Wohnung und machte den zweiten an. Nebenan rauschte die Toilettenspülung. Die Sehstörung verging so schnell, wie sie gekommen war. Und während sich noch ihre letzten Reste verflüchtigten, begann in meinem Kopf ein so heftiger Schmerz zu dröhnen, daß ich laut aufschrie.

Ich hatte diese Migräneanfälle eine Zeitlang als Kind gehabt, der gleiche silbrige Schwarm hatte sich ausgebreitet, bis ich nichts mehr sehen konnte, war dann verschwunden und hatte mich mit rasenden Kopfschmerzen zurückgelassen, die fünf oder sechs Stunden in unverminderter Stärke anhielten. Nachdem alle Mittel der Schulmedizin versagt hatten, war meine Mutter mit mir zu einem Homöopathen gegangen, einem alten Finnen, der in einem Zimmer saß, in dem es komisch roch, umgeben von Schalen mit Feldspat und einer klebrigen Masse, bei der es sich, wie er sagte, um zerquetschte Ameisen handelte. Er gab mir fünf winzige Pillen und sagte, ich solle jeden Tag eine nehmen, fünfmal hintereinander. Seither hatte ich keine Migräne mehr gehabt – bis jetzt.

Ich ging ins Schlafzimmer und legte mich im Dunkeln aufs Bett. Der Schmerz hatte sich auf die Mitte der Stirn konzentriert. Es war, als sei da etwas, was herauswollte – einmal mit Hilfe eines Hammers, dann wieder mit einem Pickel oder einem Elektrobohrer. Der Lärm von Mr. Kurwens Fernsehern drang durch die dünnen Gipsplattenwände. Seit dem Tod seiner Frau ein paar Monate zuvor ging das so. Einmal war ich nach oben gegangen, um mich zu beschweren, um Mitternacht. Mr. Kurwen hatte aufgemacht und unverschämt geglotzt. An dem Mondgesicht mit den weißen Bartstoppeln kam mir irgend etwas befremdlich vor – und dann sah ich, daß er ein Glasauge hatte, das blanker und blauer war als das echte. Mehrere Schoßhunde kläfften in der Dunkelheit hinter ihm, wo die beiden Fernseher gespenstische Farbbouquets an die gegenüberliegende Wand warfen. »Da ist meine Frau gerade an Krebs gestorben, und Sie verlangen, ich soll den Fernseher leiser stellen?« Mehr hatte er nicht gesagt.

Mir war, als würde ich zwischen der Kakophonie über mir und dem Dröhnen hinter meiner Stirn in einem Raum mit immer näher rückenden Wänden zerquetscht. Was mochte in den kleinen Pillen des Finnen gewesen sein? Mit der wirren Logik eines Menschen, der Schmerzen leidet, überlegte ich, welche Substanz homöopathisch gesehen dieser Art von Schmerz entsprechen konnte. Koffein, fiel mir ein: von zuviel Koffein bekam ich manchmal Kopfschmerzen. Ich stand auf, griff mir meinen Mantel und verließ das Haus. Der Graupel fiel in weißen nassen Körnern, die wie gefrorene Kletten an den Sachen hängenblieben. Eigentlich hatte ich zu dem polnischen Café gehen wollen, zu dem ich zwei Blocks hätte gehen müssen, aber so, wie die Dinge standen, entschied ich mich für das Internetcafé – in dem ich noch nie zuvor gewesen war – und bestellte einen dreifachen Espresso.

Es war gut besucht, hauptsächlich von offenbar betuchten jungen Leuten in flotten schwarzen Pullis und Freizeithosen. Von den zwei oder drei klar abgrenzbaren neuen Generationen nach der meinen fühlte ich mich in dieser am unbehaglichsten. Zum erstenmal hatte ich in ihrer Mitte das undefinierbare Gefühl, daß man sich schämen müsse, alt zu werden. Über die glatten Gesichter mit den stecknadelkopfgroßen Pupillen schwappte das bläulichgraue Licht der Bildschirme, die schlanken, knochigen Gliedmaßen bewegten sich wendig zwischen Keyboard, Maus, Getränk und Palmpilot hin und her, und die jungen Besucher klickten um die Wette, als hätten sie und diese Gerätschaften viele Jahrtausende einer gemeinsamen Evolution hinter sich. Einige hatten sich dezente Kopfhörer aus mattiertem Edelstahl übergestülpt, was das Insektenhafte ihrer Erscheinung noch unterstrich. Während ich meinen Kaffee trank und eine Gruppe beobachtete, die durch die Tür nach draußen drängte wie ein Kommando plutokratischer Ameisen, fiel mir in dem Mosaik der an das Anschlagsbrett in der Ecke gepinnten Aushänge ein Theaterplakat ins Auge. *Blumfeld, ein älterer Junggeselle. Von Franz Kafka.*

Unter dem unscharfen Bild eines Mannes in einem Schrank stand in kleineren Buchstaben: *Für die Bühne eingerichtet von Bogomil Trumilcik.*

Trumilcik. Beim Anblick des Namens gab es mir innerlich einen leichten Ruck, als wäre irgendwo weit weg ein Gang eingelegt worden. Da war wieder das flüchtige Unbehagen, das mich auf dem Bahnhof erfaßt hatte, und als ich es diesmal gewissermaßen überrumpelte, begriff ich, was mir von Anfang an hätte klar sein müssen: Das Verschwinden der Münze aus der Bronzeschale konnte nur bedeuten, daß Trumilcik dadurch, daß ich ihn vor kurzem gewissermaßen entdeckt hatte, seinerseits dazu provoziert worden war, sozusagen mich zu entdecken. Im übrigen konnte ich mich des Eindrucks nicht erwehren, die Tatsache, daß er die Münze weggenommen hatte (falls meine Vermutung stimmte), habe etwas Aggressives – oder zumindest etwas Aggressiv-Defensives an sich, als ob er mir drohen wollte oder aber mich als Bedrohung empfände. Aber wie auch immer: Daß sein Name hier unerwartet wieder vor mir auftauchte, schien mir in meinem überreizten

Zustand wie eine nachdrückliche Aufforderung, selbst zur Tat zu schreiten.

Ich stand auf und zahlte. Der Kaffee flirrte in meinem Kopf, er sprühte Funken und erzeugte zu dem Donner, der darin dröhnte, nun auch noch Blitzeffekte. Ich ging in nordöstliche Richtung, weg von den luxussanierten Häusern und hin zu der mir von früher vertrauten Alphabet City mit ihren verkohlten Mietskasernen und glimmenden Graffiti. Doch selbst hier spürte man etwas von der neuen Ordnung, die im Rathaus herrschte. An den Ecken, an denen die Querstraßen auf die Avenue C trafen, hatten früher Frauen gestanden – Junkies mit Mikroröcken über ausgemergelten Schenkeln, cracksüchtige Mütter aus den Sozialsiedlungen am East River, die mit glitzernden Augen auf Stöckelschuhen daherstaksten. Sie waren ebenso spurlos verschwunden wie die Huren in Wien nach Angelos Erlaß gegen das Laster. Neuerdings glitzerten nur die frisch aufpolierten Münzfernsprecher mit ihren Bell-Atlantic-Schildern, den silbrigen Spiralen und Gehäusen im Licht der Straßenlaternen. Ich umging sie in einem großen Bogen und stapfte weiter durch den dichten Schneeregen, der wie gefrorene Farbe herunterspritzte, bis ich vor dem Theater stand, einem anspruchslosen Etablissement im Souterrain eines Hauses, das aussah wie eine verlassene Synagoge.

Am Fuß der Treppe machte ich eine verschrammte Stahltür auf und war in einem neonbeleuchteten Vorraum; an einem Tisch mit Programmen und einer Eintrittskartenrolle stand ein leerer Stuhl. Von dem Vorraum ging eine selbstschließende Tür ab. Ich legte mein Ohr daran, aber sie war schallgedämpft, so daß ich nur dumpfes, unverständliches Gemurmel vernahm. Ich hätte die Tür gern aufgemacht, wollte aber nicht riskieren, von Bruno und seinen Freunden gesehen zu werden, was mich womöglich in Erklärungszwang hätte bringen können.

In meinem Kopf feuerte der Schmerz die nächste Salve ab:

Das Koffein hatte offenbar nicht gewirkt. Während ich noch unschlüssig herumstand, kam ein Mann in einem abgetragenen schwarzen Anzug herein. Er mochte in meinem Alter sein, hatte seltsam teigige Haut und glatte weiße Hände. Er zündete sich eine Zigarette an und musterte mich mit einem hinterhältigen Blick, den ich als Argwohn deutete.

»Was wollen Sie?«

»Also ich ...«

»Das Stück ist zur Hälfte vorbei.«

Ich beschloß, den Stier bei den Hörnern zu packen.

»Ich wollte etwas über Bogomil Trumilcik in Erfahrung bringen.«

Der Mann musterte mich und zog an seiner Zigarette.

»Was denn?«

»Zum Beispiel, wo er jetzt ist.«

»Sind Sie ein Freund von ihm?«

Ich sah ihn an. Ich schwindele ungern und sehr schlecht, und obgleich eine Notlüge mir womöglich in diesem Moment geholfen hätte, konnte ich mich dazu nicht durchringen.

»Eher ein Kollege«, sagte ich. »Oder Exkollege. Ich unterrichte am Arthur Clay.«

»Ah ja.« Wieder hatten die Züge des Mannes etwas Heimlichtuerisches, fast Verschlagenes. Ich hatte das unbestimmte Gefühl, ihn schon einmal gesehen zu haben.

»Er ist in Bulgarien«, sagte er mit Nachdruck.

»Bestimmt?«

»Wie meinen Sie?«

»Ich meine ... sind Sie sicher, daß er nicht in New York ist?«

»Weshalb sollte er in New York sein?« Offenbar hatte ich ihm einen Vorwand verschafft, mir etwas übelzunehmen und zu mauern. Ich versuchte es anders.

»Darf ich fragen, wie Sie an seine Bearbeitung gekommen sind?«

»Die Bearbeitung der Kafka-Erzählung? Keine Ahnung. Da müßten Sie den Regisseur fragen.«

»Ich dachte, Sie wären vielleicht der Regisseur«, sagte ich – mehr, um ihm wenigstens etwas zu entlocken, ehe ich den Rückzug antreten mußte, denn aus Überzeugung.

»Ich? Nein, ich bin Blumfeld.«

Jetzt begriff ich: Das teigige Aussehen der Haut war Schminke. Trotzdem war ich überrascht. Den Blumfeld aus der Erzählung hatte ich mir als einen viel älteren Mann vorgestellt. Er sah kurz auf die Wanduhr über dem Eingang.

»Ich muß gleich wieder rein.« Plötzlich lächelte er. »Hab nur schnell eine geraucht, ehe die Mädchen meine Bälle finden.«

Einigermaßen enttäuscht und mit dröhnendem Kopf wandte ich mich zum Gehen.

»Darf ich mir ein Programm nehmen?«

»Bedienen Sie sich. Sagen Sie, leiden Sie zufällig an Migräne?« fragte der Mann, als ich zur Tür ging.

Ich blieb wie angewurzelt stehen.

»Woher wissen Sie das?«

»Sie haben geschwollene Lider und fast weiße Lippen. Mein Bruder hatte als Kind Migräneanfälle, ich kenne die Symptome. Wenn Sie gestatten ...«

Zu meiner Verblüffung legte er mir die Hände an die Schläfen und drückte beide Daumen so heftig auf meine Stirn, daß ich einen Augenblick meinte, der Schädel müsse mir platzen. Dann plötzlich schwand der Schmerz, wie durch Zauberei, und dabei überkam mich ein erstaunliches Gefühl – als wäre es zwischen uns gerade zu einer liebevollen, rätselhaften, ja traumgleichen Intimität gekommen.

Ich bedankte mich staunend. Er zuckte freundlich lächelnd die Schultern.

»Ich will versuchen, Trumilcik ausrichten zu lassen, daß Sie ihn suchen«, sagte er. »Jetzt muß ich aber los.«

»Vielen Dank«, rief ich ihm nach. »Mein Name ist Lawrence Miller.« Er murmelte etwas Unverständliches, dann war er verschwunden.

Als ich wieder im Freien stand, war mir fast schwindlig vor Erleichterung. Ich ging mit raschen Schritten. Ich wollte nicht nach Hause. Der Schmerz war fort, aber das Koffein raste noch durch meinen Körper. Als ich mein Gespräch mit Blumfeld noch einmal bedachte, wurde mir klar, daß seine ausweichenden Antworten zu Trumilcik durchaus nicht dazu beigetragen hatte, meinen Verdacht zu zerstreuen, der Mann sei noch in New York – ganz im Gegenteil. Ich ertappte mich sogar dabei, daß ich anfing, mir ein vorläufiges Bild von Trumilciks Lebensumständen zu machen, das zweifellos von der leisen, aber hartnäckigen Angst vor Verarmung, die mich selbst seit meiner Ankunft in New York plagte, beeinflußt war. Ich malte mir aus, wie er störrisch sein Leben – ausgegrenzt und mehr oder weniger illegal – in New York fortzusetzen versuchte, in irgendeinem obskuren Vorort hauste und nachts heimlich sein altes Büro am Arthur Clay aufsuchte, um zu arbeiten oder seine Bücher zu lesen. Die Vorstellung, daß er sich noch in der Stadt aufhielt, machte mich seltsam unruhig; ich mußte an eine Tür denken, die noch offenstand. Und dann erschien vor meinem inneren Auge, wie durch diese Öffnung beleuchtet, eine weitere Tür, die ich bisher noch nicht bemerkt oder zumindest nicht als Zugang erkannt hatte.

Ich ging zum Astor Place hinüber und fuhr mit der U-Bahn zum Bahnhof. Es war noch nicht spät – neun oder halb zehn –, und die Züge in die Vororte gingen noch in kurzen Abständen.

Eine Menge, die sich wesentlich von den Pendlern in Anzügen und Röcken unterschied, wartete unter der Tafel mit den Abfahrtszeiten: freudlose Gesichter und die erschöpfte Blässe von Menschen, die schwere Arbeit in geschlossenen Räumen verrichten. Putzkolonnen der Abendschicht vermutlich, Packer und Schlepper der großen Warenhäuser mit Bruchbändern unter den dicken Parkas. Mein Zug wurde angesagt, und ich folgte einer der Gruppen auf den Bahnsteig hinunter. Einzugsgebiet der Bahnhöfe, auf denen sie ausstiegen, waren die Mietskasernenblocks aus bröckelndem Beton, unter dem die nackten Stahlskelette hervorsahen, oder Reihenhauszeilen, die bis an den Bahndamm reichten. Ich beobachtete meine Mitreisenden mit einer vertrauten Mischung aus Furcht und Neugier; sie ließen mich den schwindelerregenden Rand jenes Abgrunds von Elend ahnen, von dem man hierzulande nie weit entfernt ist.

Bis ich zum College kam, hatte leichter Schneefall die schmuddeligen Berge und Matschinseln, an denen ich vorhin vorbeigekommen war, mit frischem Weiß bedeckt.

So spät war ich noch nie auf dem Campus gewesen. Die Atmosphäre wirkte überraschend gedämpft und zurückgenommen – keine Spur von den orgiastischen Lustbarkeiten, die man sich dort nächtens vorstellt, sondern nur ein paar Studenten, die zwischen den Wohnheimen hin- und herhuschten.

Mein Fachbereichsgebäude lag im Dunkeln, abgesehen von einigen wenigen Nachtlampen, die trüb auf den stillen Gängen brannten. Auf dem Weg zu Zimmer 106 kam ich mir vor wie ein Eindringling, obgleich es ja mein gutes Recht war, mich dort aufzuhalten. Manches fällt einem an Gebäuden erst auf, wenn sie leer sind: ihre eigentümliche Stille und Reglosigkeit; bestimmte Eigenschaften, die aus den mannigfaltigen Lebensformen, die sich in ihnen entfalten, gleichsam in die Wände eingegangen sind. Was ich in diesem Haus spürte, war eine an Feindseligkeit grenzende frostige Distanz, als hielte es nicht viel davon, daß ich mich zu dieser Zeit hier herumtrieb.

Ich machte die Tür zu meinem Zimmer auf und schaltete das Licht an. Es war, als blinzelte der Raum, ja, als schreckte er zusammen, wie seinerseits von mir bei Heimlichkeiten ertappt.

Dabei sah er – die Schränke und Regale, der unbedeutende Krimskrams – genauso aus, wie ich ihn ein paar Stunden zuvor verlassen hatte. Und auf einem der großen Schreibtische drüben am Fenster, trügerisch harmlos unter seiner silbergrauen Abdeckung, als versuchte er unauffällig, einen von dem Gedanken an die Schätze in seinem kleinen Innenraum abzulenken (als wollte er einen glauben machen, er sei hohl oder aber aus massivem Plastik), war der »Zugang«, von dem ich vorhin sprach: der Dell-Desktop-Computer.

Ich nahm die Abdeckung herunter und steckte den Stecker in die Steckdose.

Ebensosehr wie das Lügen widerstreben mir Schnüffelei und Hinterhältigkeit in jeder Form. Diese Nachforschung allerdings hielt ich für gerechtfertigt, denn es ging schließlich um einen möglichen Fall unbefugten Eindringens. Außerdem konnte ich, wenn ich der Sache selbst nachging, meinen geheimen Zimmergenossen (falls es sich tatsächlich um einen solchen handelte) vielleicht sogar vor dem vermutlich weit weniger wünschenswerten forschenden Blick einer dienstlichen Überprüfung schützen, die ihn mit Sicherheit erwartete, wenn seine illegale Inanspruchnahme dieses Zimmers fortdauerte.

Ich schaltete den Computer ein. Mit einem fröhlichen Tusch leuchtete der Bildschirm auf und gab mir seinen Inhalt zur Ansicht frei. Der war zahlenmäßig dürftig und auf den ersten Blick auch wenig fesselnd. Da ich in der Nutzung solcher Maschinen inzwischen recht erfahren war, stellte ich sehr schnell fest, daß nur ein Dokument das gründliche Lesen lohnte, nämlich eine längere, unvollendete Erzählung über einen Mann namens Kadmilos. Aus einem obskuren, ungenannten Land nach New York gekommen, verliebt sich dieser Kadmilos in die »großartige Kaltschnäuzigkeit« der Stadt, wie er es formuliert, beschließt, um jeden Preis zu bleiben, heiratet, um eine Green card zu bekommen, und führt fortan das Leben eines zynischen

Schwerenöters, der auf der Suche nach Frauen durch die Straßen und Bars von Manhattan zieht.

Es war mir durchaus klar, daß es sich dabei um ein Stück autobiographischer Prosa handelte, wobei Kadmilos für Trumilcik stand. In seinem Ton schwang eine aufreizend machohafte Großspurigkeit, die mir vorzüglich zu dem Bild zu passen schien, das ich mir bereits von ihm gemacht hatte; dazu kam, daß er (oder sein Alter ego Kadmilos) sein Geld als Dozent an einer Hochschule verdiente, die unübersehbar dem Arthur Clay College ähnelte, mit dessen weiblichen Studierenden er offenbar so umsprang wie ein Sultan mit seinem Harem.

Die Geschichte war nicht besonders erbaulich und lieferte genaugenommen kaum Hinweise auf den derzeitigen Aufenthaltsort des Verfassers. Interessant (und auch das eher am Rande) waren ein, zwei Parallelen zwischen dem Leben von Kadmilos/Trumilcik in New York und dem meinen. Er hatte eine Weile im West Village gewohnt, im Fleischpackbezirk, genau wie Carol und ich, ehe wir in die entgegengesetzte Richtung gezogen waren. Beim Lesen seines ungelenken, aber eigentümlich lebendigen Englisch fühlte ich mich zurückversetzt in die Horatio Street, wo jeden Morgen Rinderrümpfe, auf Ständern hängend wie blutige Kleider, aus Lastern gerollt wurden und das Blut in den kopfsteingepflasterten Rinnsteinen gefror. Von einem Strom liebevoller Erinnerungen getragen, tauchte flüchtig das Bild blasser Partygänger vor mir auf, die im *Florent* beim Frühstück saßen, bolivianischer Blumenlieferanten, die vor den koreanischen Lebensmittelgeschäften in der Greenwich Avenue gefärbte Nelken beschnitten ...

Dann gab es, etwa in der Mitte der Geschichte, eine längere Szene in der Einwanderungsbehörde am Federal Plaza, wo der Verfasser – genau wie ich – stundenlang angestanden hatte, um die Vielzahl der für den Erhalt eines Visums erforderlichen komplizierten Formulare auszufüllen.

Diese Passage fand ich besonders faszinierend. Ich sehe noch, wie ich mich, von der seltsamen Vertrautheit der Szene wie hypnotisiert, im Zimmer 106 über den Bildschirm beuge. Da ist – so versuche ich es jetzt zu rekonstruieren – die früh um acht – zwei Stunden vor Einlaß – schon lange Schlange der Einwanderer: dunkle, gedrungene Südamerikaner, die ihre Armut mit stoischer Geduld ertragen, Osteuropäer mit ihrer Vorliebe für Anoraks mit Reißverschluß und dem sichtbaren Groll darüber, daß man sie *ungerechterweise* hat arm bleiben lassen. Da ist der säuerliche Kaffee, den man an dem Büdchen kauft, wenn man sich angestellt hat, betrieben von einem fröhlichen Paar, das aussieht, als sei es just in diesem Moment aus ebenjener Mühle gepurzelt, in die man selbst sich in Kürze begeben wird. Da sind die Wachmänner an den Metalldetektoren am Eingang, die einen mit gummibehandschuhten Händen filzen. Kadmilos registriert den munteren Mangel an innerer Überzeugung, mit der diese jungen Männer mit ihren Ohrsteckern und Clubland-Haarschnitten ihre Uniform tragen, und ich lächele unwillkürlich, weil ich das Bild kenne. Nach der Sicherheitskontrolle werden wir in Gruppen von je dreißig Personen in einen großen Raum mit automatisch schließenden Türen getrieben, der sich wundersamerweise als Fahrstuhl entpuppt und uns in luftige Höhen befördert, wo wir uns in einem Saal, so groß wie eine riesige Wiese, mit endlosen Reihen fest eingebauter orangefarbener Sitze wiederfinden, die von kleinen verglasten Kabinen umgeben sind, in deren jeder, wie ein Embryo im Ei, ein Einwanderungsbeamter sitzt. Bei einem dieser Herren leisten wir, wenn endlich unsere Nummer aufleuchtet, unsere Unterschrift. Kadmilos erinnert sich, daß seine Hand vor Aufregung zitterte, so daß in seiner amtlichen Unterschrift ein Stolperer ist. Auch meine Hand hatte gezittert! Er schildert, wie er den rechten Zeigefinger in die Fingerabdruckfarbe stippt und auf ein Kästchen des Formulars drückt und wie ihm froh ums Herz wird, weil damit nun dieser einzigartige Nachweis seines Daseins ins Bewußtsein der Bundesregierung gedrungen ist. Er erinnert sich, wie der Beamte ihm dann kommentarlos ein Beutelchen mit dem Aufdruck Benzalkoniumchlorid überreicht, wie er es verwundert öffnet und darin ein Feuchttuch findet, begreift, daß es zum Säubern seines Zeigefingers gedacht ist, und mit Tränen der Freude über diesen liebenswerten Schnörkel der amtlichen Prozedur kämpft, wobei er als zusätzliche Pointe noch anfügt, daß das Tuch die Farbe gar nicht wegnimmt, sondern nur über die ganze Hand verteilt.

Weiter zum Fotografieren. Die Frau vor ihm – dunkelhaarig, elegant, auf diskrete Weise kokett mit ihrem gelben Schal – zupft unentwegt an ihrem Haar herum, kämmt es, zupft es zurecht und dann ein wenig von den Ohren zurück, so daß ein Paar goldener Ohrringe zum Vorschein kommt. *Der nächste!* ruft der Fotograf. Die Frau setzt sich auf den Metallstuhl und legt den Kopf ein wenig schief, damit das Licht auf ihren bescheidenen Schmuck fällt. *Ohrringe!* schreit der Fotograf und droht ihr mit dem Finger. Sie versteht es nicht. *Aretes!* Hastig und verlegen nimmt sie die Ohrringe ab und zeigt dann der Kamera, die ihr amtliches Verbrecherfoto verfertigt, ein bekümmertes Gesicht.

Während wir warten, daß die Paßfotos entwickelt werden, wird uns plötzlich schwindlig und übel, und wir begreifen, daß daran das Benzalkoniumchlorid an unseren Fingern schuld ist, möglicherweise verstärkt durch einen leeren Magen und eine schlaflose Nacht. Dann wird unser Name aufgerufen, nur unser Vorname, erinnert sich Kadmilos bewegt, als hätten wir jetzt eine höchst vertraute, fast eine Eltern-Kind-Beziehung zur Regierung der Vereinigten Staaten. Und wenig später haben wir die Arbeitsgenehmigung in der Hand, die braune Karte mit unserem kleinen grobkörnigen Foto und unserer wackligen Unterschrift.

Wenn ich bedenke, was ich am nächsten Morgen in meinem Büro entdeckte, muß ich das Bild meiner Wenigkeit, an Trumilciks Computer sitzend, noch durch Trumilcik ergänzen, der mich beobachtete, wie sich zeigen sollte und zwar *im Zimmer selbst*.

Ich sehe, wie er mich mit wachsendem Argwohn belauert, als ich die Lektüre seines Textes beendet habe und aufstehe, um den Computer mit dem Drucker auf dem Aktenschrank gegenüber zu verbinden, offenbar in der Absicht, mir seine Erzählung auszudrucken und sie – wer weiß, mag er denken – mit nach Hause zu nehmen, um sie zu plagiieren oder sonst einer widerrechtlichen Verwendung zuzuführen. Ich male mir seine Erleichterung aus, als er merkt, daß ich kein Papier für den Drucker finde und mich mit einem Blick auf meinen Fahrplan offenbar entschließe, den Ausdruck seiner Geschichte auf den kommenden Morgen zu verschieben.

Ich schaltete den Computer aus, verließ das Zimmer und schloß hinter mir ab.

Es hatte sich aufgeklärt, die scharfe kühle Luft tat gut.

Auf der Mulberry Street kamen mir ein paar Leute entgegen. Ein wenig betroffen (ich hätte es vorgezogen, wenn nicht offenbar geworden wäre, daß ich dem Campus nächtliche Besuche abstattete) sah ich, daß es Brunos Studenten waren, die aus dem Theater zurück waren – die beiden jungen Männer und drei der vier Frauen. Sie nickten mir im Vorbeigehen zu, und als ich ein paar Schritte weiter war, hörte ich unterdrücktes Prusten.

Auf dem Bahnhof wollte ich gerade durch den Warteraum zum Bahnsteig gehen, als ich Brunos Stimme hörte. Ich blieb, wo ich war – nicht um zu lauschen, sondern nur, um eine Begegnung zu vermeiden, die für uns beide nur peinlich sein konnte.

Er war mit der vierten jungen Frau aus der Gruppe zusammen, der großen Blonden, die wie ein verirrtes Straßenkind aussah. Ich hatte sie häufig auf dem Campus gesehen, ein Mädchen wie eine fragile Winterblüte, das bei Eis und Schnee ein gebatiktes T-Shirt trug. Bruno versuchte offenbar, sie zu überreden, mit ihm nach New York zurückzufahren.

Durch das Fenster des Warteraums sah ich die beiden unter der grellen Natriumdampflampe: Bruno lehnte an einer der gußeisernen Säulen, die Hände des Mädchens in den seinen, der lächelnde, knabenhafte Mund bildete die Worte so selbstzufrieden-schmollend, als wäre er absolut sicher, seinen Willen zu bekommen.

Er sprach leise, aber seine Stimme war eines dieser leicht krächzenden Instrumente, die selbst bei niedrigster Lautstärke überall durchdringen – wie eine ferne Kreissäge oder das Schnurren einer Katze.

»Schick mich nicht allein heim, Candy«, sagte er halblaut. »Komm her.« Er zog sie an sich und streifte ihre Lippen mit den seinen. Sie war größer als er, dünn und zerbrechlich in ihrer Jeansjacke, die langen schlanken Beine steckten in Strumpfhosen aus ganz dünner Wolle, ein Knie war angezogen, die Spitze des anderen Fußes pendelte in der Wildlederstiefelette auf dem Betonboden wie die Kompaßnadel ihrer Unentschlossenheit.

»Ich weiß nicht recht«, hörte ich sie sagen, wobei sie den Kopf wegdrehte, ihm aber ihre Hände ließ. »Ich weiß nicht recht ... es ist vielleicht keine so tolle Idee.«

Er zog sie wieder an sich. Mir kam, vielleicht weil er gar so klein geraten war, unvermittelt der Gedanke, daß er sich – wie viele Menschen, die ihre Macht über andere mißbrauchen – das Bild von sich als Opfer bis ins Erwachsenenalter bewahrt hatte. Für mich stand fest, daß er sich in dieser Situation als der Schwächere sah, der das Recht, ja die Pflicht hatte, sich jeder verfügbaren Waffe zu bedienen; daß es ihm nicht so sehr um den Versuch ging, das Mädchen zu besitzen, als um ein konstantes Aufbegehren gegen die schlechten Karten, die er mit seiner Physis von der Natur mitbekommen hatte, dank deren eine Schönheit, wie dieses Mädchen sie verkörperte, für ihn wohl immer unerreichbar bleiben würde. Auch wenn ich dafür Verständnis hatte, fand ich, daß er für das, was er da trieb, voll haftbar zu machen war. Die Lippen der jungen Frau öffneten sich erneut zu einem halben Kuß, woraufhin Bruno – offenbar versiert in der Kunst der Manipulation – sehr entschieden sagte: »Okay, wenn du so denkst ...« und ihre Hände losließ. Sie biß sich auf die Lippen und sah ihn mit aufgerissenen Augen an wie ein enttäuschtes Kind. Er erwiderte ihren Blick, und ich hatte den Eindruck, daß er seiner Sache sicherer denn je war. Er ließ seine Augen in einer Art und Weise funkeln, die ich nur als raubtierhaft bezeichnen kann. Man sah förmlich, wie dieser Blick sich den Weg durch die geweiteten Pupillen des Mädchens bahnte und in einer sich rasch verzweigenden heißen Woge durch die Kapillaren ihres nur bedingt abwehrbereiten Körpers strömte.

Von den Gleisen kam ein Geräusch wie beim Messerschleifen, und ich hörte aus einiger Entfernung das Dröhnen unseres näher kommenden Zuges.

»Also dann gute Nacht«, sagte Bruno.

Ich hoffte, daß sie weitergehen würden, damit ich ungesehen herauskommen konnte, aber sie rührten sich nicht von der Stelle und sahen sich unverwandt an, und als der Zug zischend in den Bahnhof einfuhr, legte Bruno ihr einen Finger unters Kinn und zog ihr Gesicht zu sich heran. Jetzt hatte sie die Hände in den Taschen, und sie kam mir vor, wie sie sich ihm so zuneigte, wie eine grazile Statue, die jeden Augenblick umfallen konnte. Mein Eindruck war, daß sie sich des kleinen Arsenals von Gesten bediente, die ihr in diesem Moment zur Verfügung standen, um Zustimmung – allerdings Zustimmung der passivsten Art – zu signalisieren. Es war, als hätte sie gesagt: *Du hast mich überwältigt, ich teile dir hierdurch mit, daß ich für meine Handlungen nicht mehr verantwortlich bin.*

Die Zugtüren hatten sich geöffnet, und da die beiden jetzt in einem langen Kuß vereint waren und keine Anstalten zum Einsteigen machten, blieb mir nichts weiter übrig, als aus meinem Versteck hervorzukommen, wobei mich Bruno, der offenkundig nicht mit geschlossenen Augen zu küssen pflegte, genau im Blick hatte. Natürlich sah er mich, als ich vorbeiging, und ich zuckte zusammen, als sei ich und nicht er bei etwas Fragwürdigem ertappt worden. Ob sie in diesen Zug einstiegen oder weiterknutschten, bis der nächste kam, weiß ich nicht.

Als ich zum viertenmal an diesem Tag an dem schmutzigen Flußlauf entlangratterte, beschäftigte ich mich abstrakt und spekulativ mit Trumilciks Text.

Ich dachte an die Frau mit dem gelben Schal, die in der Schlange des Fotografen vor ihm gestanden und die er als »kokett« bezeichnet hatte. Nachdem er mit seiner Arbeitsgenehmigung die Einwanderungsbehörde verlassen hatte, war er mit ihr ins Gespräch gekommen, und wie so oft bei ihm hatte sich das Gespräch über mehrere Nächte in ihrer Wohnung in Central Park West, einen Block nördlich des Dakota-Gebäudes, hingezogen. Der Gedanke an diese Begegnung schien mir zu meinem Vergnügen eine eigentümlich elegante Symmetrie oder Wechselwirkung bieten zu wollen, aber ehe mein müder Kopf sie erfassen konnte, fiel mir unvermittelt ein, wo ich Blumfeld schon einmal gesehen hatte.

Kurz bevor Carol mich verlassen hatte, war eine Kollegin von ihr zum Essen gekommen und hatte ihre neue Freundin mitgebracht, die Schauspielerin war. Nach dem Essen hatte die Schauspielerin vorgeschlagen, wir könnten doch zusammen in einen Club in der Eleventh Avenue, den *Plymouth Rock*, gehen, wo Sexspiele aller Art geboten wurden. Ich hatte höflich abgelehnt mit der Begründung, ich müsse am nächsten Morgen früh aufstehen, weil ich zum Termin für die Erteilung der Arbeitsgenehmigung bestellt war, der vorletzten Phase des Antragsverfahrens für die Green card. Ich nahm an, daß meine Frau – Mediävistin und sexuellen und auch sonstigen Kapricen eher abgeneigt – ebenfalls ablehnen würde. Zu meiner Überraschung aber hatte sie zugestimmt und auch dann noch auf der Exkursion bestanden, als ich diskret andeutete, sie habe vielleicht mehr getrunken, als ihr bewußt war. Sie ließ mich allein mit dem schmutzigen Geschirr und dem unausgesprochenen Vorwurf, ein Spielverderber zu sein, was ich ihr nie zugetraut hätte.

Die Schauspielerin war Blumfeld. Er war eine Frau! Das war die Erklärung für die unbehaarten weißen Hände, den heimlichtuerischen, durchtriebenen Blick …

Als ich heimkam, beschäftigte mich diese Erkenntnis noch so ausschließlich, daß ich auf dem Weg durchs Wohnzimmer vergaß, nicht zum Anrufbeantworter hinzusehen, und beim Anblick des überraschend zuckenden roten Lämpchens wie angewurzelt stehenblieb.

Ich gestattete mir einen Glücksmoment und ließ das Lämpchen blinken. Dann löschte ich das Band, wie immer in den seltenen Fällen, in denen auf dem Anrufbeantworter eine Nachricht für mich war, ohne es abzuhören, weil ich mir die Enttäuschung ersparen wollte, daß die Nachricht nicht von Carol war.

3

Am nächsten Morgen fuhr ich mit einem neuen Packen Papier für den Laserdrucker in der Aktentasche wieder zum Dienst. Ich wollte Trumilciks Manuskript ausdrucken und noch einmal lesen – mehr nicht.

Mehr nicht; allerdings sollte ich hier wohl einflechten, daß ich selbst zwar bis dahin keinerlei literarische Ambitionen gehegt, vor kurzem aber mehrere Artikel über die sagenhaften Vorschüsse gelesen hatte, die man Romanschriftstellern zahlt, und infolgedessen auch die Möglichkeit des Schreibens von Romanen ins Auge gefaßt hatte, wenn ich mich aufgrund von Geldsorgen in den verschiedensten Träumen von beruflichen Alternativen verlor. Ich hatte mich sogar an eine kleine Erzählung gewagt – der Titel lautete *S wie Salm* –, um meine Erfindungsgabe zu testen. Das Ergebnis hatte mich nicht befriedigt, so daß der Tagtraum in aller Stille von der Liste verschwunden war.

Ich erwähne das nur deshalb, um mir selbst gegenüber den *advocatus diaboli* zu spielen, um zu argumentieren, daß Trumilcik, hätte er in meinen Kopf schauen und auch nur die geringsten Spuren vergrabener Wünsche zusammenklauben können, jedes Recht gehabt hätte, in mir einen Möchtegernplagiator zu sehen, obschon er auch dann im Irrtum gewesen wäre. So aber kann ich mir seine nachfolgenden Handlungen nur mit einem angeborenen, an Paranoia grenzenden Argwohn erklären.

Mein Büro war so, wie ich es verlassen hatte. Ich machte die Tür hinter mir zu, nahm das Papier aus der Tasche, riß die Umhüllung ab und legte den jungfräulich weißen Packen in den Drucker. Dann nahm ich die Abdeckung vom PC, schaltete ihn ein, sah, wie der Monitor flackernd aufleuchtete, hörte den kurzen, blechern-synthetischen Tusch und rief die Datei auf. Es gab mir einen Stich, wie man ihn fühlt, wenn eine beseligende Begegnung sich in Luft auflöst und man merkt, daß man nur geträumt hat. Das Dokument war nicht mehr da.

Ich wiederholte den Vorgang, sah in den Papierkorb, probierte es mit allen mir bekannten Such- und Wiederherstellungsfunktionen, mußte aber schließlich wohl oder übel akzeptieren, daß ich am vergangenen Abend beobachtet worden war, allem Anschein nach von Trumilcik selbst.

Mein erster Gedanke war, daß er wohl auf dem Weg ins Büro – vielleicht, um an ebendiesem Dokument weiterzuarbeiten – das Licht bemerkt, sich ans Fenster geschlichen und durch die vergitterten Fenster beobachtet hatte, wie ich seine Geschichte verschlang. In diesem Fall hätte er nah am Fenster stehen müssen, irgendwo in einem Bereich zwischen den Strebebogen, die rechts und links vom Fensterrahmen vorstanden, und einer Reihe mächtiger, fast drei Meter hoher Hemlocktannen, die parallel zur Hauswand verlief. Jenseits dieses kleinen Gevierts hätte man das Zimmer nicht mehr deutlich erkennen können. Da es sich nicht um einen Gehsteig handelte, war der alte Schnee dort noch mehr oder minder unversehrt, außerdem hatte es gestern abend, ehe ich gekommen war, noch einmal geschneit, so daß sich eine neue Schicht darübergelegt hatte. Hätte dort jemand gestanden und mich beobachtet, hätte er Fußspuren hinterlassen, aber da waren keine Spuren.

Noch zögerte ich, die nächste logische Folgerung zu ziehen, daß man mich nämlich im Zimmer selbst beobachtet hatte.

Von allem anderen abgesehen, schien es mir praktisch unmöglich, daß sich in der ganzen Zeit, in der ich mich im Zimmer aufgehalten hatte, eine zweite Person – von mir nicht gesehen, nicht gehört, ja nicht einmal erahnt – dort befunden haben sollte. Mehr der Form halber als in dem Glauben, Trumilcik könne sich dort wirklich verborgen haben, machte ich die kleine Kammer auf, in der ich den Ventilator und Barbara Hellermanns Sachen entdeckt hatte. Nichts wies darauf hin, daß hier jemand gewesen war, und ich vergewisserte mich, daß ein Mensch, der sich dort aufgehalten und die Tür einen Spaltbreit aufgelassen hätte, lediglich einen dünnen Streifen Wand mit dem Eulengesicht eines Lichtschalters und dem Zettel mit dem Louisa-May-Alcott-Zitat hätte erkennen können. Sollte aber tatsächlich jemand insgeheim mein Zimmer benutzen, hätte er sich für den Notfall schon ein weniger naheliegendes Versteck als eine Abstellkammer einfallen lassen müssen.

Nach wie vor kam ich aber an der Tatsache nicht vorbei, daß die Datei, die noch vor zwölf Stunden im Rechner gewesen war, jetzt fehlte und daß jemand – selbst wenn man mich nicht beim Lesen beobachtet hatte – in der Zeit zwischen meinem Weggang gestern abend und meiner Ankunft heute früh im Zimmer gewesen war.

Noch immer rätselnd, ging ich zu meinem Seminar. Wir lasen die *Bacchen*, um festzustellen, ob Pentheus, der »frostige« Gegner (und das Opfer) von Dionysus, sich möglicherweise als Prototyp für eine neue Form des Helden reklamieren ließ. Eine interessante Diskussion entspann sich um die Szene im letzten Akt, in der der offenkundig wahnsinnige Pentheus Frauenkleider anlegt und seinem gewaltsamen Tod entgegengeht. Ich erinnere mich, daß etliche von uns etwas Würdevolles, ja fast Majestätisches in seinem Verhalten zu erkennen meinten, das auffallend von dem spöttisch-demütigenden Ton des triumphierenden Dionysus absticht, als habe das Stück, als es gerade die abgedroschene Botschaft verkünden will, daß es nicht guttut, die Götter zu beleidigen, unversehens eine umfassendere, tiefere Wahrheit über die Tyrannei der angeblich »naturgegebenen« Gesetze der Geschlechter entdeckt und biete uns nun heimlich Pentheus als Märtyrerfigur im Kampf gegen diese Tyrannei an. Wie dem auch sei, es war eine gute Veranstaltung, lebhaft und anregend, die mich in fast gehobene Stimmung versetzte.

Danach ging ich zum Essen. Ich war mit meinem Tablett auf dem Weg zu einem der kleinen Tische am Fenster (ich saß in unserem Speisesaal fast immer allein), als ich eine Frau entdeckte, die von einem Tisch in der Ecke aus zu mir herübersah. Es dauerte einen Augenblick, bis ich erkannt hatte, daß es Elaine Jordan, die College-Anwältin, war. Sie hatte eine neue Frisur und trug statt ihrer üblichen unauffälligen Sachen aus formlosen Kunststoffen ein auf Figur geschnittenes Jackenkleid mit einer seidenen Rüschenbluse.

Ich wollte schon freundlich nickend weitergehen, als ich aus ihrer Haltung etwas wie eine zaghafte Offerte herauslas – das Angebot, an ihrem Tisch zu essen. Ich ging auf sie zu und sah, daß ich mich nicht geirrt hatte. Je näher ich kam, desto unverhüllter hieß sie mich willkommen, und als ich fragte, ob ich mich zu ihr setzen dürfe, antwortete sie mit einem stummen, eindringlichen Lächeln. Ich gab das Lächeln zurück in dem unbestimmten Gefühl, Gleiches mit Gleichem vergelten zu müssen.

»Da sind Sie also«, sagte sie nach einer kleinen Pause.

»Ja.«

Wieder tauschten wir ein Lächeln. Einen Augenblick beschäftigte ich mich angelegentlich damit, Teller und Besteck auf dem Tisch zu verteilen. Ich hatte noch nie mit Elaine gegessen, hatte bis auf die wöchentlichen Sitzungen unseres Ausschusses bisher so gut wie keinen Kontakt zu ihr gehabt.

Sie hinterließ keinen tieferen Eindruck, weder ihr Aussehen noch ihre Ausstrahlung waren so beschaffen, daß man mit seinen Gedanken zwangsläufig bei ihr haltgemacht hätte oder zu ihr zurückgekehrt wäre, nachdem sie aus dem eigenen unmittelbaren Gesichtskreis verschwunden war. Genau wie bei Dr. Schrever hätte ich, ohne sie vor mir zu sehen, nicht sagen können, wie alt sie war, was für eine Augenfarbe oder welche Nuance von Braun ihr Haar hatte. Wahrscheinlich hatte ich deshalb keine Meinung von ihr, weil ich glaubte, mir über eine Frau wie sie keine Meinung bilden zu müssen. Jetzt überlegte ich, ob sie vielleicht diese Gleichgültigkeit (denn so mußte man es wohl nennen) durchschaut hatte und mich auf die behutsam-beharrliche Art gewisser sanftmütiger, aber dann doch nicht völlig selbstverleugnender Zeitgenossen an ihren Tisch beordert hatte, um mir deswegen eine milde Rüge zu erteilen und mich zu zwingen, sie als menschliches Wesen und nicht nur als Rädchen in der Verwaltungsmaschinerie wahrzunehmen.

Ich erschrak im nachhinein gehörig, als hätte ich eine ausgesprochene Respektlosigkeit begangen, und beeilte mich zu zeigen, daß ich bereit war, Wiedergutmachung zu leisten – was vermutlich bedeutete, daß ich mir längere Auslassungen über ihre eigene Person würde anhören müssen.

»Wie läuft Ihre Arbeit?« fragte ich, bemüht, den Ball unverzüglich ins Rollen zu bringen.

»Gut. Und Ihre?«

»Bestens. Aber was machen Sie so?«

»Nichts Besonderes. Man lebt. Und Sie?«

Noch immer war ihr Blick seltsam eindringlich, so daß ich mich fragte, ob ich die Situation richtig eingeschätzt hatte. Sie schien nervös, dabei aber eigentümlich aufgekratzt, fast siegesbewußt. Sie strich an ihrem Haar herum und zupfte an dem Kragen ihrer taillierten Jacke – anthrazitgrau mit türkisfarbenen Nadelstreifen –, wobei ein Schwall eines überraschend süßen Parfüms in meine Richtung wehte.

»Nicht der Rede wert«, sagte ich. »Ich warte darauf, daß der Winter aufhört.«

Wir gickerten beide laut wie über einen gelungenen Witz. Wieder trat eine ausgedehnte Pause ein. Elaine sah auf die Tischplatte, lächelte versonnen vor sich hin und schien zu überlegen, ob sie das, was sie beschäftigte, aussprechen sollte oder nicht. Dann sah sie mich aus weit geöffneten Augen gerade an und sagte leise: »Ich freue mich, daß Sie gekommen sind, Lawrence.«

Es gab mir einen regelrechten Ruck. Ich mochte nicht glauben, was meine Instinkte mir sagen wollten, falls sie aber recht hatten, mußte ich schleunigst etwas unternehmen, um die Situation zu entschärfen. Ich versuchte, Zeit zu gewinnen, schob mir einen Bissen in den Mund und suchte krampfhaft nach Worten, aber in meinem Kopf herrschte gähnende Leere.

Zu meinem Glück trat in diesem Moment Roger Freeman, der Vorsitzende unseres Ausschusses, an den Tisch.

»Grüße euch!« sagte er.

Mit der Selbstverständlichkeit eines Menschen, der weiß, daß er überall gern gesehen ist, setzte er sich und nahm seine Sachen vom Tablett. Ein flüchtiger Blick auf Elaine hatte ihm offenbar genügt, um ihr verändertes Aussehen zu registrieren. Er schien kurz zu überlegen, ob es sich schickte, sie darauf anzusprechen, und ich nahm an, daß er die spontane Regung unterdrücken würde, zu meiner Überraschung aber setzte er ein munteres Lächeln auf.

»Neue Frisur? Steht Ihnen.« Er wandte sich an mich. »Findest du nicht, Lawrence?«

»Ja, sehr hübsch.«

Elaine bedankte sich, indem sie ironisch ein wenig an ihrem Haar herumzupfte, und wir lachten alle drei.

Mir fiel auf, daß Rogers Bemerkung etwas Betontes, Vorsätzliches hatte. Fast so, als wollte er, indem er etwas aussprach, was bei einem anderen fragwürdig geklungen hätte, seine über allen Zweifel erhabene Redlichkeit demonstrieren, als wollte er zeigen, daß er über eine läuternde Kraft verfügte, die falsche Worte, falsche Gesten allein dadurch in Wohlgefallen aufzulösen vermochte, daß *er* ihnen Ausdruck gab. Ich spürte, wie sehr seine übrigen Eigenschaften mit dieser Redlichkeit zusammenpaßten – seine Adrettheit, seine Jovialität, die fröhlich funkelnden Augen, die gesunde Röte seines faltigen Gesichts. Mir kam der kuriose Gedanke, daß *alles*, was er tat, dieser gesunden Natürlichkeit teilhaftig werden würde, so daß selbst eine auf den ersten Blick absolut ordinäre und anstößige Handlung – ein Griff unter Elaines Rock beispielsweise – sogleich als derart untadelig erscheinen mußte, daß niemand mit der Wimper zucken würde.

»Aber jetzt ...« – er senkte die Stimme – »... was Ernsteres. Wir müssen uns noch mal zusammensetzen, und zwar pronto. Die anderen wissen schon Bescheid. Es liegt eine förmliche Beschwerde vor über ... über die Person, die beim letztenmal unser Thema war. Einzelheiten erfahrt ihr bei der Sitzung. Könntest du es am Montag nachmittag einrichten, Lawrence? Ist das einer deiner Tage?«

Ich würde Dr. Schrever absagen müssen und damit hundert Dollar zum Fenster hinauswerfen, sofern sie mir keinen Ausweichtermin geben konnte, was meist nicht der Fall war.

»Es ist ziemlich dringend«, fügte Roger hinzu.

»In Ordnung«, sagte ich. »Kein Problem.«

»Gut.«

In der nachfolgenden Pause warf Elaine mir einen raschen Blick zu und hob leicht die Mundwinkel – ein Zeichen heimlicher Solidarität, wie mir schien.

»Wer ist eigentlich dieser Trumilcik, Roger?« hörte ich mich fragen. »Du hast ihn bei der letzten Sitzung erwähnt.«

»Trumilcik! Jungejunge!«

Nachdem er wiederholt hatte, was ich schon von Marsha wußte, präsentierte er mir den Fall in einer seiner prägnanten Kurzfassungen. Trotz meines naheliegenden Interesses lenkte mich Elaines weiterhin wunderliches Verhalten derart ab, daß mir von Rogers Darstellung nicht viel mehr im Gedächtnis geblieben ist als die Tatsache, daß ich danach in Sachen Trumilcik kaum klüger war als zuvor.

»Zum Teil lag es zweifellos daran, daß er aus einem anderen Kulturkreis mit anderen Wertvorstellungen kam«, schloß Roger, »und wir haben uns sehr bemüht, dem Rechnung zu tragen, nicht wahr, Elaine?«

»Und ob!« bekräftigte Elaine und verdrehte pflichtschuldig die Augen, obgleich ich merkte, daß die Diskussion sie nicht im mindesten interessierte. Ihr Blick kehrte – fast verlangend, wie ich fand – zu mir zurück.

»Wo ist er denn abgeblieben?« wollte ich wissen.

»Keine Ahnung. Er hatte eine Frau, das muß man sich mal vorstellen, er hatte sie in den Staaten kennengelernt, allerdings hatte sie ihn, soweit ich weiß, schon vor die Tür gesetzt, als es hier zum großen Krach kam. Warum interessiert dich das eigentlich?«

»Reine Neugier.«

Ich merkte, daß er beim Sprechen die Wanduhr im Auge behielt. Da ich nicht riskieren wollte, mit Elaine allein zu bleiben, schlang ich mein Essen hinunter und entschuldigte mich.

Auf dem Weg in mein Büro hörte ich, wie jemand meinen Namen rief. Ich drehte mich um. Hinter mir auf dem Gang stand Amber, unsere Praktikantin.

»Hi«, sagte ich und blieb auf Distanz.

»Ob ich Sie wohl um einen großen Gefallen bitten dürfte?«

Ihr schläfriger Blick und ihre gleichzeitig weit in ihr Umfeld hineinwirkende Ausstrahlung warfen mich wieder einmal gründlich aus dem Gleis.

»Natürlich.«

»Würden Sie sich etwas durchlesen, was ich geschrieben habe? Es fällt mehr oder weniger in Ihr Fach ...«

Im Neonlicht des Ganges ging von ihrem kurzgeschorenen, orangeroten Haar und der bläulichweißen Haut mit den goldenen Sommersprossen ein unnatürliches, bleiches Leuchten aus. Ihre Befangenheit schien durchaus echt zu sein, was aber den Eindruck selbstbewußter Gelassenheit – offenbar ein Grundzug ihres Wesens – nicht beeinträchtigte. Mir schien, daß sie die Monstranz ihrer selbst mit einem Eifer darbot, der etwas erstaunlich Unschuldiges hatte. Wenn man als Mann eine maßgebliche Stellung innehat, muß man sich vor der Neigung, in solchen Situationen die Augen schweifen zu lassen, ebenso hüten wie vor der Tendenz, stimmliche Signale auszusenden, die mit der scheinbar zur Debatte stehenden Angelegenheit nichts zu schaffen haben. Und als Mitglied des Ausschusses für Fragen sexueller Belästigung war ich mir der Notwendigkeit erhöhter Wachsamkeit doppelt bewußt. Von der großen Menge mentaler Prozesse, die bei derlei Gesprächen ablaufen, verdienen nur einige wenige die Aufnahme in den Bereich anerkannter Realität, alle anderen bilden so etwas wie eine umfangreiche Apokryphensammlung.

»Klar«, sagte ich. »Tun Sie's einfach bei mir rein.«

Sie bedankte sich, und ich setzte, reflexartig meine Worte auf etwaige unbeabsichtigte Zweideutigkeiten hin überprüfend, meinen Weg fort, wobei ich zu dem Schluß kam, daß ich nichts zu befürchten hatte.

In meinem Büro beschäftigte ich mich erneut mit dem Rätsel der verschwundenen Trumilcik-Datei. Während ich zu dem Computer auf dem klobigen Schreibtisch hinübersah, fiel mir zum erstenmal die Anordnung der Möbel in diesem Raumbereich auf. Die beiden überdimensionierten Schreibtische waren so zusammengeschoben worden, daß in der Mitte, wie ich jetzt erkannte, ein Hohlraum entstanden war. Seine Größe konnte ich von außen nicht beurteilen, aber meine Neugier war geweckt.

Ich versuchte, einen der Schreibtische wegzurücken. Zuerst rührte er sich nicht, erst als ich meinen Fuß an einer vorspringenden Seitenwandverstrebung des anderen Schreibtischs abstützte und mich mit aller Kraft dagegenstemmte, konnte ich ihn um ein paar Zentimeter verschieben. Ich sah durch den Spalt. Tatsächlich, da unten war es anscheinend recht geräumig. Ich stemmte die beiden Schreibtische so weit auseinander, daß ich mich durch den Spalt zwängen konnte.

Sofort hatte ich das Gefühl, in einer menschlichen Behausung zu sein. Der Hohlraum maß etwa einen Meter fünfzig im Quadrat und war nicht höher als einen Meter. An einer Seite lag etwas Weiches, Zerknülltes, das sich, als ich es ins Licht hielt, als Bettuch entpuppte. Es war voll angetrockneter Flecken von Farbe und wer weiß was sonst noch für Substanzen. Als ich es schüttelte, stieg mir ein schaler, unverkennbar männlicher Geruch in die Nase. Und noch etwas kam mir entgegen, etwas Hartes, Schweres – eine etwa vierzig Zentimeter lange, an einem Ende mit einem Gewinde versehene Eisenstange, vielleicht Teil der Schreibtischkonstruktion, eine Art Stütze oder Strebe.

Da saß ich nun, zusammengekauert und seltsam erregt, mit heftig klopfendem Herzen. War es möglich, daß Trumilcik in der ganzen Zeit, die ich gestern abend in diesem Zimmer verbracht hatte, stumm und reglos in dem Versteck gehockt hatte? Kaum vorstellbar, gewiß – wäre da nicht dieses deutlich, fast spürbar Menschelnde von dem Versteck ausgegangen, etwas Beißendes, Männliches, leicht Verlumptes.

Um besser nachfühlen zu können, wie ihm zumute gewesen

wäre, hätte er tatsächlich hier gesessen, packte ich eine innere Verstrebung des Schreibtisches, den ich verschoben hatte, und schaffte es mit einer gewaltigen Kraftanstrengung, mich einzusperren.

Es war dunkel, aber nicht pechschwarze Nacht. In meiner Augenhöhe verlief ein schmaler Lichtstreifen, einen Meter lang und einen knappen Zentimeter breit; offenbar war an dieser Stelle die Fuge zwischen der Seitenwand und der etwas breiteren Schreibtischplatte mit Gewalt erweitert worden. Durch diesen Schlitz erfaßte mein Blick einen schmalen Ausschnitt des Zimmers, der einen Teil des einen Bücherregals und den größten Teil der Wand mit der Tür einschloß. Den Drucker konnte ich nicht sehen, wohl aber ein Stück des Schrankes, auf dem er stand, so daß ich fünfzehn Zentimeter von meiner Körpermitte hätte sehen können, wenn ich gestern abend dort gesessen und mir nachspioniert hätte, und ich hätte mit Sicherheit erraten, daß ich mich an dem Drucker zu schaffen machte.

Zur Gänze konnte ich die Schale mit Krimskrams sehen, in der ich die bulgarische Münze gefunden hatte, und ich überlegte voller Sorge, daß Trumilcik vielleicht nicht nur gestern abend dort gehockt und mich heimlich beobachtet hatte, sondern auch vorher gelegentlich oder gar häufig; aber auch, wenn dies nicht der Fall gewesen war, mußte ich meine Sicht von der Inanspruchnahme dieses Büros gründlich revidieren, mußte mir eingestehen, daß ich, wenn ich dort in der Annahme, ich sei allein, meinen Geschäften nachging, möglicherweise unter genauer und – wie ich spürte – nicht sonderlich wohlwollender Beobachtung gestanden hatte.

Ich versuchte, mich an all das zu erinnern, wobei Trumilcik mir womöglich zugesehen oder zugehört hatte, und bemühte mich, es aus seiner Warte zu betrachten. Zwei Stunden in der Woche waren für Einzelgespräche mit Studenten vorgesehen. Da ich sie stets so öffentlich und unpersönlich wie möglich führte und Elaines Empfehlungen folgend die Tür offenließ, sagte ich mir, daß Trumilcik wohl kaum etwas hätte sehen können, was ihn interessierte. Unangenehmer war die Vorstellung, daß er etwas von meinen privaten Äußerungen gehört haben könnte, besonders gewisse Telefongespräche, die ich zu Beginn des Trimesters geführt hatte, bis ich mir selbst die Angewohnheit energisch verbot. Ich hatte dabei meinen privaten Anschluß angewählt und zunächst – um nicht zu Hause unter dem Anblick eines nicht blinkenden Anrufbeantworters leiden zu müssen – immer gleich wieder aufgelegt, ohne ein Wort zu sagen, dann aber eine Zeitlang kurze aufmunternde Nachrichten aufs Band gesprochen, zunächst als Gruß von mir an mich, dann aber, als ich immer weniger das Gefühl hatte, mich bei diesem schließlich ja ganz privaten Tun zurückhalten zu müssen, als Grüße von Carol, die mir versicherte (ich verstand es recht gut, ihre knappen Formulierungen und ihren Tonfall, wenn auch nicht ihre Stimme nachzuahmen), daß sie mich liebe, und mich anflehte, sie zurückzurufen, bis mir dämmerte, daß ich da etwas ziemlich Abartiges trieb, und ich die Sache einstellte. Was, fragte ich mich beklommen, hätte sich wohl Trumilcik bei diesen Gesprächen gedacht?

Ich hockte noch immer in seinem fast stockdunklen Verlies, als es klopfte.

Ich wollte nicht, daß mein Besucher mich mit merkwürdig dumpfer Stimme »Herein!« rufen hörte, um mich dann, wenn er die Tür aufmachte, unter dem Schreibtisch hervorkriechen zu sehen; ebenso mißlich war es aber auch, meinem »Herein!« hastiges Möbelrücken vorauszuschicken, also sagte ich gar nichts und wartete. Statt daß sich aber die Schritte des Besuchers entfernten, klopfte es erneut. Wieder gab ich keinen Ton von mir. Der Türausschnitt, den ich durch meinen Schlitz sehen konnte, umfaßte auch den Türknauf, und zu meiner Bestürzung sah ich jetzt, wie er sich drehte und die Tür sich langsam öffnete.

Eine Gestalt schlüpfte herein und ließ die Tür einen Spaltbreit offen. Ich sah nur einen kleinen Teil von Taille und Hüften, erkannte aber den anthrazitgrauen Wollstoff mit den türkisfarbenen Nadelstreifen sofort als zu Elaine gehörig. Was um Himmels willen wollte sie hier? Ich saß mit aufgerissenen Augen und hämmerndem Herzen wie erstarrt an meinem Schlitz. Sie ging im Zimmer herum, sah sich wohl alles an, die Bücher, die Gegenstände, Bilder, wie man das eben im Büro anderer Leute macht. Dabei summte sie unablässig vor sich hin, tonlos, aber beschwingt, sie schien bester Laune zu sein. Ich sah, wie ihre Hüften sich von den Regalen wieder zur Tür bewegten, wo sie innehielt und gleich darauf auch das Summen einstellte. Offenbar hatte sie das Zitat aus Louisa May Alcott gelesen. Sie stieß ein langgezogenes, zufriedenes *Hmmmmm* aus. Dann strich sie den Rock über ihrem Hintern glatt und verschwand aus meinem Gesichtsfeld.

Erst jetzt bemerkte ich eine Anzahl an verschiedenen Stellen in Augenhöhe angebrachte kleine Spiegel, die Bewegungen aus jedem Winkel des Zimmers einfangen konnten, so daß ich wußte, auch wenn ich Elaine nicht mehr sehen konnte, daß sie an meinen Schreibtisch getreten war, wo sie jetzt verharrte und vermutlich die Schreibtischplatte betrachtete. Gleich darauf kam sie um den Schreibtisch herum, setzte sich auf den Drehstuhl, auf dem sonst immer meine Studenten saßen, und kreiste darin herum, so daß ihre Schenkel und Knie nicht viel mehr als einen Meter von mir entfernt unvermittelt in mein Gesichtsfeld schwenkten.

Was für eine absurde Situation! Ich konnte ungefähr nachfühlen, wie es sein muß, mit dem Tschador oder dem Jaschmak durch die Welt zu gehen, ohne etwas von sich selbst preiszugeben und nur das zu sehen, was diesem fragmentarischen Stück von Elaines Taille entsprach. Und in Fortführung des Gedankens, an dem ich vor ein paar Minuten gesponnen hatte, kam mir die Idee, daß dieser Zustand schließlich nicht so sehr verschieden war von dem, was Männer wie ich in zunehmendem Maße als normales Verhalten in zwischenmenschlichen Beziehungen betrachten: daß wir uns nämlich entweder gänzlich verbergen oder nur das preisgeben, was wir selbst als noch nicht unzulässig in einem zivilisierten Diskurs betrachten – eine Öffnung, die nicht minder schmal ist als diejenige, durch die ich gerade spähte, und die sich täglich verengt, so daß alles, was wir von einem Menschen jemals wirklich erkennen, dem entspricht, was mir derzeit vor Augen stand.

Elaines Hand erschien kurz vor dem Lichtstreifen, strich dabei über den vom Schenkel straff gespannten Rock und verschwand aus meinem Blick in ihrem Schoß. Das Handgelenk konnte ich noch sehen, es geriet in Bewegung und ging fleißig von einer Seite zur anderen. Knie legte sich auf Knie, wobei sich der Rockstoff leicht verschob und ein dünner, irisierender Slip zu sehen war. Nach einer Weile stand sie auf und trat erneut an meinen Schreibtisch.

Ich vernahm Spritzgeräusche, die ich nicht zu deuten wußte. Gleich darauf erschien sie wieder an der Tür, verließ das Zimmer und schloß die Tür hinter sich.

Erst nach mehreren Minuten wagte ich wieder eine Bewegung. Ich war total naßgeschwitzt. Überdies hatte ich offenbar die ganze Zeit die Eisenstange umklammert, meine Handmuskeln waren an das Ding förmlich angefroren.

Als ich herausgeklettert war, löste sich das Rätsel der Spritzgeräusche: Elaine hatte das Zimmer mit ihrem zitronig-süßlichen Parfüm eingesprüht. Jetzt sah ich auch, was sie auf dem Drehstuhl gemacht hatte: Sie hatte einen Brief geschrieben. Das Blatt, einmal gefaltet und auf der Außenseite in großen runden Buchstaben mit meinem Namen versehen, lag auf dem Schreibtisch. Ich nahm es in die Hand und klappte es auf. *Warum nur*, las ich, *mußte ausgerechnet jetzt Roger auftau-*

chen? Welch Unstern über uns! Diese Zeilen sollen Dir nur sagen, wie leid es mir tut, daß es nicht nach Plan gelaufen ist, aber wir haben ja schließlich viel, viel Zeit, und zumindest, mein teurer Freund, bin ich in Deinem Zimmer und weide mich am Anblick Deiner Dinge (so typisch Du, *diese Becher, so lustig und originell). Und das wunderbare Zitat an der Wand: Im Rückblick auf das, was ich gestern abend getan habe, tat es mir fast so wohl wie Dich beim Essen in diesem Hemd zu sehen. Aber jetzt muß ich los, wenn ich Dich später nicht mehr erwische, rufe ich heute abend an. Bis dann …? Liebling …? Elaine.*

Das klang ausgesprochen verschroben. Welcher Wahn konnte eine scheinbar durchaus vernünftige Frau veranlaßt haben, sich so aufzuführen? Besonders beunruhigend war, daß sie sich offenbar vorgegaukelt hatte, ich sei mit ihrem abstrusen Szenario stillschweigend einverstanden.

Verwirrt und vage alarmiert ging ich nach Hause.

In meiner Wohnung empfing mich bedrückende Leere: Carol hatte beim Auszug alles mitgenommen, was auch nur entfernt an unsere Beziehung hätte erinnern können – von den Möbeln und den Küchengeräten, die sie mitgebracht hatte, bis zu dem Foto von unserer Hochzeit im Rathaus.

Man merkte, daß die Wohnung ohne sie verkam. Berge eingestaubter Papiere und Kleidungsstücke türmten sich auf Fußboden und Möbeln. Sobald ich einen Haufen weggeräumt hatte, wuchs irgendwo der nächste hoch; es schien, als ob es mir darum zu tun wäre, hinter meinem Rücken Unordnung zu schaffen. Manchmal aber zog eine gespenstische Erinnerung an Carol durch die Räume. Dann war die Luft nicht mehr abgestanden, in den Bücherregalen standen wieder dicht an dicht ihre Bücher über mittelalterliche Kunst und mittelalterliches Denken. Dann hatte ich das deutliche Gefühl, ich brauchte nur unverhofft den Schlafzimmerschrank aufzumachen, um auf ihrer Seite wieder ihre Sachen zu sehen, ordentlich zusammengelegt, kühl und weich, einen Duft verströmend, der nicht so sehr der Rückstand einer Seife oder eines Parfüms war als die Ausstrahlung einer edlen und reinen Seele.

Ich ging in die Küche, spielte mit dem Gedanken, mir etwas zu kochen, und gab ihn wieder auf. Ich tappte zurück ins Wohnzimmer, nahm einen Pullover von einem der Berge in einer Nische neben dem Sofa ... Darunter lagen ein paar bedruckte Blätter. Mein Blick blieb an einem Satzfragment hängen: *Elaines blasse Brüste und Schenkel* ... Verblüfft nahm ich die Blätter in die Hand. Es war das Typoskript der Erzählung, an der ich mich vor ein paar Monaten versucht hatte – *S wie Salm*. Daß ich den Namen Elaine verwendet hatte, war mir entfallen.

In der Erzählung ging es um einen Mann, der ein Verhältnis hat. Als er nach einem Schäferstündchen in der Mittagspause ins Büro zurückkommt, findet er eine Nachricht von seiner Frau vor, die ihn bittet, aus dem nahe gelegenen Fischgeschäft einen Wildlachs mitzubringen. Er geht sofort hin, um einen zu ergattern, ehe sie ausverkauft sind. Es ist ein heißer Tag, und weil sich der Kühlschrank im Büro als zu klein für den großen Fisch erweist, geht er mit ihm hinunter ins Lager, in den einzigen kühlen Raum im ganzen Haus. Als er eine über und über mit Kakerlaken bedeckte Leimfalle entdeckt, verstaut er den Fisch in einem Aktenschrank aus Stahlblech, und zwar in dem Schubfach »S – Z«. Später verläßt er im Eilschritt das Büro, um den Zug noch zu erwischen, von dem seine Frau ihn abholen will. Erst als der Zug aus dem Bahnhof fährt, fällt ihm ein, daß er den Fisch im Aktenschrank vergessen hat. Es ist Freitag, übers Wochenende ist das Büro abgeschlossen. Die Erzählung endet damit, daß er im Zug sitzt und von Gewissensbissen geplagt den Fisch vor sich sieht, ein wunderschönes Tier mit regenbogenfarbigen Schuppen und durch den aufgeschlitzten Bauch sichtbarem dunkelrosa Fleisch, das in seinem Stahlblechgrab seinen Glanz verliert und verwest, während Insekten um den Schrank herumschwirren und versuchen hineinzukommen.

Das Satzfragment, an dem mein Blick hängengeblieben war, stammte aus der Schilderung des Treffens zu Beginn, als Mann und Geliebte in einem Hotelzimmer miteinander schlafen. Anscheinend hatte ich die Geliebte Elaine genannt.

Angesichts der heutigen Vorfälle mußte ich mich fragen, ob das einen tieferen Sinn hatte. Mit Hilfe dessen, was ich bei meinen Sitzungen mit Dr. Schrever gelernt hatte, versuchte ich zu ergründen, welche Bedeutung der Name seinerzeit für mich gehabt hatte. Hatte ich damals an Elaine Jordan gedacht? Vielleicht, weil ich sie unbewußt in die Kategorie möglicher Sexualpartnerinnen eingeordnet hatte? Und hatte ich in diesem Fall vielleicht die ganze Zeit ihr gegenüber unwissentlich sexuelles Interesse signalisiert, und waren diese Signale in ihrer überhitzten Phantasie zu der Illusion einer tatsächlichen Beziehung zwischen uns geworden? Und verbarg sich, falls dem so war, unter der vollkommenen Gleichgültigkeit, die ich für sie zu empfinden glaubte, heimliche Leidenschaft?

Während ich mir das alles durch den Kopf gehen ließ, gab Mr. Kurwens erster Fernseher Laut, gleich darauf, Nummer eins übertönend, der zweite. Die Lautstärke hatte eine neue bedrohliche Dimension erreicht, sie klang fast wie ein absichtlicher Affront. Ich beschloß, nach oben zu gehen und mich zu beschweren.

Diesmal empfing mich Mr. Kurwen ohne sein Glasauge. Das weißgewimperte runzlige Lid über der leeren Augenhöhle verschlug mir einen Augenblick die Sprache. Angetrocknete Essensreste wehten, auf weiße Bartstoppel gespießt, um seinen Mund. Aus der Diele hinter ihm roch es übel. Er musterte mich angriffslustig mit seinem gesunden Auge, dann lächelte er zu meiner Verwunderung leicht verlegen.

»Besser spät als nie. Rein mit dir. Na komm schon …« Er sprach so, wie man früher in New York zu sprechen pflegte und wie man es heutzutage in Manhattan kaum mehr hört. Die Schoßhunde waren ihm kläffend dicht auf den Fersen.

Als er mich hereinführte, spürte ich, wie er mir das Haar zauste. Ich wandte erstaunt den Kopf.

»Komm, komm«, sagte er barsch und winkte mich ins Wohnzimmer. Ich sah einen goldfarbenen Teppich, schwere geblümte Vorhänge. Der Geruch – teils nach Hund, teils nach Mensch, daneben die Ahnung von etwas absolut Unsäglichem – war so penetrant, daß ich würgen mußte. Dazu kam eine unerträgliche Hitze. Der Fernseher, der sich mit seinem Partner im Nebenzimmer einen Zweikampf lieferte, verbreitete ohrenbetäubenden Lärm.

»Nimm dir was zu trinken.« Er deutete auf einen Schrank, wo neben eingestaubten Trinkgläsern ein Sortiment bejahrter Flaschen stand.

Ich schüttelte den Kopf. »Die Fernseher«, sagte ich. »Könnten Sie die nicht ein bißchen leiser stellen?«

Er legte eine Hand hinters Ohr.

»Die Fernseher«, brüllte ich.

Er grinste – schuldbewußt und durchtrieben zugleich –, tastete nach dem Lautstärkeregler und stellte den Ton leiser.

»Ich dreh sie so laut auf, um das kleine Arschloch da unten auf Trab zu halten«, sagte er und ging ins Schlafzimmer, um auch dort Ruhe zu schaffen.

Es gab mir einen Stich. Nicht daß ich auf die Meinung dieses alten Zausels etwas hätte geben müssen, aber Neues über die eigene Person erfährt man eigentlich nur durch das, was einem seine Mitmenschen unbeabsichtigt zur Kenntnis bringen.

Wer – wenn nicht das »Arschloch da unten« – war ich eigentlich seiner Meinung nach?

»Also ich glaube ja«, sagte er, als er wieder da war, »daß es irgendwo in der Küche ist.«

»Was soll in der Küche sein?«

»Mein Auge. Da hab ich es zuletzt gehabt. Hab's in der Pfanne heiß abgewaschen, und dann hab ich's wohl aus Versehen irgendwo hingetan.«

Offenbar erwartete er von mir – wer immer ich war –, daß ich nach dem verschwundenen Auge fahndete. Ich ging in die Küche, während das andere Auge auf den Fernseher und einen Werbespot für Abführmittel gerichtet war.

Der Küchenboden war klebrig vor Schmutz, und ich kam mir vor wie ein Insekt auf einem Fliegenfänger. Ich entdeckte das Auge sofort, es sah mir unter einem alten, grüngestrichenen Schrank entgegen. Die Farbe war aufgesprungen, so daß sich auf dem Holz ein Mosaik aus kleinen harten Klümpchen gebildet hatte. Ich griff mir das Ding, das etwa so groß war wie eine Murmel, um es Mr. Kurwen zurückzugeben, steckte es aber statt dessen in die Tasche. Vielleicht, dachte ich unbestimmt, konnte ich es als Druckmittel in Sachen Fernseher verwenden.

»Was ist mit dem Typ von unten?« rief ich ihm zu.

»Der ist ein Arschloch.«

»Aber in welcher Beziehung?« Ich ging zurück ins Wohnzimmer und sah Mr. Kurwen gerade ins Gesicht.

»Was heißt, in welcher Beziehung? Ein Arschloch ist er. Mimi hat mit der Frau gesprochen, an dem Tag, wo sie abgehauen ist. Der Typ muß ein absolutes Arschloch sein, hat sie gesagt.«

»Was hat sie denn genau über ihn gesagt – die Frau, meine ich?«

»Soll das 'n Verhör sein? Woher zum Teufel soll ich wissen, was die erzählt hat?«

»Ich dachte ...«

Aber plötzlich war mir die Täuschung zuwider. Ich hatte das

dringende Bedürfnis, mich dem Alten zu offenbaren, gewissermaßen unter meinem Schreibtisch hervorzukommen.

»Hören Sie mal«, sagte ich, »ich bin nicht der, für den Sie mich halten.«

Er sah mich an, zuerst verständnislos, dann ungläubig, dann mit einer Wut, durch die wie eine blasse Flamme die Angst eines alten Mannes flackerte.

»Wie? Was?«

»Der Typ von unten, das Arschloch – das bin ich. Ich bin nur gekommen, um mich über den Lärm Ihrer Fernseher zu beschweren. Sie haben wohl jemand anders erwartet?«

»Sie sind nicht Corven?«

»Nein, ich bin nicht Corven.«

Er sah mich argwöhnisch an. »Ich seh nicht mehr so gut«, murmelte er.

»Das tut mir leid.«

»Diabetes.«

»Ach so.«

»Erst stirbt mir die Frau weg, dann krieg ich auch noch diesen Scheißdiabetes.«

»Das ist hart. Tut mir leid.«

Er blieb unter der Tür stehen, das stoppelbärtige Gesicht von Licht umrahmt, während ich durch die luftlose, lichtlose Diele ging, wo Gestank und Hitze zu einem erstickenden Gemisch komprimiert waren.

»Also würden Sie bitte in Zukunft die Lautstärke herunterdrehen«, sagte ich von der Wohnungstür her.

Mr. Kurwen schnitt ein Gesicht. Er war – typisch Angeber! – schon wieder obenauf, nachdem er begriffen hatte, daß ich gehen würde, ohne ihn windelweich zu prügeln.

»Ich werd's mir überlegen«, sagte er giftig, um sofort einen erschrockenen Schritt zurückzuweichen.

»Es wäre mir sehr wichtig, Mr. Kurwen, wirklich.«

Unvermittelt erschlaffte sein Gesicht. Er drehte sich um und humpelte stumm davon, auf einmal ein uralter Mann.

Er hatte mich deprimiert, doch mein entschiedenes Vorgehen befriedigte mich und vermittelte mir ein angenehmes Gefühl von Großmut.

In meiner Wohnung las ich noch einmal das bewußte Satzfragment: *Elaines blasse Brüste und Schenkel* … Ich begriff, daß ich die Geliebte meines Protagonisten als ein Stereotyp angelegt hatte, als einen Torso ohne Beruf, Persönlichkeit oder Vorgeschichte, einfach als Verkörperung wollüstiger Untreue. Was, wenn ich ihr die wirkliche Elaine zugrunde legte? dachte ich. Könnte ich damit diesem totgeborenen Machwerk Leben einhauchen? Aber wie würde ich die wirkliche Elaine vermitteln, von der selbst bei ihrem heutigen bizarren Auftritt soviel penetrante Normalität ausging? Und angenommen, es gelänge mir – wie würde ich begründen, daß der Mann sich zu ihr hingezogen fühlte? Auch er besaß bei Licht besehen keine ausgeprägte Persönlichkeit, hatte nicht einmal einen Namen. In dem kargen Stil, für den ich mich entschieden hatte, war immer nur von einem »Er« die Rede. Ich beschloß auf der Stelle, ihn zu benennen, griff nach einem Stift, strich das erste »er« aus und ersetzte es leicht belustigt durch das Wort »Kadmilos«.

Sofort spürte ich, daß sich in dem Blätterstapel ein Hauch von Leben regte. Nachdem ich Kadmilos/Trumilcik ins Spiel gebracht hatte, sah es so aus, als könnte sich Elaine aus einer erotischen Projektion in eine Gestalt aus Fleisch und Blut verwandeln. Überdies bekam die Figur, entworfen als die echte Elaine, aber mit Kadmilos' Augen gesehen, gerade durch ihre Normalität plötzlich einen eigenen Reiz.

Da waren wir nun alle drei – ich selbst, Trumilcik und Elaine –, vertreten durch mehr oder minder phantasmagorische Versionen, dunkle Sinnbilder unserer selbst. Und einen Augenblick war mir, als wäre ich drauf und dran zu erfassen, warum die Erfahrung, eines anderen Menschen ganz und gar bewußt zu werden, für uns so qualvoll und verwirrend ist, daß wir ein ganzes Leben lang nach Möglichkeiten suchen, die anderen zu filtern, zu blockieren, labyrinthische Gänge zwischen ihnen und uns anzulegen, ihre Bilder zu den verschiedensten ausbeuterischen eigenen Zwecken zu stehlen und überhaupt alles Erdenkliche anzustellen, um ihre problembeladene, objektive Realität abzuwehren.

Das Telefon läutete.

Der Anrufbeantworter schaltete sich an, und plötzlich war Elaines Stimme im Zimmer.

»Hallo, ich bin's noch mal. Hab dich offenbar verfehlt. Hoffentlich hast du meinen Brief bekommen. Ja also ...« Das klang ein wenig hilflos, dann aber fuhr sie mit festerer Stimme fort: »Ruf mich an, wenn du zu Hause bist, Lawrence, ja? Egal, wie spät es ist.« Sie hinterließ ihre Nummer und legte auf.

Erst jetzt fiel mir die Nachricht ein, die ich gestern abend gelöscht hatte, ohne sie mir anzuhören. Vermutlich war die auch von Elaine gewesen. Ich überlegte, was sie wohl gesagt haben und wie ich unwissentlich durch meine Reaktion ihr wahnhaftes Verhalten ausgelöst haben könnte.

Wie hatte sie in ihrem Brief geschrieben? »... Dich beim Essen in diesem Hemd zu sehen ...« Ein Gedanke zeichnete sich in meinem Kopf ab, ein grotesker Gedanke, gewiß, aber während seine Umrisse immer klarer wurden, mußte ich zugeben, daß ihm eine gewisse wahnwitzige Logik innewohnte, die mir mit der Seite von Elaines Persönlichkeit, wie ich sie an diesem Nachmittag kennengelernt hatte, nicht unvereinbar zu sein schien.

Sie hatte mir – so meine Vermutung – eine verstiegene Liebeserklärung gemacht und hinzugefügt, ich solle mich, falls ich ihre Gefühle erwiderte, beim Essen zu ihr setzen und ein bestimmtes Hemd anziehen – wahrscheinlich ebenjenes, das ich zufällig angehabt hatte.

Fürwahr eine komplizierte Komödie! Und trotzdem konnte ich mir all das bei ihr durchaus vorstellen. Angenommen, sie fühlte sich schon seit einiger Zeit zu mir hingezogen. Angenommen, ich hatte ihr unbewußt ermutigende Zeichen gegeben. Angenommen, sie hatte sich in eine Leidenschaft hineingesteigert, mit der sie mich nun unbedingt konfrontieren mußte, um den toten Punkt einer aus ihrer Warte quälend langsam aufglimmenden Liebesbeziehung zu überwinden, die zu verlöschen drohte, falls nicht einer von uns bald die Initiative ergriff. Mit dem erstaunlichen Mut einer Frau, die wahrscheinlich ihrer Anziehungskraft nicht allzu sicher war, hatte sie den Rubikon ihrer angeborenen Hemmungen überschritten und ihre Gefühle dem Anrufbeantworter anvertraut, wobei sie die Gefahr einer Abfuhr riskiert und rührenderweise versucht hatte, uns beide davor zu schützen, indem sie mich gebeten hatte, meine Antwort so zu geben, daß sich über die ganze Sache, sollte sie sich als Mißverständnis entpuppen, der gnädige Schleier des Vergessens legen konnte, ohne daß ein Echo gesprochener Worte die Erinnerung daran am Leben hielt. Ich sollte einfach in einem bestimmten Hemd kommen.

Ich dachte daran, wie ihr zumute gewesen sein mußte, als sie dort im Speisesaal saß, nervös wartend, vielleicht im Zweifel über die Wahl ihrer Garderobe, ihrer neuen Frisur, noch immer ein wenig benommen von ihrem Entschluß, zugleich aber hochgestimmt, fortgerissen vom Schwung ihrer befreiten Leidenschaft, wie sie auf die Uhr gesehen und sich gesagt hatte, daß schlimmstenfalls eine Geschichte für ihre Enkelkinder dabei herauskommen würde, falls das Schicksal sie mit Enkeln beglücken, mit Enkeln *segnen* sollte, und wie sie dann aufblickte und mich wie in einer Vision zaudernd auf sich zukommen sah – in meinem blauen Hemd mit den schwarzen Knöpfen, eine blaue Woge der Liebe, die sie mit der wundersamen Kraft eines erhörten Gebetes überkam …

Solcherart sind die Trugbilder, die sich einer vom anderen macht. Und auch wenn es, als Trugbild, immer noch besser war als »das Arschloch da unten«, hinterließ die Vorstellung in mir das gleiche Gefühl entleerter Realität – so als habe man mich schlecht kopiert und dadurch leichter und fadenscheiniger gemacht. Kein Wunder, dachte ich, daß so viele Menschen sich früher oder später vorkommen wie das menschliche Gegenstück einer bulgarischen Münze.

4

»Ehe wir anfangen, möchte ich Ihnen etwas zeigen.«

Ich spürte einen Luftzug hinter mir, dann eine Bewegung in meinem Gesichtsfeld; Dr. Schrevers Hand streifte mit einem kleinen Stück Papier über meinen liegenden Kopf. Mein Herz tat einen unerklärlich heftigen Schlag.

Das Stück Papier war ein Scheck mit meiner Unterschrift, den ich ihr gestern per Post zugeschickt hatte.

»Fällt Ihnen etwas auf?« fragte sie.

Hatte ich mit einem anderen Namen unterschrieben? Nein, die Unterschrift schien in Ordnung – es sei denn, ich war tatsächlich drauf und dran, den Verstand zu verlieren. Der Betrag war der, den ich immer angab. Und auch das Datum schien zu stimmen.

»Was ist denn damit?« fragte ich.

»Sehen Sie das nicht?«

»Nein.«

»Schauen Sie doch, auf wen der Scheck ausgestellt ist!«

Jetzt sah ich, daß ich den Scheck auf Dr. Schroeder statt auf Dr. Schrever ausgestellt hatte. Ich lachte laut heraus.

»Wie komme ich denn auf so was?«

»Was meinen Sie?«

»Ich habe keine Ahnung.«

»Kennen Sie jemanden, der Schroeder heißt?«

»Nicht daß ich wüßte.«

»Ein Student, eine Studentin von Ihnen vielleicht?«

»Nein.«

»Jemand aus England?«

Mir fiel niemand dieses Namens ein.

»Warum haben Sie eigentlich gelacht, als Sie den Namen gesehen haben?«

»Irgendwie wirken diese kleinen Aussetzer einfach komisch.«

»Ich frage mich, ob Sie gelacht haben, weil Sie erkannten, daß Sie mir gegenüber eine gewisse Feindseligkeit hegen, die einzugestehen Ihnen peinlich ist.«

Nein, sagte ich, das glaubte ich nicht; sie ließ das Thema fallen. Ich korrigierte den Scheck und gab ihn zurück.

Ich war mit dem Vorsatz gekommen, über Elaine zu sprechen, aber etwas hatte mich in eine andere Richtung gedrängt. Gleich darauf fiel mir ein, was es gewesen war.

»Als Sie eben mit der Hand über meinen Kopf gestreift sind, bin ich zusammengezuckt. Ich hatte wohl einen Augenblick gedacht, Sie wollten mein Haar zausen. Mein Stiefvater hat das immer gemacht. Es war sein einziges sichtbares Zeichen der Zuneigung.«

Jetzt fiel mir auch ein, daß Mr. Kurwen gestern abend mein Haar gezaust hatte, als ich an ihm vorbei ins Wohnzimmer gegangen war, und ich begriff, daß mir seit jenem Moment der Gedanke an meine Kindheit im Kopf herumspukte.

Statt aber bei diesem Thema zu bleiben, erzählte ich Dr. Schrever von meiner Begegnung mit Mr. Kurwen; wie er mich mit jemandem verwechselt hatte, den er zu sich gebeten hatte, um nach seinem Glasauge zu suchen, wie ich ihn in meiner Konfrontationsscheu zunächst in diesem Irrtum bestärkt, schließlich aber gestanden hatte, daß er sich getäuscht hatte, und ihn in meiner Eigenschaft als »das Arschloch da unten« gebeten hatte, seine Fernseher leiser laufen zu lassen.

Ich verbreitete mich ziemlich ausführlich darüber, wie

großmütig ich mir nach dieser Anwandlung von Aufrichtigkeit vorgekommen war.

»Hat dieser Mann«, fragte Dr. Schrever nach einer Pause, »abgesehen davon, daß er Ihr Haar gezaust hat, Sie noch in anderer Beziehung an Ihren Stiefvater erinnert?«

»Ich habe mich wohl gefragt, ob er mich mit seinem Sohn verwechselt hat. Das hat mich nämlich bei meinem Stiefvater immer beschäftigt: Ich war mir nicht sicher, ob er mich als Sohn betrachtete, das heißt, inwieweit ich seiner Meinung nach sein Sohn war ...«

»Sprechen Sie weiter.«

Schon lange spürte ich den sanften Druck von Dr. Schrevers professionellem Interesse, mich zu Äußerungen über meine Kindheit zu veranlassen. Bisher hatte ich dem aus zwei Gründen widerstanden. Erstens lag mir überhaupt nichts daran, mich psychoanalysieren zu lassen. Daß ich zu ihr ging, hatte berufliche Gründe: Ich wollte ein Buch über Geschlechterbeziehungen in der Entwicklung psychoanalytischer Praxis schreiben. Als Quellen wollte ich hauptsächlich Memoiren und Fallstudien benutzen, aber ich sagte mir, daß ein gewisses Maß an Erfahrung aus erster Hand mir ein Gefühl für die besondere Struktur der Gespräche vermitteln würde, die in solchen Räumen stattfinden. Aus naheliegenden Gründen hatte ich dieses Motiv Dr. Schrever verschwiegen. Zweitens fand ich, daß Dr. Schrever, auch wenn ich ihr zur Durchführung meines Experiments gewisse – unter Umständen sogar recht intime – Fakten über mich würde preisgeben müssen, als Amerikanerin das Milieu, in dem ich aufgewachsen war, einfach nicht verstehen würde. Manches Offenkundige hätte ich ihr erklären können, aber zahllose Nuancen würde ich nicht einmal als erklärungsbedürftig erkennen, so daß sie, was meine Person betraf, höchstwahrscheinlich eine ganze Reihe völlig falscher Schlüsse ziehen würde.

Woher sollte sie beispielsweise wissen, daß es für eine alleinstehende verwitwete Mutter weder unnatürlich noch lieblos war, sich hoch zu verschulden, um ihr einziges Kind mit acht Jahren ins Internat schicken zu können, sondern in jener Nische der englischen Gesellschaft, die sie für sich anvisierte, genau das Gegenteil? Wie sollte Dr. Schrever die Sprach- und Benimmregeln verstehen (oder falls sie sie verstand, ernst nehmen), mit denen alle Kasten jener übervölkerten Insel ihre Grenzen verteidigten, wie ungeheuer anstößig es war, wenn meine Mutter im Beisein der alten Schulfreunde meines Stiefvaters ein Mundtuch als Serviette bezeichnete, bei der Vorstellung »Sehr angenehm« sagte oder längere Wörter falsch betonte? Und wenn Dr. Schrever schon derlei Dinge nicht verstand – wie konnte sie die inneren Spannungen und Verwerfungen unseres Hauswesens verstehen, die eigentümlich belastete Atmosphäre, die sich folgerichtig aus der Entstehungsgeschichte dieses Hauswesens entwickelt hatte: Ein kultivierter, genußfreudiger Firmenchef mit aristokratischer Ehefrau und vier Kindern im ererbten Herrenhaus verfällt immer mehr den Reizen seiner neuen Sekretärin und dekantiert schlechten Gewissens den Spitzenjahrgang seines Daseins aus der sorgsam gelagerten, mit Patina versehenen Flasche in die fragwürdige Billigglasware von meiner und meiner Mutter Leben?

Es wäre Zeitverschwendung gewesen, das Thema auch nur anzuschneiden.

»Was empfinden Sie, Lawrence?« hörte ich Dr. Schrever sagen.

»Daß ich ... daß ich nicht angemessen ausgedrückt habe, wie gut mir meine Offenheit dem Alten gegenüber getan hat. Bei dem schlichten Gespräch von Mann zu Mann bin ich mir zum Schluß fast ... wie ein Amerikaner vorgekommen.«

»Was bedeutet das für Sie?«

»Befreiung«, sagte ich. Ich war noch dabei, meine Sicht von

Amerika zu erläutern – daß nämlich dort alles, von der Architektur bis zu den Sprachmustern, einfach der Ausdruck eines Gefühls der Befreiung war –, da ertönte der Summer, und die Sitzung war zu Ende.

Ich war schon auf dem Weg durch den kleinen Raum, in dem der nächste Patient wartete, als ich hinter mir Dr. Schrevers Stimme hörte.

»Würden Sie bitte noch einen Augenblick hereinkommen, Lawrence?«

Ich ging zurück in ihr Sprechzimmer. Sie schloß die Tür.

»Sie haben mir etwas dagelassen.« Sie deutete zur Couch.

Auf dem scharlachroten Cordsamt lag Mr. Kurwens Glasauge.

Diese Missetat war mir gänzlich entfallen. Offenbar hatte ich das Auge in meiner Tasche herumgetragen, seit ich es am Vorabend von Mr. Kurwens Küchenboden aufgehoben hatte.

Ehe ich wußte, wie mir geschah, und ohne die übliche Vorwarnung wurde ich so rot wie Dr. Schrevers Couch. Sie sah mich fragend an.

»Ich kann erklären ...« stotterte ich mit dem Blick auf ihre Kladde, die auf dem Regal neben ihrem Stuhl lag.

»Beim nächsten Mal vielleicht?«

Mit spitzen Fingern nahm sie die Glaskugel von der Couch und gab sie mir.

Draußen war es klar und frostig. Die Sonne glitzerte auf dem Neuschnee, der die Wege in den Park säumte. Es war offenbar so warm gewesen, daß die oberste Schneeschicht geschmolzen war, denn an der Oberfläche hatte sich eine glatte, metallische Kruste gebildet. Fast ohne es zu merken betrat ich durch einen der kleinen Eingänge den Park. Der Himmel zwischen den Bäumen strahlte in einem märchenhaften, dunkel fluoreszierenden Blau. Beglückt sah ich sekundenlang zu ihm auf. Als ich den Blick senkte, entdeckte ich die Frau, die ich irrtümlich für Dr. Schrever gehalten hatte, auf einem Weg, der den meinen kreuzte und aus dem Park herausführte.

Ich sah genau hin, um mich zu vergewissern, daß sie es wirklich war. Das ziemlich kurze dunkle Haar, die olivfarbene Haut, diese ganz besondere Ausstrahlung lässiger Eleganz – sie war es, kein Zweifel. Sie trug einen langen grünen Mantel mit Kragen und Manschetten aus Astrachan und Stiefeletten mit einem Besatz aus schwarzem Pelz oder Wollstoff.

Als sie zur Kreuzung kam, die sie vor mir überquerte, drängte es mich plötzlich, sie einzuholen und anzusprechen. Ich beschleunigte den Schritt. Sie hatte mich offenbar aus dem Augenwinkel bemerkt, wandte sich um, hielt inne und sah mich gerade an. Unter dem Sims ihrer dunklen Haare sahen zwei goldene Ohrringe hervor. *Aretes!* Ich hätte es fast laut gesagt, als mir die Frau einfiel, der Trumilcik in der Schlange vor der Einwanderungsbehörde begegnet war. Denn hatte die nicht hier in der Gegend gewohnt? Einen Block nördlich des Dakota Building ... Lächelnd ging ich auf sie zu, woraufhin sie unvermittelt die Lippen zusammenpreßte und davonging – nicht im Laufschritt, aber offenbar in Eile, von mir wegzukommen.

Ich blieb sofort stehen, denn ich begriff, wofür sie mich gehalten hatte. Ich hatte sie nur fragen wollen, ob sie zufällig eine Bekannte von Bogomil Trumilcik war, und hatte mit ihr über ihn sprechen wollen, aber das konnte sie ja nicht wissen.

Trotzdem war ich betroffen, daß meine Erscheinung – lächelnd, am hellichten Tag, an einem belebten Ort – eine so heftige Reaktion hervorrufen konnte.

Während ich zum See hinunterging, ärgerte ich mich sehr über mich selbst. Daß ich Mr. Kurwens Auge auf Dr. Schrevers Couch hatte liegenlassen, ließ mich als Lügner und Dummkopf dastehen. Soviel zu meinem »Amerikanertum«. Und dieser Vorfall eben ließ mich dastehen als ein alter Spanner im Park.

In einem Anflug kindischen Jähzorns nahm ich Mr. Kurwens Auge aus der Tasche und schleuderte es in den halb zugefrorenen See, wo es sich, statt im Wasser zu landen, in einer Eisscholle eingrub und von dort himmelwärts starrte.

Damals ahnte ich nicht, daß mich von dem Fußweg über mir die Frau mit den goldenen Ohrringen beobachtete.

5

Bis zu unserer Ausschußsitzung am Montag hatte ich Klarheit darüber gewonnen, wie ich mich in Sachen Elaine verhalten sollte.

Ich ging ein paar Minuten früher ins Sitzungszimmer – Nummer 243 – in der Hoffnung, kurz allein mit ihr sprechen zu können.

Sie war schon da, aber sie war nicht allein, sondern in Gesellschaft von Zena Sayeed, einer palästinensischen Mathematikerin. Elaine sah mich an und wandte sich wortlos ab. Ich war auf etwas Derartiges vorbereitet und hatte als Signal das bewußte blaue Hemd mit den schwarzen Knöpfen angezogen für den Fall, daß sich erst später eine Gelegenheit zum Reden ergab. Sie sah aus, als hätte sie die letzten Nächte nicht geschlafen. Ihre Augen waren rot gerändert, das Gesicht formlos verquollen. Ich gab mir einen Ruck und setzte mich neben sie, aber sie sah stur an mir vorbei. Gleich darauf kam Roger mit dem fünften Mitglied unseres Komitees herein.

Nummer 243 war ein häßlicher, schmuckloser Seminarraum mit einer Tafel, Kugellampen voll verschmorter Motten und einem langen, eichenfurnierten Tisch, an dem wir fünf uns jetzt alle an einer Seite aufgereiht hatten.

Wie gewöhnlich führte ich Protokoll, während Roger, der in der Mitte saß, den Gegenstand der Beschwerde erläuterte, die gegen Bruno Jackson erhoben worden war.

Ein Erstsemester, Kenji Makota, hatte sich über eine schlechte

Note beklagt, die Bruno ihm für ein Referat gegeben hatte. Er hatte seinem Berater gesagt, er hätte vielleicht eine bessere Note bekommen, wenn er scharf gewesen wäre und Brüste gehabt hätte. Der Berater hatte ihn um eine Erläuterung gebeten und ihn dann überredet, seine Sicht von Brunos Benotungen schriftlich festzuhalten.

»Und nun geht es darum«, fuhr Roger fort, »daß wir, wenn ein Student oder eine Studentin meint, er oder sie sei wegen der Beziehung einer Lehrkraft zu einer oder einem anderen Studierenden ungerecht behandelt worden, verpflichtet sind, ein Verfahren wegen sexueller Belästigung einzuleiten, auch wenn der oder die andere Studierende sich nicht beschwert hat. Im vorliegenden Fall – und Elaine wird mich korrigieren, wenn ich im Irrtum bin – geht es nicht zwangsläufig um eine Beendigung des Beschäftigungsverhältnisses, was der Fall wäre, wenn der andere Student oder die andere Studentin sich beschwert hätte. Wir sollten dem Burschen aber zumindest Stoff zum Nachdenken geben, indem wir ihn vor den Ausschuß zitieren. Ich schätze, daß die drohende Aussicht auf eine bleibende Beeinträchtigung seines akademischen Rufes genügen dürfte, um eine Änderung seines Verhaltens herbeizuführen. Auf diese Weise haben wir dann, selbst wenn er jede Beziehung zu Studierenden leugnet, was er im Hinblick auf unsere Richtlinien für die Schuldvermutung wahrscheinlich tun wird, unsere Pflicht erfüllt, die jungen Leute zu schützen, ohne allen die Aufgeregtheiten einer ausgewachsenen Ermittlung zuzumuten. Einverstanden?«

Wir nickten, allerdings tat ich es mit einem Räuspern, weil mir klargeworden war, daß ich in einer Sache, die mir schon seit einigen Tagen nachging, zu einer Entscheidung gekommen war.

»Roger«, sagte ich, »wären Sie so freundlich, mir unsere Richtlinien für die Schuldvermutung genauer zu erklären?«

»Sehr einfach. Wenn sich herausstellt, daß eine Lehrkraft eine Beziehung mit einer Studentin hat und wenn es zu einer Beschwerde kommt, gehen wir davon aus, daß die Lehrkraft sich einer sexuellen Belästigung schuldig gemacht hat. Es obliegt dann besagter Lehrkraft, das Gegenteil zu beweisen.«

»Wenn sich herausstellt, sagen Sie. Wie ist das genau gemeint?«

Die blauen Augen glitten kurz über mein Gesicht. Ich spürte, wie sich die Aufmerksamkeit der Kollegen hellwach und voller Neugier mir zuwandte.

»Entweder liegt eine Beschwerde des Opfers vor sowie die Aussage eines oder mehrerer Zeugen, die von dem Ausschuß als zuverlässig befunden wird, oder ...«

»Und wenn die Belästigung von einem glaubwürdigen Zeugen beobachtet wurde?«

»Sie meinen, wenn der Belästiger *in flagranti* erwischt wird? Klare Sache!«

»Das fällt mir nicht ganz leicht«, sagte ich.

Selbst Elaine drehte sich jetzt zu mir um, die geröteten Augen (von Tränen gerötet, dachte ich, nicht nur vom Schlafmangel) waren weit geöffnet. Ich versuchte sie merken zu lassen, daß meine Worte ebenso ihr wie Roger galten.

»Neulich habe ich zufällig Bruno mit einer seiner Studentinnen spätabends auf dem Bahnhof gesehen.«

»Einer Studentin?« vergewisserte sich Roger.

»Ja.«

»Hat er sie belästigt?«

»So muß ich es wohl sagen. Ja.«

Zena Sayeed wandte sich mir zu.

»Was hat er denn gemacht?« Zena war eine Frau mit resigniertem Blick unter schweren Lidern.

»Er hat ihr zugeredet, sie solle mit ihm nach New York zurückfahren. Er hat sie geküßt.«

»Und sie wollte nicht mitfahren?« fragte Zena, und ich meinte in ihrer Stimme eine Spur heimlicher Ironie zu entdecken.

»Nein, das hat sie ausdrücklich gesagt. Und ich hatte das deutliche Gefühl, daß ihr die Küsserei nicht recht war. Einmal hat sie sich von ihm losgemacht.«

»Und wie ging die Sache aus?« fragte Roger.

»Das weiß ich nicht. Mein Zug fuhr ein.«

»Aha.«

»Wie kam es, daß Sie die beiden beobachtet haben?« fragte Zena. »Wenn ich fragen darf.«

Ich erläuterte, daß ich im Warteraum gestanden und die Szene nolens volens mit angesehen hatte.

»Die ganze Sache war mir natürlich sehr peinlich«, fuhr ich fort, »und ehrlich gesagt hatte ich mir vorgenommen, gar nicht darüber zu sprechen. Wer spielt schon gern den Zuträger? Aber alles in allem wäre es wohl doch Feigheit gewesen, hier etwas zu verschweigen. Wenn wir unsere Verantwortung an diesem Platz nicht ernst nehmen, können wir gleich einpacken und nach Hause gehen.«

Roger nickte nachdrücklich. »Ich bin hundertprozentig deiner Meinung. Du hast Mut, Lawrence. Die Frage ist – wie geht es jetzt weiter? Vorschläge, Elaine?«

Noch als ich anfing zu sprechen, hatte ich nicht gewußt, ob ich all das erzählen sollte; daß ich das Richtige tat, war mir allerdings von Anfang an klar gewesen. Gewiß, auf den ersten Blick war eine Gedankenverbindung zu Schnüffelei und Spitzeltum nicht von der Hand zu weisen, aber ich fand, daß es zu der von mir angestrebten Geradheit und Fairness paßte, zu sagen, was ich wußte, ja, ich hatte es als befreiend empfunden, so offen sprechen zu können. Ich kam mir stark und mutig vor, so daß ich mir ein Herz faßte und begann, an Ort und Stelle meine zweite große Entscheidung des Tages in die Tat umzusetzen, die Entscheidung, die Elaine betraf.

Während Elaine kurz nachdachte, um Rogers Frage zu beantworten, legte ich ihr unter dem Tisch meine Hand auf den Schenkel. Die Wirkung war elektrisierend. Sie fuhr mit einem Ruck hoch, als habe etwas sie gebissen, und rettete sich rasch in einen heftigen Hustenanfall.

»Verzeihung«, brachte sie nach einer Weile heraus und klopfte sich an die Brust.

»Darf ich Ihnen ein Glas Wasser holen?« fragte Roger.

»Nein, nein, es geht schon wieder. Entschuldigen Sie bitte.«

Weit davon entfernt, sich meinem Griff zu entziehen, legte Elaine, sobald sie sich hinreichend erholt hatte, verstohlen ihre Hand über die meine.

»Was Ihre Frage betrifft, Roger«, sagte sie, »würde ich sagen, daß wir das, was Lawrence uns erzählt hat, zu Rogers Personalakte legen sollten. Zur Beendigung des Beschäftigungsverhältnisses müßte wohl noch die Beschwerde der betreffenden Studentin her. Bis dahin erhöht sich durch unsere Entscheidung der Druck auf den Dozenten, unsere jungen Leute in Ruhe zu lassen.«

»Sie meinen also, wir sollten ihm sagen, daß wir von dieser Beziehung wissen?«

Elaine sah mich an. Ihr Ton war leidenschaftslos, aber ihre müden Augen leuchteten wieder.

»Das müßte wohl Lawrence entscheiden.«

Ich drückte zärtlich ihren Schenkel. Ihre Lippen zuckten leicht.

»Er weiß, daß ich ihn gesehen habe«, sagte ich.

»Dann sollte er ruhig auch erfahren, daß du es uns erzählt hast«, meinte Roger, »es sei denn, du hättest starke Bedenken, Lawrence.«

»Ich bin nicht gerade begeistert, aber wenn es nicht anders geht ...«

Roger sah einen Augenblick nachdenklich vor sich hin.

»Nein, ich glaube, wir behalten es vielleicht doch lieber für uns«, entschied er dann, »bis sich die Studentin ganz offiziell beschwert. Sie wissen nicht zufällig, wer es war?«

»Ich glaube, sie hieß Candida.«

Zena Sayeed zog eine dunkle Augenbraue hoch. »Candy Johanssen? Ein mageres Ding? Eine Art präraffaelitische Elfe?«

»Das klingt nach ihr.«

»Ich bin ihre Betreuerin.«

Roger wandte sich ihr zu. »Dann läge es nahe, daß du einmal mit ihr redest, Zena.«

Zena murmelte etwas Unverbindliches.

»Hast du damit Probleme?« fragte Roger – nicht aggressiv, aber mit einem erstaunlichen Nachdruck, der mir erneut vor Augen führte, wie rückhaltlos er sich in dieser Sache engagiert hatte und daß er im Interesse des gewünschten Ergebnisses durchaus bereit war, hier und da auch den nötigen Wirbel zu machen.

Zena musterte ihn einen Augenblick und überlegte wohl, ob es lohnte, sich auf eine Diskussion einzulassen.

»Aber nein«, sagte sie dann freundlich. »Ich rede mal mit ihr.«

Roger witterte seinen Vorteil und hakte nach. »Mir scheint, daß hier auch eine psychische Gefährdung vorliegt. Sie ist dünn, sagst du?«

»Wie ein Zaunpfahl.«

»Ich meine, du solltest mit ihr sprechen, Zena.«

»Hab ich doch schon gesagt.«

Wenige Minuten später führte die Assistentin des Dekans Bruno herein.

Eine gewisse Nervosität wäre bei einem Mann durchaus verständlich gewesen, über dem das Damoklesschwert eines Fleckens auf der akademischen Ehre schwebte; aber wie sich zeigte, hatte er sich dafür entschieden, das Verfahren in lässig-gleichgültiger Pose durchzustehen.

Er lächelte leutselig in die Runde, setzte sich seitlich auf seinen Stuhl und legte lässig einen Arm über die Lehne.

Dann sah er mich an. »Hallo, Lawrence«, grüßte er halblaut.

Wieder spürte ich den Druck seines sonderbaren und durchaus einseitigen Wunsches, mich zum Komplizen zu machen. Ich nickte und war froh, daß ich meinen Kollegen sehr deutlich gemacht hatte, wie ich zu ihm stand; trotzdem war mir der Anschein der Unaufrichtigkeit, der durch sein freundschaftliches Gehabe fast zwangsläufig entstehen mußte, sehr unangenehm.

»Alsdann – welche Greueltat habe ich begangen?«

Ohne sich von Brunos sarkastischem Ton provozieren zu lassen, erläuterte Roger, daß gegen ihn der Vorwurf ungerechter Benotung erhoben worden war und daß er sich dadurch unter Umständen dem weit schwerwiegenderen Vorwurf der sexuellen Belästigung ausgesetzt hatte.

»Ich habe mein Lebtag noch niemanden belästigt«, fuhr Bruno mit seiner kratzigen Stimme dazwischen. »Weil ich das nämlich gar nicht nötig habe.«

»Und um nun zu vermeiden«, fuhr Roger milde fort, »daß man Sie dessen bezichtigt, haben wir Sie zu dieser Besprechung gebeten.«

»Wer droht mit Anklage?«

»Gestatten Sie mir zwei Bemerkungen, Bruno«, sagte Roger in seiner ruhigen, leidenschaftslosen Art. »Erstens: Da wir im Gegensatz zu anderen Hochschulen keine Vorschrift haben, die besagt, daß man sich auf gar keinen Fall mit Studierenden einlassen darf, obliegt es uns, bei den Anforderungen zum Schutz unserer Studierenden die Latte besonders hoch zu legen. Wenn Sie sich für ein Verhältnis mit einer Studentin entscheiden, tun Sie das auf eigene Gefahr. Beim ersten Getuschel über Beschwerden der Studentin gehen wir davon aus, daß Sie sich einer Belästigung schuldig gemacht haben, und Sie fliegen. Unwiderruflich.«

»Hat es Getuschel gegeben?«

»Nein. Noch nicht. Nicht von seiten einer Studentin. Aber jetzt zum zweiten Punkt, Bruno: Sie haben eine schöne, vielversprechende Laufbahn vor sich, Sie haben die besten Aussichten auf Festanstellung, Sie sind offenkundig ein begabter Lehrer – warum wollen Sie das kaputtmachen?«

»Kein Belästigungsgetuschel von seiten einer Studentin, aber von anderer Seite?«

»Das ... braucht Sie im Augenblick nicht zu interessieren.«

»Worauf wollen Sie dann hinaus, Roger?«

»Wenn Sie uns versprechen würden, den eingeschlagenen Weg nicht fortzusetzen, dürfte das wohl im Augenblick genügen, denke ich.« Roger sah uns nacheinander an. Wir nickten, und er wandte sich wieder Bruno zu.

Der grinste nur verächtlich. »Soll doch tuscheln, wer mag«, erklärte er großspurig. Ich spürte seinen Blick, obgleich ich stur auf mein Protokoll hinuntersah.

»Kann ich jetzt gehen?« fragte er.

Roger seufzte. »Ja. Aber bitte denken Sie daran, daß wir die Verantwortung, die wir hier tragen, sehr ernst nehmen.«

Bruno stand auf. »Da denk ich schon dran.«

Nachdem sich die Tür geschlossen hatte, herrschte Schweigen.

»Ja, das war's wohl«, sagte Roger leise. »Zena, du redest mit deiner Studentin?«

»Ich will sehen, was sich tun läßt, Roger«, erwiderte Zena resigniert. Sogar ihr gab Brunos Verhalten offenbar zu denken.

Wenige Minuten später ging ich Seite an Seite mit Elaine über den Campus. Der Nachmittag war mild und sonnig. Ferner Verkehrslärm untermalte als Hintergrundgeräusch das Tröpfeln des geschmolzenen Schnees, der in die Regenrinnen lief. Eine Weile gingen wir schweigend nebeneinanderher; ich spürte, wie bedeutungsschwanger dieses Schweigen für sie war.

»Ich hatte schon fast die Hoffnung aufgegeben«, sagte sie schließlich mit belegter Stimme.

»Es tut mir leid.« Ich versuchte gar nicht erst zu erklären, warum ich mich nicht gemeldet hatte.

»Nein, nein, mir tut es leid. Ich war eben so ... so aufgeregt.«

»Wie schön. Ich möchte, daß du aufgeregt bist.«

»Oh ... danke, daß du das sagst.«

»Worauf hättest du denn Lust?« fragte ich.

»Ich würde dir gern etwas kochen.«

»Das hatte ich gehofft.«

»Meine Blumenkohlquiche ist berühmt.«

»Mir läuft schon das Wasser im Munde zusammen.«

Sie lachte. »Du bist mir einer!« Dann kritzelte sie die Wegbeschreibung zu ihrem Haus auf einen Zettel, und wir trennten uns mit einem zärtlichen Blick.

Da sie nicht weit von der nächsten Bahnstation wohnte, lohnte es nicht, vor dem Abendessen nach Manhattan zurückzufahren, so daß ich zwei Stunden totschlagen mußte. Ich ging in mein Büro; auf dem Weg holte ich einen gelben Hauspostumschlag aus meinem Fach. Er enthielt die Arbeit, um deren Durchsicht Amber mich gebeten hatte. Zögernd legte ich sie auf den Schreibtisch und begann zu lesen, konnte mich aber nicht konzentrieren. Ich dachte an die Verfasserin, die so lebendig durch die innere Bühne meines Fühlens und Denkens geisterte, wenn ich mit ihr zusammen war, und die damit regelmäßig Ängste in mir weckte.

Und dann streifte mich wie ein Hauch aus ferner Vergangenheit eine schwache Resonanz gleich der letzten, fast unhörbaren Schwingung eines Gongs.

Manchmal scheint mir das Gehirn (zumindest meins) durchaus nicht das fast unbegrenzt aufnahmefähige Organ zu sein, als das man es sich gern vorstellt, sondern im Gegenteil ziemlich rudimentär. Ich habe den Eindruck, daß es nur eine sehr begrenzte Anzahl von Kategorien für seine Erfahrungen besitzt und auf der Grundlage einer höchst zufälligen Ähnlichkeit die unterschiedlichsten Erscheinungen zusammenpackt. Das würde erklären, warum einem hin und wieder aufgeht, daß man zum Beispiel nie wirklich unterschieden hat zwischen dem Nachbarn mit dem Hund in dem Ort, in dem man geboren wurde, und dem Nachbarn mit der Katze in der Stadt, in die man später verzogen ist. Beide sind schlicht und einfach als »Nachbar mit Haustier« gespeichert. Es ist immer ein kleiner Schock, wenn wir begreifen, daß die Menschen oder die Gegenstände, die man in einen Topf geworfen hat, überhaupt nichts miteinander zu tun haben.

Im Fall Amber war mir klargeworden, daß ich ihr Bild mit dem einer Gestalt aus meiner Jugend zur Deckung gebracht hatte, nämlich mit Emily Lloyd, der Tochter meines Stiefvaters.

Dabei sahen sich die beiden überhaupt nicht ähnlich. Emily hatte üppige kastanienbraune Locken, sie war zierlich und hatte ein wachsames, trotz einiger Ecken und Kanten weiches Gesicht, während Amber hoch aufgeschossen und schlank, fast ein bißchen ungelenk war und mit ihren Sommersprossen und dem rotgoldenen Haar gewisse Ähnlichkeit mit einem Giraffenfohlen hatte.

Beide aber weckten die gleichen Empfindungen in mir: ein heftiges Begehren, bei dem es eher darum zu gehen schien, etwas sehr Wichtiges und Wertvolles zurückzubekommen, das man mir weggenommen hatte, als etwas Neues in Besitz zu nehmen, und zugleich das Gefühl, mit etwas konfrontiert zu werden, was mich zerstören konnte.

Um mir weder über die eine noch über die andere der beiden Frauen Gedanken machen zu müssen, suchte ich im Bücherregal nach einer Ablenkung.

Mein Blick fiel auf eine kleine Ausgabe von Shakespeares gesammelten Werken. Ich holte sie herunter und schlug sie auf. In verblaßter grüner Tinte mit einer Handschrift, deren Buchstaben so stramm ausgerichtet waren wie eine Reihe von Tannen auf einem Bergkamm, stand da folgende Widmung:

Unserer geliebten Barbara.
Dieses Geschenk soll Dich jetzt, da Du ins College gehst und Dich daranmachst, den großen Traum Deines Lebens zu verwirklichen, daran erinnern, wie lieb und teuer Du uns bist.
Deine Dich immer liebenden Mom und Dad
8. September 1985

Vermutlich die verstorbene Barbara Hellermann, Trumilciks Nachfolgerin in diesem Büro und meine unmittelbare Vorgängerin, die Kaffee für ihre Studenten kochte, Dankesschreiben bekam, erbauliche Zitate sammelte ... Und nach dem Datum ihres Eintritts in das College zu urteilen ein gutes Stück jünger als ich gedacht hatte. Demnach war sie höchstens Mitte Dreißig gewesen, als sie gestorben war – ein schmerzlicher Gedanke, besonders im Zusammenhang mit der liebevollen Widmung der Eltern. Mit einem leisem innerlichen Schurren – einem kleinen Kulissenwechsel – trat an die Stelle des Bildes von der lieben alten Dame, das ich mir von ihr gemacht hatte, das einer jungen Frau, von einer seltenen Krankheit dahingerafft. Eine ergreifende Vorstellung, die mir aber, da ich persönlich nicht involviert war, nicht wirklich unter die Haut ging.

Ich blätterte die seidendünnen Seiten des Bandes durch, bis ich zu *Maß für Maß* kam. Seit meiner Jugendzeit hatte ich nicht mehr hineingesehen, aber der Text war mir so vertraut, als hätte ich ihn selbst geschrieben. Da war der Sittenstrolch

Claudio, dieser »lose Lüstling«, der wegen seines Vergehens in der Todeszelle saß. Da war sein Richter Angelo, diese »Marionette ohne Zeugungskraft«, wie der leichtlebige Spötter Lucio ihn nennt, der – mit oft unterschätztem ehrlichen Bemühen, wie ich fand – gegen die eigenen unbotmäßigen Triebe ankämpfte. Und da war Claudios Schwester, die keusche Isabella, die gerade in ein Kloster eintreten will, als sie Angelo begegnet und zum Objekt seiner Begierde wird. Bei einer Aufführung in der Mittelstufe hatte ich in meiner reinen Jungenklasse ihre Rolle gespielt und erinnerte mich jetzt, wie ich erregt und zugleich unangenehm berührt verkündet hatte, ich würde lieber sterben, als Angelos Angebot annehmen, meinem Bruder das Leben zu schenken, wenn ich bereit sei, mit ihm zu schlafen. *»Wär über mich der Tod verhängt«*, hörte ich mich voller Leidenschaft deklamieren, *»der Geißel Striemen trüg ich als Rubinen …«*

Ich setzte mich mit dem Buch an den Schreibtisch, weil ich das Stück noch einmal lesen wollte, war aber noch nicht weit gekommen, als sich die Erinnerung an Emily Lloyd erneut meldete. Mir fiel ein, daß ich ihr genau zu der Zeit begegnet war, als wir dieses Drama geprobt hatten. Ich war fünfzehn und in den Ferien aus dem Internat, dessen Schulgeld jetzt mein Stiefvater bezahlte, nach Hause gekommen. Ich weiß noch, daß er mein Haar zauste, als ich auf dem kleinen Bahnhof in der Nähe des Wochenendhauses in Kent ankam, das er meiner Mutter gekauft hatte. Ich stellte mein Gepäck ab, dann sahen wir uns hilflos an. Wir bedeuteten einander gar nichts, da war nur eine Leere, eine Abwesenheit. Ihm fehlten die leiblichen Kinder, mir der Vater, der (damals war ich fünf) an einem Gehirntumor gestorben war.

Das Haus war winzig, mehr hatte Robert – mein Stiefvater – sich nicht leisten können, nachdem seine Geldmittel durch die Exfrau gebunden waren. Es war ein ehemaliges Landarbeiter-

Cottage mit sehr kleinen Fenstern. Meine Mutter hatte die Zimmerchen mit rustikalem Kunstgewerbe vollgestopft, aber das Haus blieb düster, und wenn wir zu dritt darin eine Weile zusammensaßen, verdichtete sich unsere Mühe, einander nicht auf die Nerven zu gehen, zu einer subtilen, aber heftigen Schwermut, die uns nach ein paar Stunden mit Stummheit schlug.

»Du siehst ein bißchen bläßlich aus«, sagte meine Mutter an jenem Vormittag zu mir.

»Mir geht's gut.«

»Du langweilst dich doch nicht?«

»Nein.«

»Jammerschade, daß du nicht einen deiner Freunde mitbringen wolltest.«

»Ich komm schon zurecht.«

»Hier kann man eine Menge unternehmen. Fahrradtouren, Segeln auf dem Stausee ... Ich hatte gedacht, daß sie sich darum reißen müßten, zu uns zu kommen.«

»Eigentlich muß ich ja lernen.«

Ich konnte ihr nicht sagen, daß ich um keinen Preis mit einem Freund hier erscheinen würde. Das Thema war für mich ein absolutes Tabu. Ich spürte, daß alles, was in unserem Hauswesen geschah, an einem Geist tiefer Unwahrhaftigkeit krankte. Woher dieses Gefühl kam, hätte ich nicht sagen können, aber ich wußte, daß es so war. Unter unserem Dach klang noch die harmloseste Bemerkung über das Wetter unaufrichtig oder manipuliert, die gesellschaftlichen Anlässe, die meine Mutter so gern arrangierte, waren so gekünstelt und elaboriert, daß jeder ihr Ende herbeisehnte. Mit der Schicksalsergebenheit, die man auf Schulen lernt, wie ich sie besuchte, nahm ich all das als mein Fatum hin, hegte aber nicht den Wunsch, Dritte daran teilhaben zu lassen.

Trotzdem hatte meine Mutter recht: Ich langweilte mich und fühlte mich einsam.

Sie ließ nicht locker. »Zu dumm, daß die Bestridges nichts mit uns zu tun haben wollen. Haben sie nicht einen Jungen im Alter von Lawrence, Robert?«

»Ach ja?«

Mein Stiefvater hatte sich mit einem Glas weißen Port hinter seiner Zeitung verschanzt, die langen Beine in den gutgeschnittenen Nadelstreifenhosen lässig ausgestreckt, was vor dem Hintergrund unseres kläglich kleinen Kamins einigermaßen fehl am Platz wirkte.

»Lad sie doch mal auf einen Drink ein.«

Er senkte die Zeitung und sah sie durch das Oberteil seiner Bifokalbrille an.

»Das Thema haben wir schon abgehandelt, meine Liebe.«

»Ach ja? Also ich finde es ganz blöd, daß wir sie nicht auf einen Drink einladen können, nur weil sie noch keine Zeit gefunden haben, unsere Einladung zum Abendessen zu erwidern. Spießig und konventionell finde ich das, nur daß du es weißt.«

»Hätten sie den Wunsch gehabt, mit uns zu verkehren, hätten sie in den eineinhalb Jahren, seit sie bei uns zum Abendessen waren, wohl Zeit für eine Gegeneinladung gehabt, meinst du nicht?«

»Woher soll ich das wissen? Ich stecke nicht in ihrer Haut. Und warum sollten sie nicht mit uns verkehren wollen?«

»Ich habe keine Ahnung.«

»Schließlich haben sie überhaupt keinen Grund, die Nase so hoch zu tragen. Du bist Firmenchef. Lawrence geht in eine gute Schule. Mag sein, daß ich ein kleines Nichts bin, aber zumindest bin ich keine Vogelscheuche. Wenn ich mir dagegen Jill Bestridge ansehe ... Eigentlich müßten sie ganz scharf darauf sein, sich mit uns anzufreunden. Vielleicht sind sie nur schüchtern, Robert, vielleicht brauchen sie mehr Ermutigung. Robert?«

»Vielleicht.«

»Du machst mich wahnsinnig.«

»Sympathie kann man nicht erzwingen, Geraldine. Das ist gegen die Gesetze der Physik.«

Er schlug eine Zeitungsseite um und schüttelte sie mit einem einzigen gekonnten Griff glatt.

Meine Mutter stand auf, ging im Zimmer auf und ab und machte sich an den Nippes und den Blumen zu schaffen. Ich merkte, daß sie mit der Sache noch nicht fertig war. Einmal in Wallung geraten, kam ihr rastloses, leicht gekränktes Wesen so schnell nicht zur Ruhe.

Ich spürte auch, daß sie noch nicht zu ihrem eigentlichen Punkt gekommen war, daß sie, um dieses Ziel zu erreichen, für noch mehr Gereiztheit und Verstimmung sorgen mußte.

»Wie willst du im Leben je etwas erreichen, wenn du nicht bereit bist, den Leuten einen Schubs zu geben? Das muß sein! *Ich* hab mein Leben lang den Leuten einen Schubs geben müssen.«

»Und da wunderst du dich, warum die Leute sagen, daß du aufdringlich bist.«

»Sagen sie das?« Die veilchenblauen Augen meiner Mutter waren plötzlich riesengroß und verletzlich.

Ich sah, daß mein Stiefvater seine scharfe Antwort bereute.

»Nein, mein Herz, ich sage nur, sie würden –«

»Sind die Bestridges deshalb nicht bereit ...?«

»Komm, hör auf, Geraldine.«

»Wahrscheinlich denkst du, daß ich *dich* geschubst habe, was?«

»Geraldine –«

»All die Prösterchen in den Portingham Cellars am Nachmittag – hab ich dich da geschubst? Die romantischen Schäferstündchen im Lagerraum in der Findley Street, hab ich dich da geschubst? Komm, sag schon. Die aufdringliche Geraldine, die den armen schwachen Robert Julius Lloyd am hellen Vormittag die Kellertreppe runterschubst, weil sie es nicht mehr erwarten kann, daß er wieder mal seinen Spaß hat – hast du das so in Erinnerung, Liebling?«

Mein Stiefvater legte seufzend die Zeitung zusammen. Auseinandersetzungen waren ihm zuwider, und er hätte fast jede Forderung erfüllt, um ihnen aus dem Weg zu gehen. Mit seinen eigenen Ressentiments setzte er sich wortlos und in aller Stille auseinander, und die Kniffe, die er dabei ersann, kamen erst ans Tageslicht, wenn sie zur vollen Reife gelangt waren. Wer weiß, vielleicht überlegte er schon, während er dasaß und einen milden Blick auf meine Mutter heftete, wie sich am besten Geld abzweigen ließ, um die Wohnung (oder das »Liebesnest«, wie die Presse es später nennen sollte) für seine neue Geliebte zu etablieren, eine gewisse Brandy Colquhoun, die als Bedienung in einem privaten Club arbeitete und mit der er uns etwa ein Jahr später überraschte.

»Was möchtest du denn, mein Schatz?«

»Ich möchte überhaupt nichts. Ich hätte nur gern das Gefühl, einen Mann zu haben, der sich für das Wohlergehen meines Kindes interessiert –«

»Geraldine, ich habe nur gesagt, daß meiner Meinung nach die Bestridges nicht –«

»Was kümmern mich die Bestridges? Diese Snobs können mir gestohlen bleiben.«

»Was möchtest du also von mir?«

»Wozu sollen wir darüber sprechen, wenn du mir sowieso alles abschlägst?«

»Was habe ich dir je abgeschlagen?«

Meine Mutter sah weg und rückte eine getrocknete Rose gerade.

»Den Royal Aldersbury zum Beispiel«, sagte sie leise.

Das saß!

»Jetzt hör mal, Geraldine –«

»Nur weil deine Tochter Mitglied ist, bedeutet das wohl, daß es da für Lawrence zu fein zugeht? Ganz schön kränkend, das muß ich schon sagen.«

Der Royal Aldersbury war ein Sportclub für die wohlhabenden Familien der Grafschaft. Roberts Tochter Emily war Clubmitglied und schien nach dem, was ich so gehört hatte, dort ihre ganze Freizeit in einem goldenen Dunst von Tennisturnieren, Segelregatten und ländlichen Tanzvergnügen zu verbringen.

Der Club lag nicht weit vom Haus der Lloyds und knapp zwanzig Kilometer von uns entfernt am Ufer des Medway. Robert traf sich dort jeden Sonntag mit seiner Tochter und seinen beiden halbwüchsigen Söhnen zum Tee, und die bedrückte Stimmung, in der er regelmäßig von dort zurückkam, empfand meine Mutter zunehmend als kränkend, so daß sie sich als Gegenritual angewöhnt hatten, am Sonntag abend, wenn sie wieder in London waren, in ein teures Restaurant – das *White Castle* oder den *Gay Hussar* – zu gehen.

Sie hatte schon ein paarmal bei Robert Vorstöße gemacht, mir den Zugang zum Royal Aldersbury zu ermöglichen, vorgeblich, damit ich etwas zu tun hatte, wenn ich sie im Cottage besuchte; im Grunde aber war die Idee, je energischer Robert sich ihr widersetzte, für meine Mutter um so mehr zum Maßstab seiner derzeitigen Wertschätzung für sie geworden. Robert war viel zu verdruckst – ein typisch englisches Leiden –, um offen einzugestehen, daß er fürchtete, es könne seine Tochter irritieren, wenn sie genötigt wäre, sich mit dem Sohn der Frau abzugeben, um derentwillen er seine Familie verlassen hatte, aber offenkundig sah er die Sache so, und meine Mutter empfand das als demütigend. Sie war der Meinung, daß die Situation, was die beiden Familien betraf, sich ein für allemal normalisiert und stabilisiert hatte, nachdem sie und Robert geheiratet hatten, und zwar fast so weit, daß damit das Faktum seiner früheren Ehe rückwirkend null und nichtig wurde. Sie redete Robert oft zu, seine Kinder zu uns mitzubringen, und deutete sogar diskret an, es sei langsam Zeit, uns zu einem Besuch bei seiner Exfrau mitzunehmen. Vielleicht schwebte ihr vor, sie könne sich mit Selena Lloyd und ihrer Clique zum Ladies' Lunch in Tunbridge Wells treffen.

Trotzdem war sie vermutlich genauso überrascht wie ich, als Robert unvermittelt aufstand, im Royal Aldersbury anrief und sich mit dem Clubsekretär verbinden ließ.

Wenige Minuten später war ich Mitglied auf Probe.

»Zufrieden?« fragte er meine Mutter und widmete sich wieder seiner Zeitung. Er spielte den Lässigen, muß sich aber über die Bedeutung dieses Schrittes und dessen elementare Sprengkraft im klaren gewesen sein. Ich habe den Verdacht, daß er zu den Menschen gehörte, die ein gewisses kapriziöses Vergnügen daran haben, derlei kleine Lawinen loszutreten, um sich und der Welt zu beweisen, was für gefährliche Störfaktoren sie doch sind.

Meine Mutter freute sich, freute sich geradezu körperlich. Sie wurde rot, und ihre Augen leuchteten. Sie kam mit dem weißen Port zu Robert hinüber und schenkte ihm nach. Mit Zärtlichkeiten hielten sie sich in meinem Beisein zurück, aber die zahlreichen kleinen Zeichen der Aufmerksamkeit, die sich zwischen ihnen entwickelt hatten, waren als Zeichen ihrer wechselseitigen Gefühle inzwischen nicht weniger unverkennbar als die leidenschaftlichsten Zungenküsse.

Am nächsten Morgen fuhr mein Stiefvater mit mir in den Club. Es war ein herrlicher Frühlingstag, der Mai schäumte in den Hecken, und die Apfelbäume standen in Blüte. Wir wechselten kein Wort. Es war ein stillschweigendes Übereinkommen, daß wir nie miteinander sprachen, wenn meine Mutter nicht dabei war.

Das Clubhaus war ein imposanter Bau mit Giebeln und Schornsteinen, an dem sich wilder Wein hochrankte. Es war umgeben von Tennis-, Squash- und Croquetplätzen und einem Badmintonplatz, auf dem Damen mit kräftigen Beinen in Faltenröckchen herumhüpften; im Hintergrund sah man den zwischen blumenbestandenen Ufern dunkel dahinströmenden Fluß.

Robert ging mit mir nach oben und machte mich mit dem Schatzmeister und dem Sekretär bekannt. Sein Umgang mit ihnen war höflich-distanziert. Die beiden Funktionäre schienen in ihm eine einflußreiche Persönlichkeit zu sehen. Auf seinen Zügen lag ein rätselhaftes Lächeln, während sie mit ihm plauderten und selbst die Antworten lieferten, wenn von ihm keine kamen. Ich hatte natürlich keine Ahnung, was er dachte, vermutete aber, daß er sich auf Kosten aller anderen heimlich amüsierte. Mich störte das nicht.

Eine Frau kam an die Tür und machte dem Schatzmeister ein Zeichen. Mit einer gemurmelten Entschuldigung ging er auf leisen Sohlen zu ihr hin. Die beiden flüsterten kurz im Nebenzimmer miteinander, dann kam der Schatzmeister wieder angeschlichen. Er räusperte sich.

»Ich höre soeben, daß Mrs. Lloyd in der Haupthalle mit Miss Lloyd Tee trinkt. Möchten Sie ... sollen wir Sie durch den Seiteneingang, Mr. Lloyd ... äh ... ganz diskret ...«

»Nein. Schön, daß sie da ist, ich möchte ihr Lawrence vorstellen.«

Schatzmeister und Sekretär musterten ihn nervös. Mit etwas so Ordinärem wie einer »Szene« rechneten sie wohl nicht, aber sie waren Kreaturen von der Art, die eine Situation, der auch nur die Möglichkeit einer Szene innewohnte, zutiefst beunruhigt, selbst wenn man sich darauf verlassen kann, daß aus der Möglichkeit nie Wirklichkeit wird.

Nachdem ich meine Formulare ausgefüllt und mich ins Mitgliederbuch eingetragen hatte – einen alten Folianten mit einer Spalte nicht nur für Namen und Adresse, sondern auch für den Titel –, folgte ich Robert zurück in die Haupthalle, in der jetzt das typische diskrete, aber entschlossene Gesumm einer müßiggängerischen Oberschicht herrschte.

Mrs. Lloyd und ihre Tochter saßen in einer halb durch Kübelpalmen abgeschirmten Nische. Als wir näher kamen, sah ich sofort, daß die Tochter schön war, überdies schön auf eine Art, die sich so vollkommen mit meinem damaligen Idealbegriff weiblicher Schönheit deckte, daß es mir schwerfiel, mich gegen das Gefühl zu wehren, sie sei zu meinem persönlichen Ergötzen geschaffen und dort abgesetzt worden. Meine Begeisterung für den Club, die bis dahin weit weniger ausgeprägt gewesen war als bei meiner Mutter, bekam einen mächtigen Schub.

Mrs. Lloyd, die kleiner, fahler und hagerer war, als ich sie mir vorgestellt hatte, fuhr bei unserem Anblick leicht zusammen, faßte sich aber rasch wieder. Emily betrachtete ihren Vater ernsthaft, der üppige kleine Mund blieb fest geschlossen.

»Ich möchte euch Lawrence vorstellen«, sagte Robert, wieder mit diesem distanziert-verstohlenen Lächeln. Vielleicht war es bei ihm nur ein Zeichen von Verlegenheit, allerdings vermittelte es den Eindruck, daß er damit andeuten wollte, er habe mit der Situation gar nichts zu tun – außer daß er eben physisch anwesend war.

»Geraldines Sohn«, fügte er hinzu.

Mutter und Tochter sahen mich an, ohne eine Miene zu verziehen.

»Sehr erfreut«, sagte ich und merkte, daß die drei Lloyds einen schnellen Blick wechselten.

»Ich dächte es mir nett, Emily, wenn du Lawrence herumführen würdest. Ihn mit deinen Freunden bekannt machst. Er kennt ja hier niemanden. Würdest du das tun?«

Sie wirkte benommen, fast wie gelähmt, sagte aber brav »Ja«, als wäre es ihr nie in den Sinn gekommen, sich dem Willen ihres Vaters zu widersetzen.

»Bestens. Ja, dann bis Sonntag, mein Kind. Lawrence, ich hole dich um sechs ab.«

Seiner Exfrau nickte er nur zu, und sie nickte ihrerseits kaum merklich.

Emily hielt Wort. Nachdem ihre Mutter so schnell, wie es sich mit der Höflichkeit gerade noch vereinbaren ließ, gegangen war, führte sie mich durch das Haus und über das Gelände und stellte mich unterwegs verschiedenen Teenagern aus ihrem Bekanntenkreis vor. Sie machte keine Anstalten, sich mit mir zu unterhalten, und auf meine Bemerkungen reagierte sie so gut wie gar nicht. Trotzdem hatte ich das Gefühl, daß sie einen guten Eindruck von mir gewonnen hatte. Ich meinerseits war von ihr hingerissen. Die dichte, rötlichbraune Lockenfülle, die Achataugen, die feingeschnittene Nase und das koboldhaft spitze Kinn kamen meinem Bild jenes ersehnten, aber bislang nicht faßbaren Wesens einer *Freundin* so nah, daß ich Emily nicht von meinen Wunschvorstellungen trennen konnte. Daß sie so lange an meiner Seite blieb, während wir durch den Club schlenderten, bekam in meiner Phantasie eine ganz eigene Bedeutung, etwas, was sich nicht nur durch Pflichtgefühl und die Umstände erklären ließ. Auf eine schwer beschreibbare Weise waren wir »zusammen«, und dieser Eindruck festigte sich mit jeder neuen Person, die sie mir vorstellte. Sie hatte eine sanfte, klare Stimme, in der sich ganz diskret ein Zug von Herrschsucht ankündigte. Ihr Parfüm schmeichelte sich sofort in die tiefsten Schichten meiner Hirnrinde; noch heute versetzt es mich, wenn es mir in einem Geschäft oder einer Hotelhalle in die Nase steigt, in ihren berückenden Nimbus zurück.

Als wir den Rundgang beendet hatten, regten sich in mir deutliche Besitzergefühle. Sie hatte sicher erwartet, daß ich jetzt allein meiner Wege gehen würde, aber auf diesen Gedanken wäre ich nie gekommen, und sie war zu wohlerzogen, um etwas zu sagen.

Freunde kamen auf sie zu, und da ich nicht abzuschütteln war, machte sie mich mit ihnen bekannt. Wie sich zeigte, gehörten sie zu ihrer engeren Clique, und in den nächsten drei Tagen lernte ich sie recht gut kennen. Daß Emily mich vorgestellt hatte, genügte offenbar, denn sie akzeptierten mich ohne weiteres. Sicher hatte sie eine Möglichkeit gefunden, diskret zu erklären, wer ich war, hatte dabei aber wohl keine besondere Antipathie erkennen lassen, denn sie bezogen mich wie selbstverständlich in all ihre Unternehmungen ein.

Wie Emily waren auch sie außerordentlich höflich und ungeheuer selbstsicher. Die Jungen standen ständig auf und boten älteren Frauen ihren Platz an. Die Mädchen – Fiona, Rosamond, Sophia und Lucy – waren wahre Wunder an Haltung, Sprechtechnik und vollkommener Beherrschung ihrer jungen Leiber. Ihr Mienenspiel war so weltgewandt wie das erfahrener Matronen: bedachtsam abschattierte Ironie, ein Hauch gespielter Verdrießlichkeit verliehen den neutralsten Bemerkungen einen eigenartigen Reiz, ohne dabei etwas Zweideutiges oder Boshaftes zu vermitteln. Es schien fast, als seien sie sich ihrer Verantwortung bewußt, ein Beispiel guten Betragens zu geben – ob sie nun einem schwächeren Partner einen leichten Ball übers Netz lobbten oder der Bedienung im Speisesaal Komplimente über den Rhabarberkuchen machten.

In einem der Jungen erkannte ich von Anfang an einen Rivalen. Justin Brady war ein gutaussehender Bursche – groß, sportlich-geschmeidig, mit welligem schwarzen Haar und einem fröhlichen, lebendigen Gesicht. Zwischen ihm und Emily bestand offenbar ein gewisses Einverständnis. Zuerst dachte ich, daß er vielleicht tatsächlich ihr Freund sei, aber ich sah sie nie Händchen halten oder sich küssen wie die anderen jungen

Leute, also schloß ich das aus. Bei unserem ersten Doppel aber war es für ihn offenbar ausgemachte Sache, daß er mit Emily spielen würde, und als sie später sagte, sie hätte Lust auf eine Segelpartie über den Fluß, deutete er das offenbar so, daß sie mit ihm fahren wollte.

In beiden Fällen schaffte ich es, ihn durch pure Willenskraft abzudrängen. Ich blieb einfach auf ihrer Hälfte des Platzes neben ihr stehen und hielt Justin dadurch auf Distanz, bis er sich freundlich lächelnd auf die andere Seite begab. Und als die Segelpartie beschlossene Sache war, kam ich ihm zuvor, indem ich Emily geradeheraus fragte, ob sie in meinem Dingi mitkommen wollte. Sie zögerte einen Augenblick und sah Justin an, der aber sagte, wieder mit seinem liebenswürdigen, warmherzigen Lächeln, sie solle sich nicht aufhalten lassen.

Auf dem Fluß blähte eine sanfte Brise, schwer vom Duft der Blumen, die an den Ufern blühten, unsere Segel und trieb uns voran. Emily schwieg und sah kaum zu mir hin, aber ich fühlte mich wie im Paradies. Soweit ich ihre Teilnahmslosigkeit überhaupt bemerkte, schrieb ich sie ihrer Schüchternheit und ihrem generell zurückhaltenden Wesen zu. Das war fast genug, war fast alles, was ich mir in diesem Augenblick an Liebe wünschte: mit diesem betörenden Mädchen lautlos über den Fluß zu gleiten. Auch meine Segel hatten sich gefüllt. Wir hatten uns über den bevorstehenden Osterball unterhalten, erste Vorbesprechungen über Partner und Kostüme geführt. Für mich stand fest, daß Emily als meine Partnerin zu dem Ball kommen würde, daß wir den ganzen Abend tanzen und unsere knospende Romanze mit einem langen, zärtlichen Kuß auf einem Balkon besiegeln würden.

Am zweiten Tag war ich schon fast berauscht vom Geschmack ihrer eingebildeten Küsse, dem Gefühl, meine Hände durch ihre wunderbaren Locken gleiten zu lassen. Den ganzen Tag wartete ich auf eine Gelegenheit, ihr tief in die Augen zu schauen. Wenn sie – was selten vorkam – meinen Blick erwiderte, wirkte sie seltsam benommen, als begegneten wir uns in einem Traum.

Am nächsten Tag mußte ihre Mutter sie früher als sonst abholen. Spontan wurde eine allgemeine Einladung zum Tee ausgesprochen. Daß ich in Roberts früherem Heim nicht gern gesehen sein könnte, kam mir gar nicht in den Sinn, und ich beeilte mich, genau wie die anderen, meine Sachen zu holen. Als ich vor ihrem Landrover stand, runzelte Mrs. Lloyd leicht die Stirn und fragte, ob Robert mich nicht später im Club abholen wollte. Mit der überschwenglichen Höflichkeit, die ich meinen neuen Freunden abgesehen hatte, versicherte ich ihr, sie brauche sich keine Sorgen zu machen, ich würde ihn von ihrem Haus aus anrufen, und er könne mich dann dort abholen. Da sie auch normalerweise auf eine ziemlich niedrige Temperatur eingestellt war, dachte ich mir nichts bei der frostigen Reaktion, die ich mir damit einhandelte, und klemmte mich neben Emily in den Wagen.

Sie wohnten in einem baufälligen elisabethanischen Herrenhaus. Blühende Zwergapfelbäume mit knorrigen, flechtenbewachsenen Ästen standen in einem Garten, den eine bröckelnde Backsteinmauer umgab. In den hohen Räumen hingen Düfte, wie sie nur viele Jahrhunderte aus abgetretenem Stein, poliertem Ulmenholz, Staub, Silber und altem Kristall herausdestillieren können. Während ich sie langsam durchmaß, hatte ich das Gefühl, Einlaß zu einem inneren Bezirk des Lebens zu erhalten, in dem jede Empfindung zu einer fast melancholischen Süße und Reinheit verfeinert war. Mein Herz weitete sich, mir schien, daß nun ein tief in meinem Schicksal beschlossener Plan offenbar geworden war, der mich viele Jahre lang ohne mein Wissen auf dieses Haus zugeführt hatte, um mich dort mit den denkbar festesten, innigsten Banden zu umschlingen. Wir tranken den Tee im Salon, wo Emilys jüngere

Brüder zu uns stießen. Sie starrten mich an und sagten kein Wort. Mich störte das nicht, schließlich, so sagte ich mir, hatte ich ja noch viel, viel Zeit, mich mit ihnen anzufreunden. Mrs. Lloyd kam immer wieder mit Kuchen und Sandwichs herein. Wir Jungen standen jedesmal vor ihr auf und drängten sie, sich zu uns zu setzen, aber sie wollte nicht.

Nach dem Tee zogen wir in Emilys Zimmer, um auf ihrer neuen Stereoanlage Platten zu hören. Sie hatte ein altes Himmelbett, dessen hölzerner Himmel mit Schnitzereien verziert war. Ich fand, daß es Güte ausstrahlte, und dachte, daß wir beide gut Freund miteinander werden würden.

Schwatzend und lachend saßen wir auf Kissen herum und hörten Musik. Ich wurde den Gedanken nicht los, daß das alles eigens für mich inszeniert worden war, und bedachte die anderen mit einem nachsichtigen Lächeln, so selig in meine Narrheit verstrickt, daß ich halb und halb damit rechnete, einer nach dem anderen würde sich verziehen, damit Emily und ich endlich allein waren.

Justin übernahm unaufgefordert die Bedienung der Stereoanlage. Ich versuchte, mir dadurch nicht meine gehobene Stimmung verderben zu lassen, aber nach einer Weile störte ich mich daran, mehr um Emilys willen als meinetwegen. Ich stand auf, wechselte freundlich, aber entschieden – wie ich glaubte! – die Platte, die er gerade aufgelegt hatte, und postierte mich vor den Tasten und Displays der Anlage. Justin machte mir, taktvoll wie immer, bereitwillig Platz. Ich sah, daß die anderen Blicke tauschten, dachte mir aber, daß sie sich damit wohl nur über die zunehmende Vertrautheit verständigten, die sich zwischen Emily und mir entwickelt hatte.

Der Beat durchdrang und verband uns, wir nickten im Takt oder sangen Teile der Melodie mit. In mir stieg ein Glücksgefühl auf, wie man es nur in diesem Alter empfindet – die Euphorie, zu einer Gruppe von Freunden zu gehören, die gemeinsam die Reise in die Zukunft antreten. Liebe überschwemmt dein Herz, du spürst eine fast fromme Freude, als sei ein göttlicher Sendbote inmitten eurer kleinen Gemeinde gelandet.

Emily war still, wir anderen aber unterhielten uns lebhaft über das Leben, unsere Schulen, unsere Familien. Das Thema Mütter kam aufs Tapet. Fionas Mutter war Stadträtin für die Tories. Die Mutter eines der Jungen züchtete eine seltene Schafsorte. »Und was ist mit deiner Mutter, Lawrence?« fragte jemand. »Was macht die?« Ich suchte noch nach der passenden Antwort, als Emilys Stimme sich leise, aber glockenklar über die Musik erhob.

»Sie ist so etwas wie eine Edelnutte, nicht?«

Zunächst hatte ich schlicht und einfach die Orientierung verloren – als hätte ich gerade eine Naturkatastrophe erlebt. Die Euphorie war noch da, von ihrem eigenen Schwung getragen, und in der Stille, die auf Emilys Bemerkung folgte, hörte ich mich, überaus schlagfertig, wie ich fand, herausplatzen: »Nutte ja, edel nicht«, woraufhin eine seltsam in mir hochsteigende Schwerelosigkeit mich hochzuziehen und wie von selbst aus dem Zimmer und die Treppe herunterzutragen schien, wo mir Mrs. Lloyd mitteilte, daß Robert auf dem Weg sei, um mich abzuholen, und ich ihr einen großen Gefallen täte, wenn ich sofort ginge und am Ende der Auffahrt auf ihn wartete, so daß er sich nicht zum Haus zu bemühen brauchte.

Während ich mich stolpernd entfernte, ging mir das Ausmaß und der Horror dessen, was ich gerade erlebt hatte – und was sich, wie ich nun dunkel begriff, in den letzten drei Tagen abgespielt hatte – in kurzen blitzartigen Erkenntnisschüben auf. Es war mehr, als ich auf einen Schlag verdauen konnte. Die Wirkung spürte ich vor allem körperlich: Ich wußte nicht, ob ich losheulen oder mich übergeben sollte.

Seither habe ich so einiges an Affronts und Brüskierungen erfahren, nichts aber hat eine ähnlich nachhaltige Wirkung auf mich gehabt. Mehr als alles andere erschreckte mich meine eigene Rolle in dieser Sache. Noch Jahre später konnte ich mich bei dem Gedanken an mein widerwärtiges Benehmen in unverminderten Qualen winden. Ganz deutlich sah ich im Rückblick, wie sehr ich mir durch mein großspuriges Gehabe den Haß von Emilys Freunden, deren Zuneigung ich die ganze Zeit so sicher gewesen war, zugezogen hatte.

Konnte man denn eine Situation tatsächlich so fürchterlich verkennen? Daß dem so war, verunsicherte mich zutiefst. Seit jener Zeit mißtraue ich mir. Sobald ich mich unter Menschen wohl fühle, erschaffe ich mir einen Doppelgänger, der ihre heimliche Abneigung auf sich zieht. Sehr bald ist es dann schwer zu entscheiden, welche dieser beiden Figuren die Wirklichkeit wiedergibt, und ich merke, daß ich halb das eine, halb das andere glaube, und flüchte mich resigniert in eine distanzierte Neutralität.

Da saß ich nun in Zimmer 106 mit meinen Erinnerungen. Ich hatte sie lange nicht mehr aus der Versenkung geholt, aber jede Einzelheit stand mir so frisch und lebendig vor Augen wie eh und je. Ich denke oft, daß sich aus solchen Episoden – durchlebt *ad infinitum* – eine glaubwürdige Hölle schaffen ließe.

Ich war in meinem Sessel herumgeschwenkt und hatte die Füße auf das Regal hinter meinem Schreibtisch gestützt, so daß ich mich in einer liegenden Position befand und damit Trumilciks Versteck gegenüber die gleiche Haltung eingenommen hatte wie bei meinen Sitzungen im Verhältnis zu Dr. Schrevers Sessel. Hatte ich bei dieser Reise in die Vergangenheit Dr. Schrever durch Trumilcik ersetzt? Vielleicht weil ich glaubte, daß er als Europäer mehr Verständnis für das Gebäude aus Hemmungen und verborgenen Hierarchien gehabt hätte als sie? Jedenfalls empfand ich die gleiche angenehme Erschöpfung, die mich manchmal am Ende meiner Sitzung bei Dr. Schrever überkam.

Und deshalb nahm ich zwei Zwanzig-Dollar-Scheine aus meiner Brieftasche und legte sie auf den Schreibtisch neben Ambers Ausarbeitung – eine Gabe für Trumilcik, falls er heute nacht kam. Ich hatte die Vorstellung, daß er mehr oder minder von der Hand in den Mund lebte, und fand, daß ich ihm dafür, daß er seinen Geist als Vertretung für Dr. Schrever abgeordnet hatte, etwas schuldig war. Überdies wollte ich ihm mein Wohlwollen signalisieren, Solidarität mit einem Vertreter der Alten Welt üben, der versucht hatte, in der Neuen Fuß zu fassen.

Dann machte ich mich auf den Weg zu Elaine.

6

Es wurde dunkel. Baumwipfel zeichneten gezackte Muster an den glasklaren Streifen Horizont. Ich befand mich in einem vorsätzlichen Schwebezustand – Urteilsvermögen und Gefühl waren ausgesetzt. Ich verfolgte einen Plan, den ich selbst ersonnen hatte, tat dies jedoch passiv.

In einem Geschäft für Damenbekleidung in der Mulberry Street sah ich einen grauen Wollpullover mit V-Ausschnitt und blumenbestickten Manschetten, ein Teil, das ganz nach Carols Geschmack gewesen wäre – streng, aber mit einem Hauch augenzwinkernd zugegebener Weiblichkeit. Wären wir noch zusammengewesen, hätte ich keinen Augenblick gezögert, ihr den Pullover zu kaufen, ich hatte so etwas öfter gemacht und immer den Eindruck gehabt, daß sie sich darüber freute. Zögernd ging ich weiter, dann beschloß ich, den Pullover doch zu erstehen. Er war teuer, aber allein die Tatsache, daß er in meinem Besitz war, schien mich einem hypothetischen Augenblick in der Zukunft, in dem sich die Möglichkeit ergeben würde, ihn Carol zu überreichen, einen Schritt näher zu bringen.

Es war ein seltsames Gefühl, mit dem Zug ausnahmsweise in die Gegenrichtung zu fahren. Im Dämmerlicht zog eine Reihe von Schuppen vorbei. Im Zickzack angeordnete Lichterketten – eine neue Sorte, die sich wie wucherndes Unkraut im ganzen Land verbreitet hatte – säumten die plastiküberdachten Veranden. Dahinter war eine alte Fabrik, vor der eine Reihe von Lastwagenkabinen aufgereiht waren, die wie Riesenschädel in einem Dinosaurierfriedhof vor sich hin moderten. Dann tauchte – ein noch seltsamerer Anblick in der Neige des Tageslichts – ein gespenstischer, offenbar schon vor Jahrzehnten verlassener Rummelplatz auf, leere Samenhülse dessen, was in einer vergangenen Ära eine Blüte anspruchsloser Lustbarkeit gewesen war. Ein Kranz von Speichen, auf denen die Pferde fehlten, war alles, was von dem Karussell überlebt hatte. Über einer kleinen Holzbude erkannte ich die Anfangsbuchstaben M und H zweier ansonsten unleserlicher Worte in verblaßten, aber dekorativen Versalien, einer typischen Zirkusschrift. Dahinter war alles mit einem Netz von Ranken überzogen, so daß man nur noch ein paar dunkle Gebilde ausmachen konnte, die Ruinen in einem Urwald glichen.

Elaines Bahnstation war ein schmaler, verlassener Perron auf einem fast leeren Parkplatz. Als ich in ein Taxi stieg, merkte ich, daß ich den Zettel mit ihrer Wegbeschreibung hatte liegenlassen – wahrscheinlich in meinem Büro. Erstaunlicherweise konnte ich mir ungeachtet meiner seit kurzem auftretenden Vergeßlichkeit die Adresse mühelos wieder ins Gedächtnis rufen, obgleich sie mir nur einmal, nachdem Elaine sie mir aufgeschrieben hatte, unter die Augen gekommen war. Ich nahm das als günstiges Vorzeichen.

Die Stadt war ein Konglomerat aus Neubauvierteln, reinen Wohngebieten, von denen jedes aus zwanzig oder dreißig identischen Häusern mit identisch hingekleckst en Büschen im Vorgarten und großen Tafeln bestand, auf denen Wohneinheiten zum Kauf angeboten wurden. Ich kannte solche Orte vom Sommer her; die Leute, die dort herumschlenderten, trugen pyjamaähnliches Zeug, als sei ihre Vorstellung von Muße untrennbar mit dem Gedanken an Schlaf verbunden. In Lincoln Court, Elaines Viertel, wurde noch gebaut. Sperrholzbeplankte Rahmen reckten sich aus der nackten Erde, und zwischen einigen Häusern sah man das noch nicht zu manikürtem Rasen umfunktionierte ursprüngliche Ackerland. Die kalte Luft roch nach druckimprägniertem Holz. Ich zahlte das Taxi und ging den kleinen Weg zu Elaines Haustür hoch.

Ein Schwall von Parfüm schlug mir entgegen, als sie öffnete. Aus ihren Augen leuchtete höchste Seligkeit. Sie trug eine zitronengelbe Hemdbluse und einen braunen, wadenlangen engen Rock.

Ich hatte mir vorgenommen, sie mit einem flüchtigen Kuß auf die Lippen zu begrüßen. Jetzt stockte ich kurz: Etwas sanft Entwaffnendes ging von ihr aus, dank der formellen Eleganz ihrer Kleidung wirkte die sonst so blasse Erscheinung irgendwie einschüchternd. Dann aber gab ich mir einen Ruck, steckte den Kopf in die Parfümwolke und streifte mit meinen Lippen die ihren, eine Geste, von der sie offenbar überrascht, aber nicht unangenehm berührt war. Sie führte mich in ein Zimmer mit grauem Teppichboden und Drucken halb abstrakter Blumen an der Wand. Im Hintergrund sah ich eine geflieste Eßecke mit einem Glastisch, der für zwei gedeckt war.

Die Wohnung wirkte nagelneu, noch ungeprägt von ihrer Bewohnerin.

Ich setzte mich auf eine Couch mit hafermehlfarbenem Denimbezug, und Elaine schenkte mir etwas zu trinken ein. Flüchtig schoß mir der Gedanke durch den Kopf, daß ich etwas hätte mitbringen sollen – Blumen oder wenigstens eine Flasche Wein.

Elaine reichte mir das Glas und blickte zaudernd auf den Platz an meiner Seite. Ich klopfte einladend auf die Couch, und sie ließ sich neben mir in die Polster sinken. Ich nahm ihre Hand und drückte sie.

»Ich freue mich so, daß du kommen konntest«, sagte sie.

Ich versuchte schon gar nicht mehr zu enträtseln, was ich gesagt oder getan haben könnte, um in diese Situation zu geraten, ich nahm sie hin in all ihrer Merkwürdigkeit, betrachtete sie als Voraussetzung und nicht als Ergebnis. Für mich war jetzt die Frage, wie es weitergehen sollte.

Ich hatte längere Zeit nicht mit einer Frau geschlafen, so daß mein Denken und Träumen immer stärker und so oft wie seit Jahren nicht mehr zu erotischen Wachträumen zerfaserte. Theoretisch hatte die Vorstellung, mir mit Hilfe des offenbar beträchtlichen Kredits, den ich bei Elaine hatte, ein wie auch immer geartetes Abenteuer zu verschaffen, durchaus etwas Verlockendes oder hätte es gehabt, wenn sie mich physisch auch nur im mindesten gereizt hätte, was bisher nicht der Fall war.

Diese Gleichgültigkeit aber, mit der ein ähnlich umfassendes emotionales Desinteresse einherging, war möglicherweise nicht das Ende vom Lied. Jedesmal, wenn ich Dr. Schrever gegenüber abgestritten hatte, daß ich sie anziehend fand oder von einer Sitzung zur anderen vermißt hatte, oder wenn ich versucht hatte, sie zu kränken, indem ich einfach wegblieb, ließ sie durchblicken, daß ich womöglich nicht fähig sei, mir die Realität meiner eigenen Gefühle erfahrbar zu machen. Insgeheim hatte ich das stets als eine jener jargonbefrachteten Feststellungen abgetan, zu denen ihr Berufsstand neigt, aber angesichts mancher Geschehnisse aus jüngster Zeit überlegte ich nun doch, ob es zwischen meinen Gefühlen und meiner Fähigkeit, sie wahrzunehmen, womöglich so etwas wie einen Störfaktor gab.

War es denkbar, daß ich mich zu Elaine hingezogen fühlte, ohne es zu wissen? Mir schien so etwas nicht im Bereich des Möglichen zu liegen, aber ohne weiteres verneinen konnte ich es auch nicht. Daß ich der Geliebten in *S wie Salm* ihren Namen gegeben hatte, mußte etwas bedeuten. Wenn ich lange genug mit ihr zusammen war, konnten sich vielleicht meine Gefühle doch soweit konkretisieren, daß sie sich bei mir zu erkennen gaben.

War ich heute abend deswegen gekommen? Ja, zum Teil. Aber da war noch etwas: Auf unbestimmte, aber wohltuende Weise betrachtete ich es als Buße, mich mit eines anderen Menschen Version von Wirklichkeit auseinanderzusetzen. Mir war, als könnte ich etwas Wichtiges für mich gewinnen, wenn ich mich aus schierer aufopfernder Gefälligkeit dieser Frau schenkte.

Sie sah mich erwartungsvoll an. Ich spürte ihre Verletzlichkeit, auch ihre eigenartige Demut, und darunter das Pulsieren echter Leidenschaft, die mir unverständlich, aber nicht zu leugnen war.

»Ich habe dir etwas mitgebracht«, hörte ich mich sagen und stand auf.

Mit einem vagen Anflug von Ärger begriff ich, daß ich jetzt gleich die Tüte mit Carols Pullover aus meiner Aktentasche nehmen und sie Elaine überreichen würde. Genau das tat ich.

Sie packte aus. »Ein Pullover!« Sie strahlte. »Danke, Lawrence. Vielen herzlichen Dank!«

Sie hielt ihn sich an.

»Er ist einfach phantastisch. Daß du auf so etwas gekommen bist, ist ein großes Kompliment für mich.«

»Willst du ihn nicht anprobieren?«

»Ja, sicher, aber nicht über dem da. Warte hier.«

Sie ging hinaus. Ich hörte sie die Treppe hochgehen. Gleich darauf folgte ich ihr.

»Kann ich raufkommen?« rief ich.

»Wenn du willst ...«

Ein Gästezimmer mit einem Einzelbett auf grauem Teppichboden, kahle Wände, daneben ein Badezimmer mit Chrom und grünen Kacheln; flauschige grüne Handtücher hingen ordentlich zusammengelegt auf dem Ständer. Ich klopfte an die Schlafzimmertür.

»Ähm ... ja, komm nur.«

Auch hier sah es aus wie in einem Hotelzimmer – das Bett makellos flach und glatt unter einer goldbraunen Tagesdecke, auf dem Nachttisch eine Leselampe aus Messing, ein Behälter für Kleenextücher aus Porzellan, ein Radiowecker mit roten Digitalziffern, auf der Kommode gegenüber ein schwarzer Fernseher. In einer hölzernen Kinderwippe räkelte sich eine Flickenpuppe, aber sogar die wirkte wie vom Möbelhaus mitgeliefert. Die einzige persönliche Note, die ich entdecken konnte, war eine kleine handbemalte Holzschachtel auf der Kommode. Ansonsten schien das Ziel bei der Einrichtung möglichst umfassende Anonymität gewesen zu sein.

Elaine kam hinter der geöffneten Kleiderschranktür hervor und strich den Pullover über der Brust glatt.

»Wie findest du ihn?«

Er saß knapp, sie war offenbar um ein, zwei Größen fülliger als Carol. Doch der Anblick zeigte bei mir schlagartig Wirkung. Die Situation barg ganz offensichtlich Möglichkeiten, die ich noch nicht in Betracht gezogen hatte. Nicht, daß sie meiner Frau ähnelte, aber wenn ich sie ansah, mußte ich an Carol denken, und gerade weil Elaine selbst und ihr Zuhause so gar nichts Individuelles an sich hatten, konnte diese Vorstellung bei mir immer mehr Raum gewinnen.

»Toll siehst du aus«, sagte ich.

Sie hüstelte errötend und klopfte sich auf die Brust.

»Danke.«

Wieder fiel mir auf, wie sehr sie sich in ihre Sicht von mir hineingesteigert hatte. Offenbar war mir dadurch, daß ich bereit war, unsere Beziehung aus ihrer Warte zu sehen, so etwas wie eine paradoxe Macht zugewachsen.

Ich nahm ihre Hände und zog sie lächelnd an mich. Sie erwiderte das Lächeln, dann befreite sie schelmisch lachend eine Hand und legte sie auf die bemalte Schachtel.

»Rate mal, was ich hier habe.«

»Was denn?«

»Rate!«

»Deinen Mann?«

Sie lachte hell auf. »Wie drollig du bist!«

»Was dann?«

»Was könnte das Kostbarste sein, das ich außer dir besitze?«

»Ich habe keine Ahnung.«

»Aber Lawrence! Dein Brief natürlich.«

Ich hatte ihr nie geschrieben und habe wohl ein entsprechend dummes Gesicht gemacht.

»Hab ich was Falsches gesagt?« fragte sie.

Mein Instinkt riet mir, meine Ratlosigkeit zu verbergen – zumindest bis ich dahinterkommen war, was hier lief.

»Überhaupt nicht«, brachte ich heraus. »Ich ... ich bin richtig gerührt.«

Sie strahlte mich an.

»Komm essen.«

Allein das Geheimnis dieses Briefes hätte ausgereicht, um mich für den Rest des Abends gründlich abzulenken, aber es sollte bald noch schlimmer kommen. Als ich auf dem Weg zum Eßzimmer an meiner geöffneten Aktentasche vorbeikam, fiel mein Blick zufällig auf Barbara Hellermanns Shakespeare-Band, den ich als Lektüre für die Heimfahrt eingesteckt hatte.

»Kanntest du eigentlich Barbara Hellermann?« fragte ich.

Sie sah mich einen Augenblick verständnislos an. »Ach du lieber Himmel«, sagte sie dann, »meinst du die Frau, die ermordet worden ist?«

»Ermordet?«

»Hast du das nicht gewußt?«

»Nein.« Mit einem dunklen Gefühl der Furcht fragte ich nach Einzelheiten.

»Ein Irrer ist in der U-Bahn über sie hergefallen. Sie lag ein paar Tage im Koma, dann ist sie gestorben. Ich hab sie vom Sehen gekannt, aber –«

»Haben sie den Kerl gekriegt?«

»Ich glaube nicht.«

»Wie hat ... wie hat er sie denn umgebracht?«

»Er hat sie mit einer Eisenstange niedergeschlagen.«

Bei der Blumenkohlquiche versuchte ich die Rolle des betörten Bewunderers aufrechtzuerhalten; ich fragte Elaine nach ihrem Leben und nickte interessiert, als sie darüber Auskunft gab, in Wirklichkeit aber beschäftigte mich vor allem die Frage, wann ich mich mit einigem Anstand würde verabschieden können und ob ich es schaffen würde, noch einmal in meinem Büro vorbeizuschauen, ehe der letzte Zug ging. Infolgedessen nahm ich von dem, was sie sagte, nur Bruchstücke auf; die wachsende Beunruhigung versperrte mir den Zugang zu dem größten Teil ihrer Worte, so wie mir neulich die Schreibtische die Sicht auf den größten Teil ihres Körpers versperrt hatten. Unsere Beziehung hatte etwas eigentümlich Fragmentarisches bekommen.

»Ich bin nämlich eine Rebellin«, hörte ich sie sagen, »nur merkt das keiner.«

Ich nickte und kniff, gleichsam in Würdigung dieser scharfsinnigen Analyse, die Augen zusammen, auch wenn ich keinen Schimmer hatte, was sie zu dieser Feststellung veranlaßt hatte.

»Ja«, sagte ich, »das scheint mir auch so.«

»Stört es dich?«

»Nein.«

»Du findest also nicht falsch, was ich gemacht habe?«

Ich zermarterte mir das Hirn auf der Suche nach einem Echo, einem Nachbild von dem, was sie gerade gesagt hatte, aber in meinem Gedächtnis war nur Leere – abgesehen von dem Satz: *Er hat sie mit einer Eisenstange niedergeschlagen,* der mich derart abgelenkt hatte. Eine Eisenstange ... ich versuchte mir einzureden, daß ein Zusammenhang mit dem Stab, den ich unter den Schreibtischen in meinem Büro gefunden hatte, höchst unwahrscheinlich war, aber gegen diese Überlegung brandete Welle auf Welle einer seltsam drängenden angstvollen Vorahnung an.

»Aber nein«, beantwortete ich Elaines Frage aufs Geratewohl, »du hast es völlig richtig gemacht.«

Sie nickte. Daß ich ihre Handlungsweise billigte, schien sie zu freuen, aber auch vor ein neues Dilemma zu stellen.

»Und was soll ich ihnen nun sagen?«

»Tja ... was möchtest du ihnen denn sagen?«

»Wenn ich das wüßte. Manchmal hätte ich nicht übel Lust, ihnen zu sagen, sie könnten mich mal gern haben.«

»Dann sag das doch.«

Und so ging es weiter. Elaine bestritt das Gespräch, ich war ganz woanders, auch wenn ich mich redlich bemühte, ihr zu folgen. Einmal sagten mir ihr Blick und ein vage wahrgenommener Anstieg des Tonfalls am Ende des Satzes, der (nicht vernehmlicher als das Summen eines Kühlschranks) an mir vorübergezogen war, daß sie wieder eine Frage gestellt hatte.

»Nun?« fragte sie nach einer längeren Pause.

Mir kam der Gedanke, daß ich es als Projektion meiner selbst vielleicht nicht nötig hatte, mich an die kleinlichen Konventionen eines rationalen oder fortlaufenden Diskurses zu halten. Ich konnte sagen oder tun, wozu ich Lust hatte, und Elaine würde sich geschmeidig meinen Launen fügen.

Ich legte ihr eine Hand unters Kinn und zog ihren Kopf zu mir heran. Sie schien zu erschrecken, ließ es aber erwartungsgemäß geschehen. Ich küßte ihre Lippen und erkundete mit der Zunge ihren Mund. Wir saßen auf den schwarzgebeizten Eßzimmerstühlen, etwas zu sehr auf Distanz, um uns in die Arme schließen zu können, unsere vereinten Köpfe als Scheitelpunkt über dem gefliesten Fußboden. Wild wirbelten die

Gedanken in meinem Kopf herum, während wir uns küßten. Ich versuchte, mich auf den Körper unter dem Pullover an meiner Seite zu konzentrieren und dabei an Carol zu denken. Einen Augenblick sah es so aus, als sei ich wieder in der Realität angekommen, aber gleich darauf meldeten sich erneut die Ablenkungen: der Brief, den ich nie geschrieben, die Eisenstange, die ich fälschlicherweise für einen harmlosen Bestandteil meiner Büroeinrichtung gehalten hatte ... Der Kuß dauerte an. Früher oder später würde ich ihn wohl einholen, würde ich mir darüber klarwerden, was er mir bedeutete, was er möglicherweise bewirkt hatte. Im Augenblick gab es diesen Kuß nur für Elaine. Ihre leidenschaftliche Hingabe ließ vermuten, daß sie ihn genoß.

»Da hast du deine Antwort«, sagte ich und machte mich los.

Ich stand auf. »Und jetzt muß ich weg.«

Sie blinzelte verdutzt, aber ohne zu protestieren.

Während wir auf mein Taxi warteten, wirkte sie zunehmend verhaltener. Sicher war ihr mein sprunghaftes Verhalten jetzt doch aufgefallen. Ich spürte, daß sie über eine große Leidensfähigkeit verfügte. Sie hatte etwas bei aller Sanftheit Monumentales an sich, wie sie hier ganz allein lebte gleich einer Pionierfrau im Wilden Westen. Obwohl ich im Geiste schon halb die Mulberry Street hoch und auf dem Weg zu dem dunklen Campus war, den Schlüssel zu Zimmer 106 fest in der Hand, mich nervlich gegen den Schock einer möglichen Begegnung mit einem überraschten Trumilcik wappnend, erforderte die Achtung, die ich vor ihr hatte, mich um einen guten Abgang zu bemühen.

»Ich würde dich gern wiedersehen«, sagte ich.

»Ach ja?«

Ich nahm sie in die Arme.

»Laß uns irgendwohin fahren, ja? Übers Wochenende.«

Sie nickte.

»Ich kümmere mich darum«, sagte ich.

Ich küßte sie erneut. Diesmal empfand ich überraschend heftige Lustgefühle; vielleicht hatten das schlechte Gewissen und das Mitleid, das Elaine in mir geweckt hatte, den letzten entscheidenden Anstoß gegeben. Mit einem vertrauten Flattergefühl verlagerte sich mein Schwerpunkt vom Kopf nach weiter unten. Mund und Hände wurden, neuen Prioritäten gehorchend, immer kühner, glitten über ihre Brust und über ihren Rock zum Schoß.

Sie wich ein wenig zurück, als sie den Umschwung bemerkte.

»Was tust du da?«

»Das!« Ich lächelte und warf mich mit ihr auf die hafermehlfarbene Couch. Ich staune immer wieder, wie sich mein Bewußtsein in solchen Augenblicken wandelt. Mit einem Schlag hatte ich alle Hemmungen verloren.

Sie sah mich mit großen Augen und in hilfloser Verwirrung an.

»Geht schon in Ordnung«, sagte ich.

»Wirklich?«

»Das wünschen wir uns doch schon lange, stimmt's?«

Sogar meine Stimme klang anders, keck und ausgelassen, als sei ich plötzlich unbezähmbar guter Laune, was auf meine Umgebung zwangsläufig ansteckend wirken mußte.

»Ich meine nicht nur *das*«, sagte ich, »sondern auch das ...«

Sie sah mich schweigend an.

Ich küßte sie sehr sanft auf Lippen und Hals. Sie reagierte nicht und drehte das Gesicht weg.

»Nein?« fragte ich grinsend. »Nein?«

»Nein«, erwiderte sie plötzlich sehr energisch.

Ich küßte sie wieder.

Stirnrunzelnd stieß sie mich weg und stand unvermittelt auf. Sie war jetzt offenbar ganz durcheinander.

Wenig später ging ich mit langen Schritten, den Schlüssel – ganz meiner Vorstellung von vorhin entsprechend – viel zu früh in der Hand, die Mulberry Street hoch und beschäftigte mich dabei schon mit der Frage, was ich mit Trumilciks Eisenstange anfangen sollte, wenn ich sie unter den Schreibtischen hervorgeholt hatte.

Mein erster Gedanke war natürlich gewesen, damit zur Polizei zu gehen und den Beamten zu erzählen, was ich über Trumilcik wußte. Aber als ich mir vorstellte, wie sich meine Aufzählung von Trumilciks Machenschaften für einen New Yorker Kriminalbeamten anhören mochte, kamen mir Zweifel. Wer das Lesezeichen, die Telefonrechnung, die Münze oder die Computerdatei nicht mit eigenen Augen gesehen hatte, fand womöglich das Verschwinden all dieser Dinge gar nicht so überzeugend. Das Versteck unter den Schreibtischen war für die Polizei vielleicht nicht mehr als ein Hohlraum. Und für einen Menschen, der nicht gewitzt genug war, zwischen einer bestimmten Variante der Schürzenjägerei und der Fähigkeit zu mörderischem Weiberhaß einen Zusammenhang zu sehen, mochte das Vorhandensein einer Eisenstange an so einem Ort nicht von Belang sein. Kurzum, ich begriff, daß ich befürchten mußte, höflich als armer Irrer abgefertigt zu werden.

Ich beschloß deshalb, die Eisenstange zu behalten und ein sicheres Versteck für sie zu suchen, bis ich sie zusammen mit etwas Handfesterem vorweisen konnte.

Was ich vor mir sah, als ich in mein Büro kam, war zwar durchaus handfest, bedauerlicherweise aber so beschaffen, daß gar nicht daran zu denken war, es einem Mitmenschen zu präsentieren. Wenn es jemals eine Botschaft gab, die abscheulich genug war, um die Exekution des Boten zu rechtfertigen, dann diese. Sie lag auf dem Schreibtisch, auf dem ich meine Gabe für Trumilcik hinterlassen hatte, und war von zerknülltem, verschmiertem Papier umgeben. Das Geld war verschwunden, an seiner Stelle lag da wie das Ergebnis eines beklemmenden, umgekehrten Alchimistenkunstgriffs ein pyramidenförmiger stinkender Haufen, das abstoßendste Geschenk, das ein Mensch dem anderen machen kann, so zudringlich kompakt in seiner physischen Realität, daß die ihn umgebenden Gegenstände – Bücher, Papiere, Telefon, Hefte – dagegen fast zaghaft abstrakt wirkten.

Von Ekel geschüttelt näherte ich mich, ohne Licht zu machen und bei geöffneter Tür, dem geringelten Haufen, der im matten Licht der Campusbeleuchtung widerwärtig glänzte.

Zumindest lag er auf der Schreibunterlage, dieser Klacks Antimaterie, so daß er sich transportieren ließ, ohne daß ich ihn zu berühren brauchte. Die besudelten Fetzen, die ihn umgaben gleich höllischen Origami, waren Ambers Manuskriptseiten – oder das, was davon übriggeblieben war. Ich hob die Schreibunterlage hoch und hielt sie so ruhig wie möglich, um zu vermeiden, daß die unsauberen zerknüllten Papierfetzen mich flatternd berührten. Zu meiner Linken drängten sich die geschlossen zusammenstehenden Schreibtische mit dumpfem Druck in mein Bewußtsein, während ich quer durchs Zimmer zurück zur Tür ging und auf den Gang trat. Wenn es wahr ist, daß bestimmte im Diesseits vollbrachte Taten ihren wahren Sinn erst anderswo, in der Geisterwelt, bekommen, so gehörte diese zweifellos dazu. Ich bewegte mich in Richtung Herrentoilette und versuchte, so gut es ging, mich gegen das, was ich da tat, gefühlsmäßig abzuschotten. Ich mußte unbedingt verhindern, daß dieser Vorfall sich in meiner Seele festsetzte. Es war Nacht; ich war allein; im nächsten Augenblick würde jede Spur dieser Abscheulichkeit buchstäblich weggeschwemmt werden. So gründlich, sagte ich mir, als habe sie nie stattgefunden. In der Grabesdüsternis des Ganges, den nur in großen Abständen eine schwache Nachtbeleuchtung erhellte, konnte ich fast glauben, nicht wirklich hier zu sein, sondern dies alles nur zu träumen, so wie ich manchmal von derlei Dingen träumte.

In der Herrentoilette, zwischen Abfalleimer und Klobecken stehend, konnte ich alles, einschließlich der Schreibunterlage, entsorgen. Ich kehrte zurück in mein Büro. An die Stelle des Horrors war eine lähmende Resignation getreten. Ich war zerrissen, demoralisiert. Wenn Trumilcik irgendwo im Zimmer hockte – sei's drum. Ich machte Licht und öffnete das Fenster, um den Geruch herauszulassen. Dann trat ich zu den Schreibtischen, versetzte ihnen einen warnenden Schlag und zog sie auseinander. Er war nicht drin.

Aber die Eisenstange auch nicht.

7

Am nächsten Tag ging ich über Mittag ins Fachbereichsbüro, um meine Post zu holen. Dort stand Amber am Fotokopierer. Sie sah mich schläfrig an. Das Dickicht der maisgelben Wimpern schien ihre Lider buchstäblich nach unten zu ziehen. Zuerst dachte ich, wir würden nicht miteinander zu sprechen brauchen. Doch unter dem, was auf den ersten Blick wie Stumpfheit wirkte, spürte ich eine durchaus wache Aufmerksamkeit, und wieder hatte ich das vertraute beunruhigende Gefühl, mich vor ihr rechtfertigen zu müssen.

»Hören Sie«, stotterte ich, »ich bin noch nicht dazu gekommen, Ihren ... Ihren Text zu lesen ...«

»Kein Problem.« Das klang distanziert, aber besänftigend, wie ein Stück jenseitiger Musik, das auf einem Windhauch vorüberschwebte. Sie wandte sich wieder dem Kopierer zu.

In meinem Fach lag eine Nachricht ohne Unterschrift in lateinischer Sprache.

Atrocissimum est Monoceros.

Übersetzen konnte ich das nicht, aber die offenkundige Feindseligkeit des Satzes (vermutlich eine höhnisch-undurchsichtige Fortführung der eher primitiv-emotionalen Attacke von gestern abend) war wie ein Peitschenhieb aus der Dunkelheit. Ich sah zu Amber hinüber, hätte gern etwas gesagt, in gekränktem Aufbegehren losgejammert und mich durch die verständnisinnige Empörung eines Mitmenschen trösten lassen. Bei ruhiger Überlegung wurde mir allerdings klar, daß

Amber wohl kaum die geeignete Adresse für so einen Appell war. Stumm und benommen blieb ich stehen und beklagte kurz die uns gnadenlos abverlangte Notwendigkeit eiserner Beherrschung (auch wenn ich natürlich wußte, daß sie unumgänglich war). Ich betrachtete Ambers Rücken, gleichsam die Kehrseite einer goldenen Medaille. In den Schwingen feinen Flaums an ihrem langen Nacken fing sich das Licht. Die Schultern waren straff und gerade unter dem weichen blauen Stoff des Oberteils, den die ockerfarbenen Träger ihrer Latzhose aus gerauhter Baumwolle kreuzten. Die schlanke Figur war an den Hüften kaum gerundet und kündete fast so ausdrucksvoll wie ihr Gesicht von Dingen, die erst noch zu voller Reife kommen sollten.

Sie drehte sich um und fing meinen Blick auf, ehe ich wegsehen konnte. Ich hätte mich ohrfeigen mögen – nicht weil ich nicht rechtzeitig weggeschaut hatte, sondern weil ich sie überhaupt angestarrt hatte. Ich wollte gerade gehen, als ich sie leise sagen hörte: »Sie haben also Barbara gekannt.«

»Bitte?«

»Sie haben Barbara Hellermann gekannt.«

»Nein …«

»Aber Sie waren mit ihr in Portland.«

Der blaue Stoffärmel deutete lässig auf ein Plakat am Schwarzen Brett. Leicht beunruhigt, aber so unbekümmert wie möglich ging ich näher heran.

Es war die Bekanntmachung eines einwöchigen interdisziplinären Graduiertenseminars über Geschlechterforschung an der Portland State University. Unter den aufgeführten etwa fünfzehn Gastrednern waren ich und Barbara Hellermann. Bei diesem Anblick regte sich in mir ein deutliches, aber noch nicht lokalisierbares Gefühl der Gefährdung, das ich im Rückblick als erste Ahnung der umfassenden Animositäten erkenne, die ich unwissentlich geweckt hatte.

»Was hat denn das hier zu suchen?« fragte ich. »Das Ding ist drei Jahre alt.«

»Keine Ahnung.«

»Sonderbar. Na schön, vielleicht bin ich ihr tatsächlich begegnet. Ich kann mich nicht erinnern.«

»Sie hat mich in meinem ersten Jahr unterrichtet.«

»Ach so ...«

Ich war drauf und dran, das Plakat abzureißen, weil aber Amber sich darüber womöglich gewundert hätte, zuckte ich nur die Schultern und ging davon.

Später, als das Büro nicht besetzt war, ging ich noch einmal hin und entfernte das Plakat diskret. In meinem Zimmer prüfte ich es genau. Es wirkte durchaus echt, allerdings hätte ich eine Fälschung wohl auch nicht erkannt.

Vielleicht war es die ganze Zeit dort am Schwarzen Brett gewesen, und daß Amber mich heute darauf aufmerksam machte, genau einen Tag nachdem ich von dem Mord an Barbara Hellermann erfahren hatte, war einer dieser sonderbaren Zufälle, die einem zuweilen begegnen, so wie man oft ein Wort, kaum hat man es zum erstenmal im Leben gehört, fast unmittelbar darauf in einem völlig anderen Zusammenhang wiedertrifft. Und vielleicht war Barbara Hellermann wirklich zeitgleich mit mir in Portland gewesen, und ich hatte sie nur nicht wahrgenommen. Ich erinnerte mich an ein offizielles Abendessen und eine Wanderung auf schlammigen Pfaden durch einen Wald voll wilder Lachsbeeren und Douglasien zu einem imposanten Wasserfall oberhalb des Columbia River. Ich hatte meinen Vortrag gehalten – Teil eines Mini-Symposiums mit dem Titel »Konstruktion des Neuen Mannes« –, ansonsten waren wir uns selbst überlassen gewesen. Ich hatte mich nicht nach Gesellschaft gedrängt, in meiner Freizeit hauptsächlich mit Carol telefoniert (die mich nur deshalb nicht begleitet hatte, weil sie in ihrer Flugangst Reisen nur dann unternahm, wenn es sich absolut nicht vermeiden ließ) und mich nach New York zu ihr zurückgesehnt. Es war also durchaus denkbar, daß Barbara dagewesen war und daß wir einander einfach nicht registriert hatten. Folglich war es auch möglich, daß das Plakat echt war und drei Jahre lang von mir unbemerkt am Schwarzen Brett gehangen hatte. Möglich.

Trotzdem nahm ich es mit heim und warf es in die Verbrennungsanlage.

Dann holte ich mein altes Unterstufen-Lateinlexikon aus dem Wohnzimmerregal, übersetzte den Satz auf dem Zettel und stellte fest, daß meine Ermittlungen in Sachen Trumilcik (denn dazu hatte sich die Sache inzwischen ausgewachsen) jäh in eine völlig unerwartete Richtung abgeschwenkt waren.

8

Tränende, blinzelnde Augen in einem verquollenen Gesicht, so wund und verletzlich, daß man sie nicht lange ohne Unbehagen ansehen konnte. Eine dünne gebogene Nase mit krummsäbelförmigen Nüstern. Der Mund schmal von alten Gewohnheiten der Verdrängung – Frust, Enttäuschung, körperliche Schmerzen …

Einer, mußte man wohl folgern, der sich in seiner Haut nicht wohl fühlte: mein Vater.

Sohn eines Vorortapothekers mit einem Hang zu geistig Höherem, der nach einem Jahr die Universität verlassen hatte, um ein Pharmaziediplom zu erwerben und nach dem Tod des Vaters das Familienunternehmen weiterzuführen.

Meine Mutter stand an der Kasse, achtzehnjährig, und hatte eigene Ambitionen.

Sie war mit mir schwanger, als mein Vater erkannte, wie sehr es ihm widerstrebte, in einem weißen Kittel Rezepte für schnaufende, unter Blähungen leidende Bürger von Shepherds Bush, für Zeitgenossen mit geschwollenen Beinen, Gerstenkörnern und Hämorrhoiden auszufertigen. Meine Mutter behauptet, sie habe ihn gedrängt, das Geschäft zu verkaufen. »Ich wollte, daß er Pilot bei der BOAC wird«, erzählte sie mir, »aber nein, er mußte ja mit diesem idiotischen Buch seine Gesundheit ruinieren.«

Kurz nach meiner Geburt hatte er eine Geschichte der Pharmakologie in Angriff genommen, ein *magnum opus*, mit dem er sich aus der Goldhawk Road, jener endlosen Geraden von Gebrauchtwarenläden und trostlosen Pubs, in die beschaulichen Wandelgänge einer ehrwürdigen Alma mater zu zaubern gedachte. Da es ihm an dem fehlte, was er »formale Bildung« nannte (ein Ausdruck, den meine Mutter ihm mit einer unnachahmlichen Mischung aus Achtung und ätzender Ironie nachzusprechen pflegte), hatte er im Morast seiner Recherchen sehr bald den Boden unter den Füßen verloren. Aber er gab nicht klein bei, sondern verbiß sich nur noch hartnäckiger in seine Aufgabe und stürzte sich in einen täglichen Strudel vergeblicher Mühen. Die Darstellung meiner Mutter beschwor das Bild einer von kläglichem Pathos unterhöhlten sisyphusgleichen Tragödie herauf, man sah einen ehrgeizigen, ungeschulten Geist, der gegen seine Begrenzungen schlug wie gegen die Wände des eigenen Schädels in dem Bemühen, die Stöße von Büchern und Notizen, die um ihn gleich Stalagmiten emporwuchsen, in ein glanzvolles Denkmal der Gelehrsamkeit zu verwandeln, mit dem er die akademischen Verlage, auf die es ihm ankam, zu beeindrucken hoffte. »Und was hat es ihm eingebracht, dem Ärmsten?« schloß meine Mutter dann trocken. »Nichts als Kopfweh.«

Was so allerdings nicht ganz stimmte. Nach der gewonnenen ersten Schlacht gegen den Gehirntumor hatte er offenbar als strategische Konzession an die Sterblichkeit einen Teil seiner Notizen zu eigenständigen Artikeln ausgearbeitet, die er an wissenschaftliche Zeitschriften schickte. Da die Mühlen dieser Organe wegen der unverlangten Einsendung zweifellos noch langsamer mahlten als sonst, war er schon tot, als ein oder zwei Herausgeber kundtaten, daß sie gern bereit wären, seine Ausführungen in künftigen Ausgaben zu veröffentlichen. So hatte denn seine mühevolle Arbeit – vermutlich das einzige, womit er der Nachwelt gern im Gedächtnis geblieben wäre – doch noch Früchte getragen.

Und durch diese postum veröffentlichten Artikel erfüllte er überraschenderweise auch Vaterpflichten, indem er dem Sohn, den er kaum gekannt hatte, zu einer Ehefrau verhalf.

Das erste Lebenszeichen, das ich von ihr erhielt, war ein Umschlag, der aus Cambridge, Massachusetts, an die Vierteljahresschrift der Manchester Society of Apothecaries, von dort an die frühere Adresse meiner Mutter und anschließend über den Atlantik in meine Wohnung in der Horatio Street gelangt war. Der Brief in dem Umschlag war an meinen Vater gerichtet. Carol hatte im Zuge ihrer Recherchen in Harvard einen seiner Artikel gelesen und fragte an, ob das in den Anmerkungen des Verfassers erwähnte, in Vorbereitung befindliche Buch je zustande gekommen sei.

Die Anfrage war mit der Hand geschrieben, mit blauer Tinte auf cremefarbenem Karton, in klarer, schwungvoller Schrift mit breiter Schönschriftfeder, so daß sie wie ein Text aus einem illuminierten Manuskript, gleichzeitig aber auch sehr lebendig wirkte; die Buchstaben waren mit so vielen An- und Abstrichen beflaggt, daß sie in einer Brise zu flattern schienen, die nur für sie wehte.

Ich schrieb zurück, mein Vater sei vor Fertigstellung des Buches verstorben, und legte Kopien seiner übrigen veröffentlichten Artikel bei. Sollte der Weg sie nach New York führen, fügte ich an, könne sie gern Einsicht in seine Unterlagen nehmen.

Wenige Wochen später meldete sie sich aus Cambridge, um mein Angebot anzunehmen.

An einem frostigen Märznachmittag erschien sie in meiner Dachwohnung, in einen langen, königsblauen Mantel – oder eher ein Cape – mit goldfarben gefütterter Kapuze gehüllt. Ich zeigte ihr die Unterlagen meines Vaters und ging dann aus dem Zimmer; ich würde sie ein paar Stunden in Ruhe lassen, sagte ich. Sie bedankte sich und setzte sich an den Schreibtisch vor dem großen Stahlrahmenfenster mit Blick auf den West River.

Die Sonne stand tief, als ich wieder hereinkam. Carol hatte sich – sichtlich gefesselt – inzwischen nicht von der Stelle gerührt. »Das Material ist faszinierend«, sagte sie. »Ihr Vater war ein origineller Kopf.«

Ich mochte nicht gestehen, daß ich mir seine Unterlagen nie angesehen hatte, und lenkte das Gespräch auf ihre eigene Arbeit.

Sie schreibe an einer Dissertation über Vorstellungen von Reinheit und Befleckung im Europa des Mittelalters und der Frührenaissance, sagte sie. Im Lauf ihrer Forschungsarbeit war sie auf den Komplex der Gifte und Gegengifte gestoßen, und hier, bei der Erforschung der mittelalterlichen Arzneien – vom Bezoar bis zur Greifenklaue, von *terra sigillata* bis zu Skorpionenöl, geriebenem Smaragd und so weiter –, hatte sie zufällig den Artikel meines Vaters entdeckt.

Ihr Interesse galt bestimmten Widersprüchen im Kern mittelalterlichen Gedankenguts, beispielsweise dem Nebeneinander des Glaubens an die Heilkraft extrem reiner wie auch extrem unreiner Stoffe, und einer scheinbaren Ambivalenz bei der Entscheidung, welcher dieser beiden Kategorien eine bestimmte Substanz zuzurechnen sei.

Ich war neben ihr stehengeblieben – außer Futon und Schreibtisch und dem Stuhl, auf dem sie saß, gab es keine Möbel im Zimmer. Ich hatte diese Kargheit absichtlich beibehalten. Mir gefiel die hallende Leere, das Gefühl eines noch zu erfüllenden Versprechens, das einem Raum innewohnt, den man noch nicht mit den eigenen Habseligkeiten besetzt hat. Vor dieser Kargheit wirkte Carol um so lebendiger – ein nagelneues, blankäugiges, menschliches Phänomen, das es zu berücksichtigen galt. Mir fiel auf, daß sie nicht geschminkt war und keinen Schmuck trug. Das glatte, fast schwarze Haar umrahmte dicht, weich und glänzend ihr Gesicht wie ein Helm. Der Mund war klein, aber die Lippen waren voll, und um die Mundwinkel spielten bewegliche Schatten, die der kühlen Strenge auf eine Art, die sich schwer erklären ließ, etwas Heiteres gab. Sie flirtete nicht, versagte sich aber auch nicht. Wenn ich sie ansah, begegnete sie meinem Blick freimütig, ja herausfordernd, als fände sie es spannend, mein Interesse oder meinen Mut zu testen. Die ungeschmückten Handgelenke und Hände waren fein gegliedert, mit langen Fingern und ausgeprägten, biegsamen Gelenken, die eine eigenständige Intelligenz zu besitzen schienen.

Die Sonne versank hinter den Schornsteinen von Hoboken. Um diese Zeit wirkt der Fluß wie straff gespannt und in sich geschlossen, als würde sein Wasser, mit der Hand geschöpft, nicht versickern, sondern kalt brennend auf der Handfläche hin und her schwappen wie Quecksilber.

Ich lebte damals allein und war in einer Phase, in der die kurzen Beziehungen und beiläufigen Nummern meines bisherigen Liebeslebens mich nicht mehr befriedigten. Mir war klargeworden, daß ich keine »Geliebte« mehr wollte und keine »Freundin«, sondern eine *Frau*. Ich wünschte mir etwas Dauerhaftes für mein Leben, eine Festung, ein Refugium. Ich wünschte mir eine Frau, die ich so lieben konnte, wie die Figur in einem Buch, das ich gelesen hatte, es ausdrückte: *aufrichtig, ohne Ironie und ohne Resignation.* Ich hatte, während ich auf die Richtige wartete, in einem freiwilligen Zölibat gelebt – teils, um nicht gebunden zu sein, wenn ich ihr begegnete, aber auch – positiver gesehen – um so aufnahmefähig und hochsensibel zu werden, wie es meiner Meinung nach für eine erfolgversprechende erste Begegnung unerläßlich war. Ich glaubte daran, daß menschliche Beziehungen an einem bestimmten Mysterium teilhaben konnten, daß unter günstigen Bedingungen etwas Größeres als die Summe dessen, was der einzelne mitbrachte, in die Begegnung eingehen, sie dadurch auf eine höhere Ebene heben und auf Dauer vor der aufreibendzerstörerischen Wirkung des Alltags schützen konnte. Und genau so ein Mysterium, so eine Liebestaufe spürte ich schwer und süß über uns schweben, als ich an jenem Nachmittag neben Carol in meinem Zimmer stand. Ich wußte so gut wie nichts von ihr, und doch kommt es mir vor, als hätte ich in jenem Augenblick mindestens so viel von ihr erfahren wie in den Jahren danach. Die äußeren Umstände ihrer Existenz waren im Vergleich zu dem intensiven Gefühl, das uns verband, als wir hoch über dem Fluß in unserem Gespräch innehielten, völlig belanglos. Sie hätte in Timbuktu statt in Palo Alto aufwachsen, fünf Brüder im Showbusiness statt zwei Medizin studierende Schwestern haben können, sie hätte den Sommer bei einem Onkel in den Rockies statt bei einer Tante auf Cape Cod verbringen, Angst vor Spinnen statt Angst vor dem Fliegen haben können ... Diese Details, so reizvoll sie sein mochten, weil sie Carol betrafen, spielten kaum noch eine Rolle angesichts der leuchtenden Offenbarung, die sich in diesem Augenblick vor uns auftat.

Schweigend sahen wir zu, wie ein Schleppkahn auf dem gold- und malvenfarbenen Wasser seewärts glitt, dessen Bug Gischt hochschleuderte wie Hobelspäne.

»Eine tolle Aussicht haben Sie hier«, stellte Carol dann fest und wandte sich lächelnd mir zu. Dabei wurden die festen klaren Umrisse ihres schönen Gesichts beleuchtet von dem Trapezoid aus dunkelgelbem Licht, das durchs Fenster fiel.

Mir war, als würde dieser Anblick gleich einer Inschrift, einem Kupferstich tief in meine Seele geprägt.

Inzwischen stand der abgewetzte Koffer mit den Unterlagen meines Vaters wieder an seinem Platz im Dielenschrank. Auch wenn ich mir die Mühe gemacht hatte, ihn mit nach Amerika zu nehmen, hatte mich bei dem Gedanken, den Inhalt sichten zu müssen, stets eine merkwürdige, fast lähmende Mattigkeit erfaßt. Mag sein, daß sich hinter dieser Mattigkeit ein verstecktes Tabu verbarg, jetzt aber gewann das Gefühl die Oberhand, daß ich dringend handeln mußte.

Was mir sofort ins Auge sprang, als ich den Koffer aufmachte, hatte nichts mit meinem Vater zu tun. Sämtliche Manuskriptbündel strotzten von kleinen bunten, pfeilförmigen Büroklammern, mit denen Carol Absätze zu kennzeichnen pflegte, auf die sie später noch einmal zurückkommen wollte.

Alles, was sie las, spickte sie mit diesen Dingern. Sie waren ihre ständigen Begleiter – ebenso wie der Schildpattkamm oder der silberne Füller mit der breiten Schönschriftfeder. Sie waren das erste, was ich seit Monaten von ihr zu Gesicht bekam, der erste physische Beweis dafür, daß sie einmal mein Leben in dieser Wohnung geteilt hatte, und der Anblick bewegte mich sehr. Sie hatte also doch etwas von sich hinterlassen. Rot, grün, gelb, blau wimmelte es vor meinen Augen, wie glitzernde, geflügelte Insekten. Ich spürte den schneidenden Schmerz des Verlusts und zugleich die leidenschaftliche Erregung, die selbst ein flüchtiger Gedanke an sie seit jeher in mir zu wecken vermochte. Ich hätte ohne weiteres den Rest des Abends nur auf diesen kleinen Plastikdingern dahintreiben und an Carol denken können, und ich mußte mir einen Ruck geben, um mich statt dessen durch die gewaltigen Bündel vergilbter Blätter zu kämpfen, in die sie geklemmt waren.

Ich las, von Carols Markierungen durch die Seiten gelotst, mit einer Art distanzierter Aufmerksamkeit, wobei ich mit verhohlener Freude, ja hin und wieder sogar einem Moment schwermütiger Selbsterkenntnis die Eigenheiten der Denkweise meines Vaters, Stärken und Schwächen seiner Argumentation, die von ihm bevorzugten Wendungen registrierte. Er hatte offenbar Hemmungen, ein Argument vorzubringen, ohne zuvor eine Heerschar von Gewährsleuten zu seiner Unterstützung antreten zu lassen und es dann mit einer Phalanx obskurer Fachausdrücke und fremdsprachlicher Einsprengsel zusätzlich zu verstärken – Unsicherheiten, die ich auch in meinen Arbeiten bemerkt hatte. Und genau wie ich zog er assoziative Seitenbewegungen dem unbekümmerten »Vorwärts marsch!« einer fortlaufenden Erzählstruktur vor, was zweifellos einer der Gründe dafür war, daß er sein Werk nie vollendet hatte. Bruchstücke von Kapiteln verzweigten sich zu vielfachen Abschweifungen, diese unterteilten sich in Fußnoten, die wie die Zellen nachwachsender Gliedmaßen auf wundersame Weise zu eigenständigen Kapiteln wurden.

An einer Stelle fanden sich Carols Markierungen gehäuft, und dementsprechend verstärkte sich mein Interesse. Es handelte sich um einen Abschnitt über das Überhandnehmen von Vergiftungen am Hofe der Borgias und der Burgunder. Ihm folgte eine längere Abhandlung über den weitverbreiteten Glauben an die Wirksamkeit von Tiergehörn als Gegenmittel und Vorbeugung. Das Gehörn von Rot- und Damhirschen, Widdergehörn, zu Trinkgefäßen gehöhlt, gehobelt, zermahlen, in Wasser oder Wein gelöst, als Amulett getragen; das Gehörn der Antilope, des Rhinozeros, des *pyrassoupi* vom Rio de la Plata waren in Listen erfaßt und wurden ausführlich behandelt, außerdem Anwendungen und die zugehörigen Märchen und Sagen zusammengetragen, wobei mein Vater es an ehrfürchtigen Verbeugungen vor Lukrez, Odell Shepard, der *Pharmacopoeia Medico-Chymica* nicht fehlen ließ. Fast jede Zeile hatten hier Carols spitze kleine Pfeile getroffen.

Von allen Hörnern, las ich, gelte allgemein das Alicorn als das wirksamste. Alicorn? Ah ja, das Gehörn des Einhorns.

Ich wußte, daß Carol sich einige Jahre nach der ersten Lektüre das Manuskript noch einmal vorgenommen hatte, als sie ihr Buch über den mittelalterlichen Marienkult in Angriff nahm. Sie wollte überprüfen, was mein Vater über den Mythos der Einhornjagd zu sagen hatte, bei dem eine Jungfrau das Tier listenreich gefangennimmt, ehe es getötet wird.

»Das Geschöpf hat nie gelebt«, schrieb mein Vater in einer ausführlichen Fußnote, »und doch gibt es eine Fülle von Beweisen für sein Vorhandensein, und über Jahrhunderte haben die führenden Köpfe ihrer Zeit an seine Existenz geglaubt. Unter anderem waren noch im neunzehnten Jahrhundert Cuvier und Livingstone bereit, die Möglichkeit einzuräumen, daß es ein Tier mit einem einzigen Horn auf der Stirn gab. Echtes Einhorn-Gehörn *(verum cornu monocerotis)* vermochte nicht nur verschmutztes Wasser zu reinigen, sondern schwitzte angeblich auch in der Nähe von Gift und wurde deshalb mit dem Zehnfachen seines Gewichtes in Gold aufgewogen …«

Ich spürte, daß ich auf der Suche nach der Quelle meiner anonymen Botschaft dem Ziel nähergekommen war, was mich aber unerklärlicherweise nicht etwa ermutigte, sondern ein ausgesprochen ungutes Gefühl in mir weckte.

»Es gibt zwei Erklärungen«, hieß es in der Fußnote weiter, »für die medizinische Wirkung des Hornes. Beide, obwohl diametral entgegengesetzt, stoßen zum Kern des grundsätzlichen Widerspruchs nicht nur in frühen Theorien des Heilens vor, sondern auch des ambivalenten Wesens des Einhorns selbst. Man glaubte, daß sich in Zähnen, Hufen und besonders im Gehörn die Essenzen des Lebewesens konzentrierten, von dem sie kamen. Bei einem einzigen Horn mußte das Konzentrat natürlich doppelt so stark sein wie etwa in einem Hirschgeweih.

Abhängig davon, ob eine Quelle das Einhorn-Konzentrat für gut- oder bösartig hielt, erklärte man seine Wirkung entweder nach der Lehre der Allopathie, in der eine gutartige Substanz einer bösartigen entgegenwirkt, oder aber nach der Lehre der Homöopathie, die besagt, daß »Gleiches durch Gleiches geheilt werden soll« *(similia similibus curantur)* und daß sich Gift nur entdecken oder unschädlich machen läßt, indem man es in das abschwächende Umfeld eines Stoffes einbringt, der noch schädlicher ist als das Gift selbst.

Allegoristen, die das Einhorn als ein Symbol Christi sehen wollten, hielten sich natürlich an die Allopathie, für die das Horn Verkörperung der Reinheit selbst war. Das christianisierte griechische Bestiarium zum Beispiel überliefert die Reinigung des Wassers in einer ausdrücklich religiösen Fassung, die der zweite Einhorn-Gobelin im Cloisters-Museum in New York bildlich darstellt, und behauptet, das Tier schlage vor dem Eintauchen des Horns ein Kreuz über dem Wasser.

Homöopathen hingegen betrachten das Horn als das Gift an sich und glauben, daß es in der Nähe anderer Gifte schwitzt, weil es sich mit seinesgleichen vereinigen möchte. Der Apotheker Laurent Catelan beobachtete, daß gehörnte Tiere gern giftige Stoffe aller Art fressen, und folgerte daraus, daß sich stark giftige Rückstände in ihrem Gehörn ablagern müßten.

In diesem Denkansatz hat das Einhorn nichts von einem Erlöser an sich, sondern ist ein aggressives, äußerst ungeselliges Monster. In Bildern der Arche Noah oder von Adam, der die Tiere benennt, ist es gewöhnlich dadurch gekennzeichnet, daß es als einziges unter den Geschöpfen keinen Partner hat. Unter den zuverlässigeren Quellen ist Aelianus der einzige, der weibliche Einhörner erwähnt. ›Die Männchen schlagen sich nicht nur untereinander‹, führt er aus, ›sondern auch mit den Weibchen und kämpfen bis auf den Tod.‹ Zur Raserei getrieben durch den irrwitzigen Schmerz, der durch die in seinem Horn abgelagerten Gifte hervorgerufen wird, kämpft ›dieses ausnehmend grausame Thier‹, wie John of Treviso es nennt, ›oft mit dem Elephanten und verletzet und zerreißet ihm den Leip‹. *Atrocissimum est Monocerus*: so beginnt die Beschreibung des Julius Solina, die Arthur Golding ins Englische übersetzt hat. ›Am grausamsten jedoch ist das Einhorn, ein Unthier, das aufs erschröcklichste brüllet.‹«

Monoceros: das Einhorn.

Ich nahm mir noch einmal den Zettel vor, den ich in meinem Fach gefunden hatte.

Atrocissimum est Monoceros.

Etwas in dieser Art hatte ich fast erwartet, aber daß es mir gelungen war, dem Ursprung des Satzes auf die Spur zu kommen, brachte mich der Lösung meiner Probleme keinen Schritt näher oder warf vielmehr nur neue verwirrende Fragen auf. Wie hatte der Satz aus den Unterlagen meines Vaters in mein Postfach gefunden? Bis dato war Carol das einzige lebende Wesen, das diese Aufzeichnungen gelesen hatte, aber daß Carol sich zu etwas so Kindischem wie dem anonymen Versand kryptischer Botschaften hergeben würde, war unvorstellbar. Ebenso unvorstellbar wie der Gedanke, zwischen ihr und Trumilcik könne es irgendeine Verbindung geben, geschweige denn, sie könne mit ihm unter einer Decke stecken. Carol in ihrer Welt der Museen, akademischen Tagungen, kultivierter Gespräche; Trumilcik, den ich inzwischen nur noch als einen durch die Gegend schlurfenden Irren sah, ein in einem Labyrinth aus Paranoia und skatographischer Raserei gefangenes Monstrum … Ausgeschlossen! Ich stand vor einem undurchdringlichen Rätsel. Mein Vater … Carol … Trumilcik … Es schien, als strahlten vielfach unterbrochene Sequenzen von mir in alle Richtungen aus. Elaine … Barbara Hellermann … Ketten, denen etliche Glieder fehlten. Mich schwindelte.

Ich holte mir etwas zu trinken und bemühte mich um Fassung. Eigentlich hätte ich Referate benoten, neue Veröffentlichungen durchsehen müssen. Ich versuchte, vor dem Abendessen ein, zwei Stunden zu arbeiten, konnte mich aber nicht konzentrieren. Lustlos ging ich in die Küche, holte die kalten Reste einer Mahlzeit vom Chinesen aus dem Kühlschrank und machte das Radio an. Ein Kommentator verbreitete sich über die mögliche Amtsanklage gegen den Präsidenten. Aus begreiflichen Gründen war das ein Thema, das mich sehr interessierte, und ich bemühte mich, seinen Ausführungen zu folgen, aber noch ehe ich entscheiden konnte, auf wessen Seite er stand, kam mir ein Name in den Sinn, so blitzartig aufleuchtend, daß ich ihn laut aussprach:

Blumfeld!

Sofort fing ich an, die Wohnung auf den Kopf zu stellen. Ich kippte Schubläden aus, sah unters Sofa, wühlte in den neuen Müllhalden, die sich seit meiner letzten Aufräumaktion maulwürfshügelgleich überall auf dem Fußboden aufgetürmt hatten.

Wenn es sich bei der Blumfeld-Schauspielerin (deren Namen ich nicht kannte) tatsächlich um ebenjene Person handelte, die an dem Abend des katastrophalen Ausflugs in den Plymouth Rock mit Carols Kollegin bei uns zum Abendessen gewesen war, gab es von Carol zu Trumilcik über die Kollegin und die Schauspielerin eine dieser Leylines menschlicher Beziehungen, die – je nach Sichtweise – ebenso bedeutsam oder belanglos sind wie ihre geographischen Entsprechungen. Ich für mein Teil war inzwischen – so skeptisch ich derlei Dingen sonst auch gegenüberstand – derart verzweifelt um Antworten verlegen, daß ich es für dringend notwendig erachtete, auch die entlegenste Möglichkeit einer Aufhellung zu nutzen.

Nach einer ausgiebigen Suchaktion hatte ich das, wonach ich fahndete, immer noch nicht gefunden, dafür aber etwas anderes. Mein Hang zu Fehlleistungen aus Zerstreutheit und gelegentlichen Aussetzern, meine Begabung für *Parapraxis,* scheint es hin und wieder auch gut mit mir zu meinen. Ich hatte die Telefonrechnung aus dem Büro, die den nächtlichen Anruf verzeichnete, offenbar nicht weggeworfen, wie ich gedacht hatte, sondern mit nach Hause genommen und vor mir selbst auf einem Schränkchen neben meinem Schreibtisch sorgfältig unter einer Schachtel mit Disketten versteckt. Dort lag sie stillvergnügt, als warte sie nur darauf, von mir wiederentdeckt zu werden. Da war die Nummer, da war die genaue Zeit des Anrufs: 2.14 Uhr. Die Verbindung hatte weniger als eine Minute bestanden.

Ich wählte. Ein Anrufbeantworter meldete sich, der keinen Text, sondern nur ein Piepsen von sich gab. Ich legte auf und verließ das Haus.

Zuerst ging ich in das Cybercafé, weil ich hoffte, dort noch das Theaterplakat mit dem Namen der Schauspielerin an der Wand zu finden. Es war weg. In Anbetracht des Schwunds, den ich zur Zeit allenthalben erlebte, hatte ich es nicht anders erwartet. Dann wandte ich mich nach Osten und Norden in Richtung der noch nicht luxussanierten Wohnblocks am FDR Driveway. Die Fahrbahnen sind dort ein Flickwerk aus Kopfsteinpflaster und Teer, die geborstenen Gehsteine durch Frostschäden krumm und schief; seltsam tröstlich das alles – als spräche es die eigene demnächst drohende Gestrigkeit an.

Auch damit hätte ich rechnen müssen: Vor die eingeschlagenen Fensterscheiben der Synagoge waren jetzt Bretter genagelt, die Tür war mit einer schweren Kette und einem Vorhängeschloß gesichert. Ich ging die Stufen zu der verschrammten Stahltür des Kellertheaters hinunter. Dort gab es keine Kette, aber die Tür schien fest verschlossen. Ich versetzte ihr einen Tritt – vor allem wohl deshalb, weil ich das Gefühl hatte, ein so ramponiertes Gesicht hätte nichts anderes verdient. Zu meiner Verblüffung öffnete sie sich.

Im Innenraum war es stockdunkel. Die Straßenbeleuchtung drang kaum bis hier unten vor. Ich wartete unter der Tür, bis sich meine Augen an das schwache Licht gewöhnt hatten. Links von mir zeichnete sich als silbriger Pinselstrich die Klinke der Tür zum Zuschauerraum ab. Ein Geviert zu meiner

Rechten, das sich in tieferem Schwarz vor dem dunklen Hintergrund abhob, mußte der Tisch sein. Ich tat einen Schritt darauf zu.

Sofort stieg mir ein vertrauter Geruch in die Nase, der ranzig-scharfe Männergestank, den ich in Trumilciks Versteck gerochen hatte. Ich bekam eine Gänsehaut. Ich hätte sofort den Rückzug angetreten, wenn ich nicht jetzt, da ich dem Tisch einen Schritt näher war, auf der kantigen Schwärze der Tischplatte eine Unebenheit ausgemacht hätte – genau an der Stelle, wo bei meinem letzten Besuch der Stoß mit den Programmen gelegen hatte. Mit drei raschen Schritten war ich am Tisch und griff nach dem, was sich tatsächlich wie das gefaltete Hochglanzpapier anfühlte, nach dem ich in meiner Wohnung gefahndet hatte. Als ich mich zum Gehen wandte, spürte ich, wie ein wutschnaubendes Etwas aus der Dunkelheit emporwuchs und auf mich zukam. Es war eine rein instinktive Wahrnehmung, noch ehe ich die gewaltige bärtige Gestalt gesehen oder auch nur gehört hatte, die an der geöffneten Tür vorbei in meine Richtung stürzte. Ich habe ihn nur dieses eine Mal zu Gesicht bekommen – bleich und abgerissen, umwabert von den Ausdünstungen der Verkommenheit, die grauen Haare dicht und wild flatternd, der mächtige Rabbinerbart verfilzt. Ich machte einen Satz zur Tür. In diesem Augenblick brach etwas aus ihm hervor, das mir mit aller Wucht beinhart ins Gesicht schlug. Im Rückblick scheint es mir eine eigentümlich zielgerichtete Geste, eine zu einer einzigen archaischen Bewegung verdichtete umfassende Vergeltung gewesen zu sein. Mein Schwung trug mich durch die Tür, mit Mühe schaffte ich es, die Stufen zum Gehsteig hochzustolpern, und taumelte weiter, bis ich begriff, daß niemand mich verfolgte. Im Eingangsbereich eines Wohnhauses sackte ich blutend und zitternd zusammen.

Das Stück Papier hatte ich noch in der Hand. Es war das Programm; soviel zumindest hatte ich erreicht. *Blumfeld, ein älte-*

rer Junggeselle, für die Bühne bearbeitet von Bogomil Trumilcik. Mit M. K. Schroeder als Blumfeld.

Schroeder ... *Doktor* Schroeder, dachte ich lächelnd, als mir der Scheck einfiel, den ich an Dr. Schrever geschickt hatte, und verzog das Gesicht, weil das Lächeln so weh tat.

Als ich nach Hause kam, schlug ich den Namen im Telefonbuch nach: M. K. Schroeder, 156 Washington Avenue. Wieder meldete sich ein Anrufbeantworter, dieser aber besaß eine Stimme. *Sie können nach dem Signalton eine Nachricht für Melody hinterlassen.* Melody ... wie konnte ich so einen Namen vergessen! Melody Schroeder. Ich nannte meinen Namen und meine Telefonnummer und bat um Rückruf.

Danach versuchte ich mein Glück noch einmal bei der anderen Nummer, erreichte aber auch diesmal nichts.

Meine ganze linke Gesichtshälfte war grünblau, dick geschwollen und tat unerträglich weh.

9

Seit unserem Abend bei ihr zu Hause hatte ich Elaine nicht mehr gesehen. Ich war ihr nicht ausgewichen, aber auch nicht bewußt auf sie zugegangen und vermutete, daß sie es umgekehrt auch so gehalten hatte. Das Ende des Abends war nicht ungetrübt gewesen, und wir brauchten beide Zeit, um uns über das klarzuwerden, was zwischen uns spielte.

Ich für mein Teil wußte nicht recht, ob ich mir meine unvermuteten Lustempfindungen mit der Entdeckung eines echten Gefühls für Elaine erklären sollte, wie ich es an jenem Abend getan hatte, oder mit einem eher kleinlich-berechnenden Sinnenkitzel.

Hätte ich seinerzeit letzteres angenommen, hätte ich den Abend bestimmt nicht mit wildem Tatschen und Grapschen zu Ende gehen lassen. Vielmehr war es meine ehrliche Überzeugung gewesen, daß ich in mir nun doch Gefühle ausgemacht hatte, die denen von Elaine entsprachen, und daß es deshalb für uns das Natürlichste von der Welt war, miteinander zu schlafen.

Offenbar sah ich das falsch, und ich nehme die Schuld auf mich, obgleich ich den Fehler guten Glaubens begangen hatte. Bei so was weiß man ja nie so ganz genau, woran man ist, so daß man immer ein bißchen herumprobieren muß. Bestimmt würde Elaine das verstehen, wenn sie ein wenig Zeit zum Nachdenken gehabt hatte, und ich sah nach wie vor gute Chancen für unsere Beziehung.

Für den Donnerstag der folgenden Woche hatte Robert eine weitere Sondersitzung für unseren Ausschuß anberaumt. Zena Sayeed hatte mit Candida Johanssen gesprochen, die sich bereit erklärt hatte, gegen Bruno eine formelle Beschwerde wegen sexueller Belästigung einzubringen.

Ich war davon ausgegangen, daß ich bei der Sitzung Elaine sehen würde, und hatte mir vorgenommen, sie mit freundlichem Gesicht zu begrüßen – so freundlich, wie mir das bei meinen Prellungen möglich war – und ihr, wenn sich die Gelegenheit ergab, danach ein gemeinsames Mittagessen vorzuschlagen.

Ich wunderte mich deshalb, als sie bei Eröffnung der Sitzung noch nicht da war, und war drauf und dran, nach ihr zu fragen, besann mich aber dann eines Besseren. Inzwischen unterwarf instinktive Vorsicht selbst meine scheinbar harmlosesten Bemerkungen einer strengen Zensur. Da meine linke Gesichtshälfte aussah wie rohe Rinderleber, verspürte ich außerdem keine Neigung, die Aufmerksamkeit der Anwesenden ohne Not auf mich zu lenken.

Das fünfte Mitglied unseres Ausschusses, ein sanftmütiger Biologe namens Tony Ardito, nahm mir die Frage ab.

»Hast du's noch nicht gehört?« gab Roger zurück. »Ihr Bruder hat letzte Woche angerufen. Sie wollte ihn in Iowa besuchen und hatte in Sioux City einen Verkehrsunfall. Jetzt liegt sie mit Kopfverletzungen im Krankenhaus.«

»Ach du ahnst es nicht!«

»Schlimm, was? Sie ist auf unbestimmte Zeit beurlaubt.«

»So was aber auch ...«

Es gab eine Pause, in der wir uns stillschweigend darüber einigten, daß es nicht taktvoll wäre, das Gespräch über unser abwesendes Mitglied fortzusetzen, und Roger wandte sich dem anstehenden Thema zu.

Zum zweitenmal innerhalb einer Woche hatte ich große

Mühe, mich auf den Gang der Dinge zu konzentrieren. Die Nachricht von dem Unfall – ganz zu schweigen von Elaines Fahrt nach Iowa – war ein Schock, aber unter dieser simplen Reaktion begann es rastlos-erregt in mir zu rumoren. Es war, als könnte ich das eben Gehörte nicht endgültig in meinem Inneren festmachen. Ich kam mir vor wie ein Kind, das redlich bemüht ist, etwas zu glauben, was sich mit dem ihm zur Verfügung stehenden Maß an Gutgläubigkeit nicht recht vereinbaren läßt.

Anfang der Woche hatte ich etwas getan, was ich mir, solange ich den Namen Trumilcik noch nicht verinnerlicht hatte, nie hätte träumen lassen: Ich hatte mir im Branchenverzeichnis Adressen von Privatdetektiven herausgesucht, um eine Anschrift für die Telefonnummer in Erfahrung zu bringen, die Trumilcik von meinem Büro aus angerufen hatte. Schon beim Überfliegen der Namen und Bezeichnungen, der *Krieger* und *Herolde*, der Kontore, Körperschaften, Netzwerke und Verbände und der von ihnen angepriesenen Leistungen – *Digitale Lügendetektoren, Bewaffnete Leibwächter und Leibwächterinnen, Scheidungssachen, Kindermädchenüberwachung* – hatte ich das Gefühl, als habe man mich in eine Welt entführt, die nicht minder grotesk und voll billiger Schnörkel war als die Baulichkeiten, hinter deren Mauern sich mein Arbeitsplatz befand. Ich überlegte kurz, ob es nicht alles in allem besser wäre, Trumilcik und seine Machenschaften, seine Zettel und Gaben, seine kleinlich rachsüchtigen Einmischungen ganz zu ignorieren und so weiterzuleben, als gäbe es ihn nicht. Nichts geilt einen Schläger mehr auf als Anzeichen von Unterwerfung bei seinen Opfern, und wenn ich mir meine Handlungen von einem Trumilcik diktieren ließ, war das zweifellos eine unterwürfige Handlungsweise. Ich wollte schon das Telefonbuch aus der Hand legen, als ich im Spiegel mein grün und blau geschlagenes Gesicht sah, und auf einmal schien mir, als ballte sich die latente Gewalt, die wie ein trüber Dunst alle seine Aktionen umgab, zu einer finsteren Wolke der Böswilligkeit zusammen, und ich begriff, daß ich doch gut beraten wäre, jetzt möglichst umgehend etwas zu unternehmen.

Der Mitarbeiter, der bei Crane, Coleman Associates meinen Anruf entgegennahm – einer Firma, für die ich mich wegen ihres undramatischen Namens entschieden hatte –, war ein wohltuend nüchterner Zeitgenosse. Es sei nicht schwierig, anhand einer eingetragenen Telefonnummer Zugang zu der Adresse des Teilnehmers zu bekommen, sagte er, und er nannte einen Preis, der mir angemessen erschien.

Ich gab ihm die Telefonnummer und die Daten meiner Kreditkarte. Wenig später rief er zurück und meldete, daß die Nummer nicht im Telefonbuch stehe und das den Auftrag verteuern würde. Der Preis, den er mir nannte, war viermal so hoch wie der ursprüngliche. Ich hatte zwar das unbehagliche Gefühl, daß man mich über den Tisch ziehen wollte, gab ihm aber trotzdem grünes Licht. Am nächsten Morgen teilte er mir mit, daß er die Adresse ausfindig gemacht hatte. In seiner Stimme schwang ein neuer, seltsam salbungsvoller Ton. Im Hinblick auf die spezielle Eigenart dieser Adresse müsse er einen Aufpreis von zweihundert Dollar verlangen, hatte er gesagt und mich mit Lawrence angeredet.

Das sei mir unverständlich, gab ich zurück.

»Wir wollen mal so sagen, Lawrence: Sie zahlen dafür, daß wir unter Umständen unsere Lizenz aufs Spiel setzen, und Sie – ähm – sichern sich für Ihre Person ein gewisses Maß an Vertraulichkeit.«

»Ich verstehe immer noch nicht ...«

»Es handelt sich um ein Asyl, Mr. Miller«, sagte er, »ein Asyl für Opfer häuslicher Gewalt. Diese Einrichtungen geben ihre Adressen gewöhnlich nicht heraus.«

Eine klare Erpressung – aber es dauerte einen Moment, bis

ich das kapiert hatte. Am liebsten hätte ich mit einem Wutgebrüll reagiert, aber wieder ließ mich wie ein unsichtbarer Maulkorb mein neuer Hang zu instinktiver Vorsicht schweigen. Beschweren konnte ich mich später; ich würde an die für die Vergabe von Lizenzen an solche Firmen zuständige staatliche Stelle schreiben, sobald diese unerfreuliche Affäre überstanden war und im Zusammenhang mit meinem Interesse an der Anschrift einer solchen Einrichtung keine unerwünschten Hintergedanken aufkommen konnten.

»Meinetwegen«, schnauzte ich, »Sie sollen Ihren Aufpreis haben.«

Er hatte mir die Adresse gegeben, und ich hatte mir die Landkarte vorgenommen. Die Stadt, in der sich das Asyl befand – ein Ort namens Corinth –, lag hundertfünfzig Meilen nördlich von New York. Soviel also hatte ich mit einigem Aufwand an Mühe und Kosten erfahren, dann aber war ich in einen merkwürdigen Zustand der Trägheit verfallen – es war, als hätte mein Selbsterhaltungstrieb vorzeitig schlappgemacht – und hatte die Sache nicht weiterverfolgt.

Jetzt aber, als in der Sitzung die Nachricht von Elaines Verschwinden in meinem Kopf herumgeisterte, begriff ich wieder, wie töricht es war, nicht jedem Hinweis nachzugehen, der zur Erhellung des Rätsels Trumilcik beitragen konnte. Aus Gründen, die ich noch nicht klar artikulieren konnte, vereinigten sich in meinem Kopf die Nachricht von Elaines Verkehrsunfall (ihrem angeblichen Verkehrsunfall, wie ich ihn schon jetzt nannte) und das Wissen um Trumilciks Kontaktaufnahme mit einer Unterkunft für Opfer häuslicher Gewalt zu einer unbestimmten, aber geradezu elektrisierenden Furcht. Man müßte sich, sagte ich mir, dieses Asyl doch unbedingt einmal ansehen. Wie ich hineinkommen und was ich dort anfangen sollte, war weniger klar.

Angesichts dieser Sorgen verging die Sitzung – praktisch

eine Kündigungsverhandlung – wie ein dumpfer Traum. Meine Schriftführung dürfte nicht weniger gewissenhaft als sonst gewesen sein, aber ich merkte kaum, was ich schrieb. Von der Konfrontation mit Bruno ist mir wenig mehr erinnerlich als der generelle Eindruck seiner hochmütigen Weigerung, sich gegen Candida Johanssens Vorwürfe zu verteidigen, und seine scheinbare Gleichgültigkeit dem drohenden Ende seiner Karriere gegenüber (ich weiß noch, daß ich seine stoische Haltung als typisch britische Überheblichkeit empfand, als bilde er sich ein, Raleigh im Tower zu sein oder Sir Thomas More auf dem Schafott, der sich ungerührt selbst die Augenbinde umlegt: *Schafft mich wohlbehalten nach oben, fürs Herunterkommen will ich schon selber sorgen ...*).

Haften blieb ein lebhafter Eindruck seiner physischen Präsenz. Er kam in seinem dicken schwarzen Mantel mit dem Rückenschlitz und weigerte sich, ihn auszuziehen. Seine langen Beine – Hinterbeine, hätte ich fast gesagt – steckten in schwarzen Jeans, die hauteng waren wie Hose und Beinlinge der Elisabethaner; fehlte nur noch die Braguette. Sogar sein Gesicht hatte etwas Anstößiges, fand ich. Es war zweifellos ein gutaussehendes Gesicht, aber gerade deshalb hätte man am liebsten gleich wieder weggesehen, als habe man, angelockt durch seinen scheinbaren Reiz, plötzlich gemerkt, daß man einen Körperteil vor sich hatte, den man eigentlich nur bedeckt sehen dürfte. Ich dachte an unsere letzte Sitzung, bei der ich mit der einen Hand meine Notizen gemacht und mit der anderen unter dem Tisch sanft Elaines Schenkel geknetet hatte, und bedachte das Ironische einer Situation, die mich an die eine Seite des Tisches gesetzt hatte, wo mich die Konvention nötigte, eine völlig legitime, einvernehmliche Handlung zu verbergen, während sie an die andere Seite Bruno plaziert hatte, der ungeniert jene nackte Ansammlung von Sinnesorganen zur Schau stellte, die sich, wenn man sie länger als einen Lidschlag lang betrachtete, als die Verkörperung eines unsittlichen Antrags entpuppte.

Wenn ich jetzt an ihn denke, spüre ich stärker denn je, wie richtig die völlige Ablehnung der Männlichkeit war, die vielen von uns Akademikern als der herausragende Beitrag der modernen Geisteswissenschaft gilt, das heißt, der Männlichkeit in ihrer alten, bösartig-brutalen Gestalt, jener unangepaßten Männlichkeit, die ihre unvermeidliche Vernichtung ganz und gar verdient hat. Ich meinte bei Brunos Abgang fast einen bepelzten Schwanz zwischen seinen Rockschößen wedeln zu sehen.

An der Tür drehte er sich um und sah mich an.

»Wo hast du das blaue Auge her, Lawrence? Hat sich da jemand gewehrt?«

»Ich bin auf Glatteis ausgerutscht«, beantwortete ich halblaut seine erste Frage. Die zweite hatte ich nicht verstanden.

Wie sich herausstellen sollte, war Brunos Bemerkung überraschenderweise von Nutzen. Über meinen sonstigen Sorgen hätte ich fast mein Aussehen vergessen; jetzt hatte er mich auf eine Idee gebracht, die mir sonst vielleicht nicht gekommen wäre.

Als ich nach der Sitzung wieder in meinem Büro war, schloß ich ab und öffnete die Tür zu der Kammer, in der Barbara Hellermanns braune Baskenmütze und die Sachen aus der chemischen Reinigung hingen.

Ich holte die Mütze vom Haken und setzte sie mir auf.

Diese anspruchslose Geste löste eine eigenartige Erregung in mir aus; es war, als habe die leichte Nachjustierung eines Teleskops unvermutet eine ganze Galaxie neuer Möglichkeiten in mein Blickfeld gerückt.

Die Mütze saß gut, sie war warm und sehr bequem. Im Spiegel sah ich, daß sie sich weich an mein glattes blondes Haar schmiegte und gar nicht besonders befremdlich wirkte. Mit meinen hohen Wangenknochen und dem glatten Kinn kam ich mir vor wie eine Filmschauspielerin aus den vierziger Jahren, und auch die Schwellung und das blaue Auge konnten diese Illusion nicht ganz zerstören. Ich könnte als französische Widerstandskämpferin durchgehen, dachte ich, eine Frau, die heldenmütig durchhält, nachdem sie von ihren Schergen zusammengeschlagen worden ist.

Oder als modernere Version einer Heldin – eine mißhandelte Frau beispielsweise, die den Mut aufgebracht hat, vor ihrem Quälgeist zu fliehen.

Ich griff mir die Plastiktüte aus der chemischen Reinigung. Unter der transparenten Hülle sah ich eine rehbraune wamsartige Jacke mit Steppfutter und einen braunen Rock aus schwerem Webstoff.

Starke, fast frohlockende Tatkraft erfüllte mich, als ich die Kleidungsstücke zusammenlegte und zusammen mit der braunen Baskenmütze in meine Aktentasche packte. Endlich konnte ich in die Offensive gehen.

Von meiner Wohnung aus rief ich in dem Asyl an. Wie gewohnt meldete sich der Anrufbeantworter.

Diesmal hinterließ ich eine Nachricht.

10

In der Nacht war Schnee gefallen, aber jetzt regnete es. Die sich von der Port Authority aus durch den stockenden Verkehr quälenden Fahrzeuge fuhren zischend durch den Matsch am West River, während der Fluß mit den schlammfarbenen Eisschollen von Pkw-Größe seinen eigenen Stau produzierte.

Ich saß in einem Trailway-Bus mit Fahrtziel Corinth.

Ich trug Barbaras Sachen. Zur Vervollständigung hatte ich noch einen Rollkragenpullover, Damenschuhe und wollene Strumpfhosen erstanden. In meinem anfänglichen Überschwang hatte ich gedacht, gerade ich müßte den Plan ohne psychische Anstrengung, ja sogar mit einer gewissen professionellen Begeisterung in die Tat umsetzen können. Eine Reise in Frauenkleidung, hatte ich mir gesagt, wäre eine stärkende Erfahrung, eine Lernerfahrung, die ich vielleicht sogar als Übung für meine Studenten einführen konnte. Ich erinnerte mich, gelesen zu haben, daß sibirische Schamanen sich bei ihren Reisen in die Geisterwelt zuweilen einer symbolischen Verwandlung in Frauen unterzogen. Vielleicht würde ich gleich ihnen mit Visionen zurückkehren, die Heilung bewirkten oder Weissagungen enthielten, oder würde wie Tiresias danach mehr darüber wissen, was es heißt, ein Mensch zu sein.

Nicht gerechnet hatte ich mit dem geballten Widerstand der eigenen unbewußten Vorurteile, mit der Mann – die Geschlechterseele, wenn ich so sagen darf – derlei Wirrsal kontert. Sobald ich in dieser Kleidung ins Freie trat, überkam mich das Gefühl eines jähen, absturzartigen inneren Zusammenbruchs, fast so etwas wie Scham, als trüge ich diesen langen braunen Rock, diese Pumps mit den Chromschnallen zwangsweise, als Strafe für unwissentlich begangene Verbrechen.

Als ich auf die Avenue A einbog, sah ich Mr. Kurwen, der mit einer schwarzen Klappe über dem fehlenden Auge auf mich zukam. Meine restliche Kraft drohte mich zu verlassen. Ich wünschte mir sehr, von ihm nicht erkannt zu werden. Obgleich ich selbst sehr wohl wußte, daß das, was ich vorhatte, ebenso vernünftig wie notwendig war, fühlte ich mich der grausamen Belustigung, mit der so ein Mensch auf meine Verwandlung reagieren würde, nicht gewachsen. Sein heiles Auge fixierte mich scharf. Ich weiß nicht, ob er mich erkannte, aber einen Augenblick fühlte ich mich in die Enge getrieben und ganz und gar wehrlos.

An der Port Authority war ich gedankenlos zum Pinkeln auf die Herrentoilette gegangen. Ein Mann im Anzug, der sich gerade vom Urinal wegwandte und dabei den Hosenschlitz schloß, sah mich entgeistert an. Ein Blick in den Spiegel zeigte mir, daß er eine Frau mit brauner Baskenmütze vor sich sah, die zielstrebig auf die Porzellanbecken zuging, und ich flüchtete, verstört und wieder seltsam gedemütigt, schleunigst auf die Damentoilette. Während ich mir am Becken die Hände wusch, sah ich im Spiegel, wie eine weißhaarige alte Dame mich unter mitleidigem Zungenschnalzen betrachtete. »Der Freund?« fragte sie halblaut und deutete auf mein zerschlagenes Gesicht. Ich zögerte einen Moment, dann nickte ich. Sie schüttelte seufzend den Kopf.

Danach war mir noch elender. Abgesehen davon, daß ich das Mitgefühl der Frau mißbraucht hatte, brachte mir diese kleine widerrechtliche Aneignung weiblichen Leidens noch deutlicher zu Bewußtsein, worauf ich mich eingelassen hatte. Zu meiner allgemeinen Niedergeschlagenheit gesellte sich eine neue, akute

Depression: In diesem Moment war ich vollends in meine Rolle geschlüpft, war eine mißhandelte Frau.

Auf dem Weg über die Brücke und an den Palisades entlang zwang der Regen dem Verkehr das gemessene Tempo eines Leichenzugs auf. Wir rumpelten auf den Throughway. Berge kamen in Sicht, gekrönt nur von dem endlos wallenden Dunst der winterlichen Bäume, der kaum von den Wolken über ihnen oder den explosionsartigen grauen Regengüssen dazwischen zu unterscheiden war.

Die Weiten Amerikas, die riesigen Räume, in denen die eigene Existenz für nichts und niemanden von Bedeutung ist, sind in so einer Situation überwältigend. Wenn man allein ist, empfindet man das Alleinsein als nahezu physische Last. Brennendes Heimweh überkommt einen, in meinem Fall völlig unabhängig davon, wo meine Heimat sein mochte. Durch den Regen zu fahren, als Frau verkleidet, mit grün und blau geschlagenem Gesicht, von einem Ort, in dem ich kaum mehr menschliche Bindungen hatte, zu einem anderen, wo derlei Bindungen überhaupt nicht vorhanden waren, schien plötzlich ein klägliches Unterfangen. Es gab da eine bestimmte Toleranzgrenze, dachte ich, ein elastisches Band, das sich, von den wärmenden Mittelpunkten menschlicher Gesellschaft ausgehend, nur bis zu einer bestimmten Länge dehnen ließ. Würde diese Grenze überschritten, kann man nicht hoffen, daß es einen zurückzieht. Und es war nicht unbedingt die Gesellschaft, die einen ausschloß, sondern etwas in einem selbst, eine nicht assimilierbare neue Einzigartigkeit, die einen *aus seiner eigenen Sicht* für die Gesellschaft seiner Mitmenschen disqualifizierte.

In einer Raststätte auf der Route 9 – einem mitten in einem urwaldähnlichen Gehölz hochgezogenen schauderhaften Konsumtempel – saß ich vor einer Tasse mit gallefarbenem Kaffee und dachte, während ich durch die regennassen Scheiben sah, daß ich aus meinem Leben verschwinden könnte, ohne die geringste Spur zu hinterlassen; ich brauchte nur aufzustehen und mich zwischen diesen triefenden Eichen und Fichten zu verlieren. Der Gedanke hatte etwas Verlockendes, fast Tröstliches. Ich sah mich da draußen in einem Versteck hocken, einer feuchten Höhle oder einem Unterschlupf aus Fichtenzweigen, über einem qualmenden Laubhaufen zusammengekauert ...

Der Tagtraum mußte wohl eine dunkle Wunsch- oder Phantasievorstellung in mir angesprochen haben. Er hielt mich so gefangen, daß die Stimme neben mir mehrmals ansetzen mußte, um zu mir durchzudringen.

»Ma'am, wir wollen weiter. Ma'am?«

Ich drehte mich um. Es war die Busfahrerin, und sie meinte *mich*.

»Entschuldigen Sie bitte«, sagte ich halblaut.

»Kein Problem.« Sie lächelte, und ihr Blick ruhte einen Augenblick auf meiner grün und blau geschlagenen Wange.

Ich folgte ihr zum Bus, wobei ich, während ich im Regen über den Vorplatz ging, rasch den Sitz meines Rocks überprüfte.

Zwei Stunden später kamen wir zu einer Kleinstadt auf einem Hochplateau am Fuße schroffer Hügel. Ein Wasserturm in Form einer riesigen umgekehrten Träne trug die Aufschrift CORINTH.

Als wir am Busbahnhof hielten, blieb ein kleiner, übergewichtiger Mann mit Schnurrbart an meinem Platz stehen, während ich nach meinem Koffer griff.

»Kann ich helfen, junge Frau?«

Wenn ich sein Angebot annahm, dachte ich, fiel ich wahrscheinlich weniger auf, als wenn ich ihm eine Abfuhr erteilte.

»Wie? Ja, danke.«

Er holte den Koffer herunter und bestand darauf, ihn mir bis vor den Bus zu tragen.

»Wo wollen Sie hin?«

Ich spannte den Schirm auf und überlegte, ob Frauen das auf besondere Art und Weise tun.

»Zu meiner Freundin.«

»Welche Richtung? Ich kann Sie mitnehmen.«

»Nicht nötig, danke.«

»Macht keine Mühe, ehrlich.«

»Nein, danke, ich nehme ein Taxi.« Ich wandte mich ab.

»He, Moment mal ...«

Schalkhaft aus kleinen Augen blinzelnd drohte er mir mit dem Finger. Jetzt hatte er meine Verkleidung durchschaut, dachte ich, jetzt mußte ich öffentlich beweisen, daß ich eine Frau war.

Aber nein. »Sie sind *Britin*, nicht?« fragte er nur.

Aufatmend gestand ich, daß dem so war.

»Ich hab einen Vetter in Dorsetshire.«

»So?«

»Kennen Sie die Gegend?«

»Flüchtig.«

»Er ist Monteur. Russell Thorpe. Russ Thorpe?«

»Ich ... nein, den kenne ich nicht.«

»Schade. Er würde Ihnen gefallen. Wie wär's mit 'nem Drink? Ein, zwei Cocktails in einer Bar, nur mal so?«

Er war durchaus nett, ein leutseliger Typ, wie viele Dicke, die sich der leicht komischen Wirkung ihrer Plumpsackfigur bewußt sind. Doch schon seine Anmaßung, mich anzuquatschen, mir Vorschläge zu machen, mit denen er praktisch über mich verfügte, war erstaunlich schwer zu verkraften.

»Ich ... nein, ich muß zu meiner Freundin.«

Ich lächelte ihm begütigend zu und machte, daß ich wegkam.

»Was ist? Bin ich Ihnen zu mager?« rief er mir gemütlich lachend nach, während ich mich auf die Suche nach einem Taxi machte.

Das Asyl stand in einer ruhigen Straße mit heruntergekommenen alten Villen. Es war besser in Schuß als die meisten anderen Häuser, hatte ein offenbar neu eingedecktes rotes Dach und Schindelwände in warmem Senfgelb. Ein rechts und links vorspringender hoher Zaun umschloß einen Garten hinter dem Haus, aus dem ich die Stimmen von Kindern hörte, die dort im Nieselregen spielten. Nichts wies darauf hin, daß es sich um ein Frauenhaus handelte, bis man die Verandastufen zur Haustür hochstieg und die Überwachungskamera in dem Drahtkäfig entdeckte, die den Besucher anstarrte.

Ich drückte auf den Summer und zeigte der Kamera mein Gesicht. Die schwere Tür öffnete sich klickend, und ich betrat mit meinem Koffer eine warme, helle Diele, die nach sauberer Wäsche und Bohnerwachs roch.

Laufschuhe und Stiefel waren ordentlich an den Wänden aufgereiht, und über der Treppe hing eine von Kindern gebastelte Regenbogencollage. An dem Regenbogen hingen aus Folie geschnittene Buchstaben, die das Wort WILLKOMMEN bildeten.

Am oberen Ende der Treppe lächelte eine Frau zu mir herunter.

»Marlene?«

Ich nickte. In dem kurzen Gespräch mit der Frau, die mich am Vortag zurückgerufen hatte, hatte ich mich als Marlene Winters vorgestellt.

»Nur herauf mit dir. Du wirst schon erwartet. Ich bin Josephine.«

Ich ging die Treppe hoch, und Josephine umarmte mich flüchtig und streifte mit einem kurzen Blick meine Schwellungen, wobei sich ihr Gesicht mitfühlend verzog. Dann aber lächelte sie schon wieder.

»Brauchst du was dagegen, Schätzchen? Einen Eisbeutel

vielleicht? Wirklich nicht? Ich könnte dir gleich einen machen, kein Problem ...«

Sie führte mich in ein Büro, wo ich gefälschte Angaben in ein Formular eintrug und eine Erklärung unterschrieb, daß ich die Adresse des Frauenhauses niemandem preisgeben würde.

»Wir bieten vielerlei psychologische und juristische Beratung, wenn du soweit bist«, sagte Josephine. »Aber ich schätze, daß du jetzt vor allem mal Ruhe brauchst.«

Ich nickte. Zwar hatte ich das Sprechen in einer höheren Stimmlage geübt, hielt es aber für klüger, den Mund sowenig wie möglich aufzumachen.

»Ich zeig dir dein Zimmer.«

Sie führte mich durch einen Gemeinschaftsraum, wo sich mir fünf oder sechs übel zugerichtete Gesichter zuwandten. In diesem Moment verließ mich fast der Mut. Die überwältigende Realität dieses Hauses drohte die Begründung für mein Kommen, die ich mir so sorgfältig zurechtgelegt hatte, zunichte zu machen. Ich hielt den Kopf gesenkt und zog mich in mich selbst zurück, als könnte ich mich dadurch unsichtbar machen.

Josephine führte mich noch eine Treppenflucht hoch und über einen Gang.

»Hier schlafen die Frauen ohne Kinder. Wir nennen das die Friedenszone. Das andere ist die Gefechtszone. Nur damit du weißt, wovon die Rede ist, wenn jemand davon spricht.«

Sie öffnete die Tür zu einem kleinen Zimmer mit schmalem Bett und einem Fenster, das auf den Garten hinausging, wo ich die Kinder, die ich bisher nur gehört hatte, auf einer Schaukel spielen sah.

»Toll ist es nicht, aber ...«

»Genau richtig«, sagte ich.

»Schwester Cathy kommt später, das ist die Leiterin. Heute ist Gruppenabend. Wir essen gemeinsam, und dann ... Na, du wirst ja sehen. Es ist etwas Besonderes.«

Sie zeigte mir das Badezimmer, das ich mit den anderen kinderlosen Frauen gemeinsam benutzen würde.

»Melde dich ruhig, wenn du sonst noch was brauchst«, sagte sie freundlich lächelnd und ging. Sie mochte um die Fünfzig sein, eine mütterliche Frau, der man anmerkte, daß sie sich bewußt dafür entschieden hatte, unter der Flagge unbedingter Zuversicht und Gutgläubigkeit durchs Leben zu segeln. Selbst wenn ich mit Rauschebart und dicken Haarbüscheln in Nase und Ohren hier aufgetaucht wäre, hätte sie mich vermutlich mit der gleichen arglosen Herzlichkeit aufgenommen.

Erst als ich allein war, merkte ich, wie fertig ich war. Ich legte mich aufs Bett und schloß die Augen, aber sofort fing mein Herz an zu rasen, und ich wußte, daß ich nicht würde schlafen können.

Auf einem Regal am Bett lagen mehrere Broschüren, die ich durchblätterte. Da war eine Schrift mit Informationen zur Erlangung einer Personenschutzanweisung. Da war ein Handbuch *Häusliche Übergriffe* mit einem »Rad der Gewalt«, das in acht Stufen die Eskalation von emotionalem Mißbrauch zu körperlicher Gewalt veranschaulichte. Da war ein Fragebogen der Polizei: Bringt Ihr Partner Sie vor anderen Leuten in Verlegenheit? Setzt er Ihre Leistungen herab? Widerspricht er sich ständig, um Sie zu verwirren? Versucht er, mit Geld Druck auf Sie auszuüben? Hält er Sie fest, damit Sie nach einem Streit nicht weggehen können? Zwingt er Sie körperlich zu Handlungen, mit denen Sie nicht einverstanden sind? In einem schmalen Band mit dem Titel *Du bist nicht allein* las ich Fallgeschichten über Opfer, die häusliche Gewalt überlebt hatten. Melinda war bewußtlos geschlagen worden, als ihr Mann schmutziges Geschirr in der Spüle fand. Janie hatte, als ein alter Freund sie besuchte, einen Tritt in den Bauch bekommen. Meekah erlitt einen Armbruch, weil ihr Verlobter andere Vorstellungen für die Hochzeitsplanung hatte als sie.

Ich legte die Broschüren aus der Hand. Plötzlich war mir ganz übel, als mir klar wurde, welches Unrecht ich mit meinem unbefugten Eindringen begangen hatte. Mein Plan, der mir zunächst so sinnvoll vorgekommen war, entpuppte sich jetzt als wahnwitzige Torheit. Unter anderem dämmerte mir, daß es schon bei dem Versuch, herauszufinden, welche der Frauen, die hier Zuflucht gefunden hatten, Trumilcik von meinem Büro aus angerufen hatte – geschweige denn, mir ihr Vertrauen so weit zu erschleichen, daß ich etwas über ihn in Erfahrung bringen konnte –, nicht mit ein paar lässig hingeworfenen listigen Bemerkungen getan war, wie ich mir das in meiner Ahnungslosigkeit gedacht hatte.

Ich fragte mich sogar, ob diese Fahrt, statt mir zu bestätigen, daß ich fähig war, etwas gegen Trumilcik zu unternehmen, nicht vielmehr den Beweis dafür erbracht hatte, daß er mich ganz und gar in seine Gewalt gebracht hatte. Zumindest wäre das eine Erklärung für ein sonderbares Gefühl, das ich seit meinem Aufbruch nicht mehr abschütteln konnte, das Gefühl, unter Zwang zu handeln, mich einer merkwürdigen rituellen Demütigung zu unterwerfen.

Ich setzte mich im Bett auf und sah durchs Fenster auf die im Garten spielenden Kinder herunter, die Handschuhe trugen und in verschossene Anoraks verpackt waren. Zwei halbwüchsige Jungen schaukelten mit kräftigen Schwüngen, während ein kleines Kerlchen von einem zum anderen lief, eine Plastikschaufel schwenkte und quengelte, um auch mal dranzukommen. Ein kleines Mädchen sauste auf der Rutsche nach unten, rannte zurück zur Treppe, lief hoch und begann die nächste Rutschpartie. Das wiederholte sie wieder und wieder, mit verbissener Beharrlichkeit lief sie vom Ende der Rutsche zurück zur Treppe, ohne zu lächeln, ohne auch nur einen Augenblick stehenzubleiben, um die Lust der Fahrt nach unten in sich nachwirken zu lassen. Eine Frau im Wildledermantel stand dabei, sah zu und zog mit der gleichen verbissen-freudlosen Gier an einer Zigarette. Der wütende kleine Junge schlug mit seiner Plastikschaufel nach einem der Halbwüchsigen auf der Schaukel. Der versetzte ihm beiläufig einen Tritt ins Gesicht, so daß er hinfiel und benommen im Dreck sitzenblieb.

Ich streckte mich wieder auf dem Bett aus, sah zur Decke und horchte auf das Knacken der Rohrleitungen in der Wand, bis Josephine klopfte und mich zum Essen nach unten brachte.

Wir aßen an zwei großen Tischen, Mütter, Kinder und Singles gemischt. Das Essen war einfach und nahrhaft, und in den nächsten Minuten hörte man zunächst nur lobende Bemerkungen an die Adresse der beiden Frauen, die gekocht hatten. Als eine sich ein wenig zierte und meinte, das Nudelgericht sei zu trocken geworden, rügte Schwester Cathy, die Leiterin des Frauenhauses, sie sanft: »Findest du wirklich, daß es zu trocken ist, Chantal?«

Die Frau sah sie einen Augenblick unschlüssig an, dann grinste sie.

»Nein, Schwester Cathy, stimmt schon! Es ist genau richtig, und ich bin stolz drauf. Und jetzt Schluß mit dem Gelaber! Eßt endlich!«

Alle lachten, und gleich darauf war der Raum von Frauen- und Kinderstimmen erfüllt. Ich schwieg, lächelte und nickte und hoffte, daß ich mein Essen mit einigermaßen glaubhafter weiblicher Anmut zu mir nahm. Meine Nachbarinnen waren freundlich, aber weder aufdringlich noch neugierig. Offenbar war es hier üblich, daß man, wenn man reden wollte, aus freien Stücken etwas von sich erzählen konnte, aber keine Fragen stellte oder Gespräche anfing, die mehr als ein bestätigendes Brummeln oder Nicken erforderten.

Schwester Cathy saß am Kopfende meines Tisches mir gegenüber, eine breitschultrige Frau Mitte Dreißig in einem wallenden scharlachroten Kleid. Auch wenn sie nicht auf den ersten Blick oder auch nur herkömmlich hübsch war, mußte man sie immer wieder anschauen. Sie hatte durchdringende blaue Augen, das dunkle, wellige Haar glänzte im elektrischen Licht. Der Mund war fest, aber nicht verkniffen, die Lippen voll – Anzeichen für eine ausgeprägte, aber im Zaum gehaltene Sinnlichkeit. Ich mußte an mich halten, um nicht öfter zu ihr hinzusehen, als ich es wagen konnte, ohne aufzufallen.

Nach dem Essen brachte Josephine die Kinder nach oben, wir anderen zogen mit unserem Kräutertee ins Wohnzimmer und verteilten uns auf Sofas und Sessel. Schwester Cathy schloß die Fensterläden und zündete Kerzen und Räucherstäbchen an. Ich beobachtete sie, wie sie die Runde durchs Zimmer machte und das warme gelbe Licht von Kerze zu Kerze trug. Sie war reichlich breit um Schultern und Taille, aber die würdevolle, fast majestätische Haltung vermittelte den Eindruck, daß sie ihre eigenen königlichen Gründe hatte, ein gewisses Maß an Übergewicht durch die Welt zu tragen.

Als sie Platz genommen hatte, nahmen wir uns alle bei der Hand. Einen Augenblick blieb es ganz still.

Ich saß auf einem Sofa neben einer jungen Frau, die eine Denimjacke mit breiten Vliesaufschlägen und eine eintätowierte Halskette trug. Sie lächelte mir gewinnend zu und flüsterte, daß sie Trixie heiße. Auf der anderen Seite neben mir stillte eine sichtlich erschöpfte füllige Frau einen unzufriedenen Säugling. Eine Schiene lief von der Hand, die sie mir reichte, den ganzen Unterarm hoch. Ich drückte die Hand so behutsam wie möglich.

Ich erinnere mich, wie alarmiert ich war , als mir klar wurde, daß die Frauen Geschichten über sich selbst erzählen würden. Womöglich wurde mir hier eine unvermutete Chance geboten, die größte Aufmerksamkeit erforderte. Ich erinnere mich, wie Schwester Cathy, alle Blicke auf sich ziehend und unbewegt, auf ihrem Holzstuhl saß; das Kleid hing ihr in gebogten Wellen über die Knie, das breite Gesicht leuchtete golden im flackernden Kerzenlicht. Und ich erinnere mich an die Frauen. Es können nicht mehr als zehn oder zwölf gewesen sein, aber im Rückblick scheint der weihrauchgeschwängerte Raum sich zu weiten, scheint überzuquellen, als hätten sich die versehrten Seelen der halben weiblichen Menschheit darin zusammengefunden. Nacheinander ergriffen sie das Wort; manche unter Tränen, manche nüchtern-distanziert, manche gaben nur einen kurzen Bick auf ihr Leben preis, andere berichteten in aller Ausführlichkeit über ganze Beziehungen. Gedichte, Geschichten, Anekdoten, abstrakte Betrachtungen wurden zu Gehör gebracht. Nach jedem Beitrag gab es eine Pause – zur Diskussion oder Stellungnahme oder in vielen Fällen auch nur für mitfühlende Umarmungen.

Es war schwer, sich nicht von dem unverhüllten Leid überwältigen zu lassen, das im Raum zu spüren war; trotzdem versuchte ich mich ausschließlich auf das zu konzentrieren, was mir mögliche Hinweise auf die Person, nach der ich suchte, liefern konnte.

Schon bei der ersten Rednerin, einer mageren Frau mit Gehstock, meinte ich seine Witterung aufzunehmen; sie erzählte mit sarkastischem Unterton von einem Exehemann, der keine Alimente gezahlt hatte, dem Green-card-Heiratsantrag eines Einwanderungswilligen, einer finanziellen Regelung, die »den Bach runtergegangen« war, dem Versuch, auszusteigen, einem Ausbruch irrsinniger, besitzergreifender Eifersucht, von gewalttätigen Attacken und schließlich einer dramatischen Flucht durch das Fenster einer Wohnung in Brooklyn, während der Mann schon donnernd die Tür eintrat. *Trumilcik,* dachte ich und stellte mir vor, wie der Wahnsinnige, den ich flüchtig im Kellertheater zu Gesicht bekommen hatte, durch die Wohnungstür der Frau gestürzt kam. Dann aber las eine andere Frau eine komische, holprig gereimte Ballade über einen Kerl vor, der – »weibstoll und prügelgeil« – seine Frau zum Putzen schickte und mit dem Geld, das sie nach Hause brachte, Frauen in Clubs und Bars auflas, und ließ damit eine ebenso glaubhafte Version meines Widersachers erstehen – diesmal verkleidet als Weiberheld.

Tut sich das dumme Weib beklagen,
kriegt sie eins auf die Nas geschlagen.

»Ist das nicht eine wunderbare Möglichkeit, unsere Wut in den Griff zu bekommen?« fragte Schwester Cathy. »Wir verwandeln sie einfach in Gelächter!«

Aber kaum hatte ich mir vorgenommen, nach der Sitzung mit der Frau ins Gespräch zu kommen, stand eine andere Mitbewohnerin auf, ein zartes Geschöpf mit großen wasserblauen Augen. »Ich benenne die Waffe« hatte sie ihren Beitrag genannt, in dem sie eintönig wie in einer Litanei die gewaltsamen Übergriffe ihres Freundes aufzählte und die jeweils verwendete Waffe nannte. *Vormittag, Oktober,* begann einer der Abschnitte, *nachdem ich mit meiner Schwester Jean in Poughkeepsie telefoniert hab, die, wo er weiß, daß sie will, daß ich von ihm weggeh. Verwendete Waffe: Eisenstange.* Und sofort war mir, als hätte ich wieder einen Blick auf mein Opfer getan.

Zu viele Spuren ... Das hatte ich nun wirklich nicht erwartet! Es war verwirrender als gar keine Hinweise. Mir war, als hätte man die verschiedenen Komponenten, aus denen sich mein Bild von Trumilcik zusammensetzte, einzeln hier im Raum verteilt. Ein vertrauter Ruch nach Verkommenheit stieg aus den ziemlich unzusammenhängenden Erinnerungen einer früheren Obdachlosen mit rotem Gesicht auf, der ein Obdachloser nachgestellt hatte, mit dem sie in einer gemischten Unterkunft in Rockland County bekanntgeworden war ... Eine Asiatin erzählte in schüchternem Ton von ihrer unseligen Bindung an einen Mann, der ein scheinbarer Ausbund an Sanftmut und Zuvorkommenheit gewesen war, ein Hochschullehrer, man denke, bis er seine Stellung verlor, zu trinken begann und sie abends trat und schlug, so daß sie mit drei gebrochenen Rippen und Beckenbruch im Krankenhaus landete. Und wieder dachte ich: *Trumilcik …*

»Wie steht es mit dir, Marlene?« fragte Schwester Cathy, als ich an der Reihe war. »Möchtest du uns an etwas teilhaben lassen?«

Ich erinnerte mich an meine Konfrontation mit Mr. Kurwen und stellte mir sekundenlang vor, wie weitherzig ich mir auch hier vorkommen würde, wenn ich es fertigbrächte, aufzustehen, mich als Mann zu erkennen zu geben, mich für mein Eindringen zu entschuldigen und ganz offen zu fragen, ob eine von ihnen eine Typen namens Bogomil Trumilcik kannte.

Doch wieder siegte die Vorsicht.

»Ich bin … bin noch ein bißchen durcheinander«, sagte ich lahm.

»Natürlich.«

Die neben mir sitzende Trixie nahm meine Hand. »Arme Kleine«, flüsterte sie, rückte ein Stück näher und drückte mich fest an sich. Sie roch nach Kaugummi und Patchouli. Es war peinigend und beglückend zugleich, den Körper einer Frau so hautnah zu spüren. Ich ließ mit Bedacht meine Hände rechts und links von mir auf dem Sofa liegen. Trixie hatte mich schon losgelassen, als ich merkte, daß Schwester Cathy mich noch immer ansah. Sie hatte längliche, schmale Augen, die wie leicht gebogene Weidenblätter über den hohen Wangenknochen saßen und aus denen es heiß und sinnlich zu sprühen schien. Ihr Blick ließ mich nicht los, und ich merkte zu meinem Entsetzen, daß ich rot wurde. Ich lehnte mich zurück und schlürfte verzweifelt meinen Tee in der Hoffnung, die rote Flamme verbergen zu können, die über mein Gesicht lohte, aber nein, ich spürte förmlich, wie ich Hitze ausstrahlte, spürte die pulsierende Glut, der ganze Kopf vibrierte wie ein Leuchtfeuer.

Kurz danach endete die Sitzung, und ich verzog mich, zu verunsichert, um meine Mission an diesem Abend noch fortsetzen zu können, sofort auf mein Zimmer.

Nach ein paar Minuten klopfte es. Ich öffnete. Vor mir stand Schwester Cathy.

»Darf ich hereinkommen?«

Sie machte die Tür hinter sich zu, blieb dicht vor mir stehen und musterte mich schweigend. Ich erwiderte ihren Blick, wußte nicht, was ich sagen sollte, und merkte nur, daß mir die Situation entglitt.

Nach einer kleinen Pause sagte sie: »Weißt du, wie die Wissenschaft das Erröten erklärt?«

Ich schüttelte den Kopf.

»Es ist eine evolutionäre Anomalie, gesteuert von einem Abschnitt des Gehirns, der weniger auf die Bedürfnisse des eigenen Ichs als die der sozialen Gruppe ausgerichtet ist, ein Signal für die Mitmenschen, daß in ihrer Mitte etwas nicht mit rechten Dingen zugeht.«

Alles an ihr war ein wenig überlebensgroß – die langgezogenen Augen, der Mund mit den vollen Lippen, die hohen glatten Wangen. Ein Götzenbild, geschaffen zur Verehrung aus der Ferne. So aus der Nähe wirkte sie einschüchternd.

»Hast du etwas zu verbergen, Marlene?«

»Ich dachte immer, es hat was mit Sex zu tun … das Rotwerden.« Ich versuchte meine Nervosität unter einem schnoddrigen Ton zu verstecken.

Sie lächelte spöttisch.

»Du findest mich anziehend?«

Ich zuckte die Schultern. »Vielleicht …«

Das Lächeln wich nicht.

»Leider bin ich Ordensschwester«, sagte sie. »Ich habe ein Keuschheitsgelübde abgelegt.«

Ich schwieg.

»Außerdem bin ich heterosexuell«, fügte sie hinzu.

»Ja.«

»Aber vielleicht ist das die Erklärung.«

»Für mein Rotwerden?«

»Nein. Dafür, daß du mich anziehend findest.«

Ich wußte nicht, was sie meinte, und hielt den Mund. Sie legte die Hand an meine Wange und zog meinen Kopf zu sich heran. Mit der anderen Hand fuhr sie unter dem Revers von Barbara Hellermanns Steppjacke über meine Brust. Sekundenbruchteile lang sah ich mich in einer entsetzlich peinlichen Situation, aber gleich darauf stieß sie mir ein Knie zwischen die Beine. Ich ging zu Boden und wand mich vor Schmerzen.

»Ich weiß, wer du bist«, hörte ich sie sagen. »Sie ist nicht hier. Jetzt nimm dein Zeug und verpiß dich.« Damit verließ sie das Zimmer.

11

Der Vorschlag für die Expedition zum *Plymouth Rock* war von Melody ausgegangen, Melody Schroeder, der Schauspielerfreundin von Carols Kollegen. Blumfeld.

Das fiel mir wieder ein, als ich in einem Chinarestaurant im Stadtzentrum von Corinth saß und einen Glückskeks knabberte. Das Lokal hatte sich geleert, die Kellner stellten schon die Stühle hoch. Ich mußte noch sechs Stunden totschlagen, ehe der nächste Bus Corinth verließ. Inzwischen trug ich wieder meine eigenen Sachen und war müde, aber seltsam zufrieden, als hätte ich doch etwas vollbracht, auch wenn ich nicht recht wußte, was.

Als ich an den Augenblick zurückdachte, in dem Melody zum erstenmal den Club erwähnt hatte, war mir, als hörte ich sie sagen – gewissermaßen als zusätzlichen Anreiz –, ein Bekannter von ihr, eine farbige Persönlichkeit, sei oft dort, und wenn wir Glück hätten, würden wir ihm über den Weg laufen. Und durch die Nebel der vergangenen Zeit blitzte plötzlich die Wendung: *ein Europäer, total verschroben …*

Klar wie der helle Tag klang mir Melodys Stimme im Ohr. Dunkel und leicht kratzig war sie, diese Stimme, ein fesselnder Kontrast zu ihrer frischen, mädchenhaften Erscheinung, und ich weiß noch, daß ich (mit nur einem Hauch von Mißbilligung) bei mir dachte, daß sie um den Reiz dieses Kontrasts wußte.

Ein Europäer, total verschroben … Damals hatte mir diese Charakterisierung natürlich nichts gesagt. Als mir aber jetzt allmählich der tiefere Sinn von Schwester Cathys letzter Bemerkung aufging und die Umstände meiner Vertreibung aus dem Frauenhaus mit der Erinnerung an eine ähnliche Verwechslung und eine ähnlich gewaltsame Vertreibung nach meiner Pilgerfahrt zum Plymouth Rock zur Deckung kamen, dämmerte mir, daß Melodys Äußerung eine gewisse Bedeutung wohl nicht abzusprechen war.

Konnte es sein, daß man mich in beiden Fällen für den gleichen Mann gehalten hatte?

Die umgedrehten Stühle rückten – wie eine neugierige Rinderherde – immer näher. Ich zahlte und ging. In der feuchten Nachtluft streifte ich durch die Stadt. Stattliche Backsteinbauten mit kunstvollen Stuckverzierungen säumten die Straßen. Überall standen Kirchen, aufwendige Bauten aus dem neunzehnten Jahrhundert – hölzerne Spielzeugschachteln mit weißen Türmen, steinerne Mini-Kathedralen mit üppigem Maßwerk. Offenbar war Corinth einst eine blühende Stadt gewesen und mit gutem Grund hier auf diesem tristen Hochplateau entstanden, auch wenn dieser Grund inzwischen nicht mehr ersichtlich war. In einer Nebenstraße entdeckte ich eine Bar; dort saß ich ein paar Stunden und rätselte weiter an dem herum, was mir widerfahren war.

Nachdem unsere Gäste an jenem Abend gegangen waren und Carol in den Club mitgenommen hatten, war ich gekränkt und ein bißchen verärgert zurückgeblieben. Schließlich hatte ich ja nur versucht, Carol an die gesunde Skepsis zu erinnern, mit der sie normalerweise eine Unternehmung betrachtet hätte, zu der sie offenbar jetzt wild entschlossen war, aber ihre Reaktion war eine so heftige, so schneidende Verachtung gewesen, daß ich das Gefühl hatte, sie hätte mich – ausgerechnet mich! – bei dem Versuch ertappt, mir eine inzwischen obsolete männliche Verfügungsgewalt über Kommen und Gehen meiner Ehefrau anzumaßen.

Allein in der Wohnung, hatte ich das Geschirr abgeräumt und mir die größte Mühe gegeben, in Carols Verhalten, das ihr so gar nicht ähnlich sah, nicht alles mögliche hineinzudeuten. Wir hatten eine glückliche, stabile Beziehung, soviel stand für mich fest. Vielleicht hätten wir nicht so schnell geheiratet, wenn die Eheschließung nicht für meinen weiteren Verbleib in den USA unverzichtbar gewesen wäre, das Heiraten selbst aber hatte uns keine Probleme bereitet. Nach der Trauung in der New Yorker City Hall waren wir mit Freunden essen gegangen, hatten keinerlei Aufwand getrieben und nicht versucht, der Sache mehr Gewicht beizumessen, als sie verdiente. Trotzdem glaube ich, daß nicht nur ich in den folgenden Tagen überraschend neue, tiefe Gefühle in mir entdeckte. Ich erinnere mich, daß ich es damals als unverdientes Glück empfand, eine Frau gefunden zu haben, die mit all ihren Macken und Marotten – von ihren Anrufen bei dem für uns zuständigen Abgeordneten, sobald eine wichtige Gesetzesvorlage zur Beratung anstand, bis zu der Art, die Finger zu bewegen, wenn sie abends mit der Zahnseide hantierte – immer wieder andere Stücke meiner Zuneigung eroberte, als fügten sich in meinem Herzen all diese Teile zu einem prunkvoll schimmernden Mosaik aus lauter Liebe zusammen.

Vor jenem Abendessen hatte es keinerlei Anzeichen dafür gegeben, daß Carol in dieser Beziehung anders empfand als ich, und ich nahm mir vor, die Sache nicht weiter schwerzunehmen. Es ist eine plötzliche Laune, sagte ich mir, ein Einzelfall, völlig unwichtig. Vielleicht gab es da von früher her gewisse tiefsitzende erotische Phantasien im Zusammenhang mit den Rollenspielen, von denen Melody gesprochen hatte, und weil es Carol vielleicht ein bißchen peinlich war, daß sie sich verraten hatte, war sie, um ihre Verlegenheit zu kaschieren, möglicherweise aggressiv geworden. Mehr war nicht dran an der Sache, sagte ich mir. Daß sie mich vor ihren Freunden angefahren hatte: *Verdammt, jetzt geh mir endlich von der Hucke,* war nur ein unüberlegter Ausbruch, der nicht bedeutete, daß ich ihr etwa tatsächlich auf der Hucke gesessen hätte, daß es in diesem Drama einen Akt gab, in dem ich unwissentlich eine Rolle gespielt hatte.

Und dann hatte ich mich hingelegt. Am nächsten Morgen mußte ich früh aufstehen, um meinen Termin in der Einwanderungsbehörde wahrzunehmen. Carol würde bestimmt bald wieder dasein, überlegte ich, wenige Minuten in diesem Club dürften genügen, um ihr klarzumachen, daß die körperlose Welt geheimer erotischer Phantasien etwas ganz anderes ist als das schwerfällig-kompakte Fleisch und Blut lebendiger Menschen, wie immer die sich aufführen mochten. Die Verachtung, mit der sie die ausgefalleneren Erscheinungsformen menschlicher Torheit zu strafen pflegte, würde sich durchsetzen und sie stabilisieren, und sie würde schleunigst das Weite suchen.

Um zwei Uhr morgens war sie immer noch nicht da.

Ich war hellwach. Alte Zweifel, Unsicherheiten, die durch die Eheschließung auf wundersame Weise besiegt schienen, krochen aus ihren Löchern. Ich fragte mich, ob ich mich erneut in einer Situation verhängnisvoll geirrt, mich mit einer zweiten Emily Lloyd eingelassen hatte. War es falsch, daß ich uns für glücklich hielt? Hatte ich Carols gewohnte Schweigsamkeit als Zufriedenheit mißdeutet, während es in Wirklichkeit das Schweigen einer stetig wachsenden Feindseligkeit war? Meine Vernunft wies das weit von sich (schließlich hatte sie mich ja aus freien Stücken geheiratet), aber die Angst hat – wie die Lust – ihren eigenen Kopf, und in diesem Kopf jagten sich früh um halb drei die Gedanken.

Ich hatte plötzlich das Gefühl, meine eigene Frau nicht zu kennen, nicht zu wissen, wer sie war oder was ihr zuzutrauen war. Wenn nun ihr Verhalten ausgerechnet an diesem Abend – dem Vorabend meines entscheidenden Gespräches in der Einwanderungsbehörde, von dem ich mir eine mehr oder weniger endgültige Regelung der grundsätzlichen Frage nach dem Wo und Wie meiner künftigen Existenz erhoffte – kein Zufall war? Versuchte sie bewußt, mein Leben in den Staaten zu sabotieren, bediente sie sich des riesigen unpersönlichen Hebel- und Räderwerks der Einwanderungsbestimmungen, um etwas zu bewerkstelligen, wozu ihr selbst vielleicht der Mut fehlte – nämlich uns zu trennen? Oder war gar ein Körnchen schierer, grundloser Gehässigkeit im Spiel? Mir war, als gäbe der Boden unter mir nach. Mit einem Schlag schien die ganze Grundlage meines Daseins in Frage gestellt. Irgendwo in dem wirbelnden Nebel meiner Phantasie sah ich eine Szene, in der ein Einwanderungsbeamter in unsere Wohnung kam, um die Echtheit unserer Ehe zu überprüfen, und keine Spur einer amerikanischen Ehefrau vorfand. Würde sie es fertig bringen, so etwas zu veranstalten? Konnte es sein, daß sie die ganze Zeit einen bewußten oder unbewußten Haß genährt hatte, der stark genug war, um sie so weit zu treiben?

Als ich so dalag und diese Mutmaßung von allen Seiten prüfend betrachtete, fiel mir wieder ein Vorfall aus der realen Vergangenheit ein, den ich seinerzeit als belanglos, wenn auch ein wenig beunruhigend abgetan hatte, der aber womöglich bedeutsamer war, als ich mir damals eingestanden hatte.

Es ging um einen Besuch, den sie kürzlich ihren Eltern in Palo Alto abgestattet hatte. Ihre Angst vor dem Fliegen war so groß, daß sie mich bei diesen seltenen Reisen stets bat, sie zu begleiten. Wenn ich das nicht ermöglichen konnte, fuhr sie mit der Bahn. Diesmal aber war sie, als feststand, daß ich nicht mitkommen konnte, allein geflogen. Sie müsse jetzt endlich diese lächerliche, unvernünftige Phobie überwinden, hatte sie gesagt, oder zumindest lernen, sie zu ignorieren. Ich versuchte nicht, ihr den Flug auszureden, auch wenn mich ihr Entschluß beunruhigte. Ich sorgte mich ihretwegen, war aber auch selbst ein wenig traurig. Ihre Flugangst war – so seltsam das klingen mag – etwas, was mir in unserer Beziehung besonders teuer geworden war. Sie verhalf uns auf diesen gemeinsamen Reisen nicht nur zu Momenten großer Nähe, in denen ihre Gefühle so gänzlich bloßlagen, daß mir war, als habe man ein unendlich verletzliches Kind in meine Obhut gegeben, sondern ich sah diese Phobie – eine Erscheinung, mit der ich mich im Lauf der Zeit eingehend beschäftigt hatte – inzwischen als eine spezielle Auszeichnung.

Um kurz darauf einzugehen: Carols Flugangst war chronisch, weitreichend in ihren Auswirkungen, aber als Phänomen eng begrenzt. Sie selbst beschäftigte sich, wenn kein Flug geplant war, in Gedanken selten damit und hatte, ehe wir uns kannten, ihre Phobie nur als Verirrung in einem ansonsten ausgeglichenen Gefühlshaushalt betrachtet, als lästig, aber im Grunde belanglos.

Für mich aber waren die serienweise auftretenden Ängste, die sich bei ihr bemerkbar machten, sobald sie am Tag einer Flugreise aufwachte, eine Art geistiges Ordensband, das sie von jener Masse Mensch unterschied, die, wie ein Philosoph es ausgedrückt hat, »im Keller ihrer Existenz« verweilen. Es war etwas Jenseitiges, fast Religiöses um ihre Empfindungen, wie bei den Trancen der Sybillen im Altertum. Ich redete ihr immer zu, sich ihnen rückhaltlos hinzugeben, so daß sie mir einmal scherzhaft vorwarf, ich hätte ihre Angst zu einem persönlichen Kult erhoben, und tatsächlich widmete ich mich der Beobachtung ihres Traumas in allen Einzelheiten nicht weniger hingebungsvoll als meinem Bemühen, ihr Halt und Stütze zu sein.

Die Flugreise lief jedesmal ab wie ein Ritual, eine Prozession mit eigenen Wegabschnitten und Stationen, feinen Abstufungen der Feierlichkeit auf unserer Route durch die zunehmend beengten und komprimierten Räumlichkeiten des Flughafens. Vor den Ticketschaltern verdichteten sich Carols bis dahin diffuse Ängste zu einer ersten deutlichen Manifestation – einem munteren, für sie ganz untypischen Plauderton, in dem sie mit allen zufällig vorbeikommenden Flugbegleitern ein scheinbar beiläufiges Gespräch über plötzlich aufkommende Gewitter oder die Sicherheitsmaßnahmen ihrer jeweiligen Fluglinien anfing. Durch die Gepäckkontrollen mit den Durchleuchtungsgeräten gelangten wir in die Abflughalle, in der es schon mehr zur Sache ging. Hier verstärkte und verfestigte sich Carols Angst. Sie dachte sich Vorwände aus, um wieder heimzufahren, einer fadenscheiniger als der andere: Sie hatte den Herd nicht abgeschaltet, die Tür nicht abgeschlossen; sie mußte sich unbedingt eine bestimmte Sendung im Fernsehen anschauen ... Und wenn ich ihr all das geduldig ausgeredet hatte, wandte sie sich den Bildschirminformationen zu, sah nach, welche Flüge verspätet und welche gestrichen waren, und stellte aufgrund dieser matt flackernden Meldungen ganzen Lufträumen die denkbar ungünstigste Prognose. »Komm, Lawrence, fliegen wir ein andermal«, flehte sie mich dann an, und nichts schien ihr einfacher oder offenkundig richtiger zu sein, als heimzufahren und an einem anderen Tag einen neuen Versuch zu wagen. Hatte unsere Maschine Verspätung, griff sie nach ihren Sachen und stand triumphierend auf, fest davon überzeugt, daß ihr dieses unanfechtbare Vorzeichen kommenden Unheils das Recht gab, alles rückgängig zu machen; und sie war jedesmal erstaunt und den Tränen nahe, wenn ich darauf bestand, die Reise fortzusetzen. Immer im Bewußtsein der nahenden Katastrophe folgte sie mir dann durch die dumpfen Gänge bis zu dem engen, nur für unseren Flug reservierten Glaskasten – dem Flugsteig –, wo sie in eine trancegleiche Lähmung verfiel. In warmen fließenden Wellen zog die Angst durch ihren Unterleib, die Muskeln erschlafften, die Gedärme rumorten. Fünf- oder sechsmal ging sie zur Toilette und kam sich dabei vor, wie sie mir sagte, als wate sie durch ein Medium, das dichter war als Luft, während sie auf den hämmernden Schlag ihres Herzens horchte. Und dann, im letztmöglichen Augenblick, ließ sie sich von mir zu der niedrigen Öffnung mit der dicken Tür bringen, die in die Maschine führte. Einen Augenblick blieb sie davor stehen wie vor der bedrückenden Dunkelheit einer Opferstätte und warf durch den Spalt im Vorhang einen Blick auf den riesigen, grün schimmernden Zodiak der Pilotenkanzel. Die ganze Maschine brummte wie von satanischen Kräften besessen. Und wenn wir über die Startbahn rollten, das Brummen sich zu einem Dröhnen steigerte und der schwerfällige Schwung, der Carol unerträglich und zugleich bei weitem nicht kraftvoll genug dünkte, um die Maschine in der Luft zu halten, uns in die Wolken hob, wenn unter Rumpeln und Jaulen das Fahrgestell eingezogen wurde und noch weit geheimnisvollere Geräusche durch den Flugzeugrumpf geisterten – Pochen und Rattern, plötzliche erschreckende Aussetzer in bestimmten Tonhöhen –, ergriff sie verzehrende Todesangst. Sie lehnte sich zurück und empfand abwechselnd eine schwindelnde Schwäche, als rinne das Leben schon aus ihr heraus, und eine jähe, intensive, peinigend lebenspralle Wachheit, als sei alles, was der Tod ihr in Kürze nehmen würde, in diesen einen Augenblick gepackt und drohe wie ein mit zuviel Luft gefüllter Ballon in ihr zu zerbersten.

Ich saß dann mit ernster Miene neben ihr und hielt mitfühlend, neugierig, anbetend ihre schweißnassen Hände. Wenn uns eine Turbulenz durchrüttelte oder wir unvermittelt höher stiegen, um Gewitterwolken auszuweichen, so daß sie das Gefühl hatte, in ein noch qualvolleres Reich der Schrecken geschleudert zu werden, fragte ich sie genau nach der Beschaffenheit ihrer Beschwerden, und wenn sie zu aufgewühlt zum Sprechen war, steuerte ich meine eigenen Theorien bei: »... Was du erlebst, ist eine Offenbarung der umfassenden Realität des Todes ... So fühlt es sich an, lebendig zu sein – auf jeder Ebene deiner Existenz ... Du bist ein Haus, in dem sämtliche Lichter hell brennen ... Du bist in unmittelbarem Kontakt mit dem tiefsten Sinn deines Lebens, du siehst es in all seinem furchteinflößenden Glanz, während den meisten Menschen nicht einmal ein Blick darauf vergönnt ist. Es ist eine Gabe – wie das Heilen oder das Hellsehen.«

Und deshalb wunderte ich mich sehr, als ich sie in Palo Alto anrief, um mich nach ihrem Flug zu erkundigen, und sie seltsam beiläufig erwiderte, es sei alles in Ordnung, und dann das Thema wechselte, als ob sie kaum mehr zugeben mochte, daß sie mit dem Fliegen je Schwierigkeiten gehabt hatte. Und nach ihrer Rückkehr hatte meine Besorgnis sie beinahe irritiert, und sie wiederholte gelassen, alles sei bestens gelaufen.

Als sie an jenem Abend auspackte, sah ich, wie sie eine kleine Flasche ganz hinten in ihrer Nachttischschublade verschwinden ließ.

»Was war das?« fragte ich.

Sie drehte sich überrascht um, offenbar hatte sie mich nicht kommen hören.

»Das? Ach so, ja ... Halcyon. Für den Flug. Dr. Elearis hat es mir verschrieben. Hat offenbar gewirkt.«

»Muß ein ziemlich starkes Zeug sein.«

»Scheint so.« Sie lächelte munter und machte sich wieder ans Auspacken. Ich stand da wie betäubt.

Eine kleine Pause – dann drehte sie sich noch einmal um.

»Ich hab mir schon gedacht, daß es dir vielleicht nicht recht ist«, sagte sie leise. »Deshalb habe ich es dir nicht erzählt.«

Das war alles. Aber als ich zwei Wochen später, am Abend ihrer Expedition zum Plymouth Rock, im Bett lag und versuchte, das Vorgefühl einer kommenden Katastrophe abzuwehren, spürte ich erneut den schmerzhaften kleinen Stich, den mir der Vorfall versetzt hatte, und diesmal tat ich ihn nicht mit einem innerlichen Achselzucken ab, sondern ließ ihn seine volle Wirkung entfalten. Carols Geheimniskrämerei – daß sie heimlich beim Arzt gewesen war, heimlich die Tabletten erstanden und sie nicht erwähnt hatte, als sie mich von Palo Alto aus anrief, daß sie offenkundig versucht hatte, die Pillen nach ihrer Rückkehr zu verstecken – konnte ich verzeihen, da ich meine Frau gut genug kannte, um zu wissen, daß sie damit Rücksicht auf meine Gefühle hatte nehmen und mich nicht etwa auf unbillige Art und Weise hatte »hintergehen« wollen. Aber es schmerzte mich, daß sie es überhaupt getan hatte. Jener Zustand übermenschlicher Verletzlichkeit, absoluter Ungeschütztheit vor den dunklen Seiten des Lebens war für mich einer ihrer Glanzpunkte – wie ihr schönes Haar oder die zartknochigen Hände. Sie wußte, wie ich empfand, und dieses Gefühl zunichte zu machen, es mit einem Beruhigungsmittel abzuwürgen, war deshalb ein Akt der Selbstverstümmelung, der, wie ich nach einiger Überlegung zu erkennen meinte, speziell und provozierend auf mich, den vornehmsten Kenner und einzigen Bewunderer dieser Besonderheit, abzielte. Ich stellte mir vor, wie sie die Pille schluckte (es waren winzige lilafarbene Kügelchen, ich hatte sie mir angesehen), wie die Pille ihre Wirkung entfaltete, in großen ziehenden Schwaden ihre künstliche Ruhe verbreitete, die sich in Schichten über Carols Unruhe legte und sie in Leere hüllte. Und mir schien, daß Carol mit ihrer Angst zugleich auch meine Anwesenheit in ihrem Inneren getilgt hatte und daß dies – ob ursprünglich beabsichtigt oder nicht – sich als unvermutete Befreiung erwiesen hatte.

Von diesem Punkt aus (den bitteren Kelch bis zur Neige leerend) hatte ich versucht, ihren neuen, angstfreien Gemütszustand zu erraten, und stellte ihn mir als eine Art erhöhter Anfälligkeit vor, als einen Mangel an Widerstandskraft anderen Menschen gegenüber – ungewohnt vielleicht, zweifellos aber recht angenehm. Und konnte sie, wenn dem so war, nicht Lust auf ein weiteres Erlebnis dieser Art gehabt haben, auch wenn keine Flugreise anstand? Ich zog die Nachttischschublade auf. Die Pillen waren noch da, ich hatte sie zwar beim erstenmal nicht gezählt, hatte aber das unabweisbare Gefühl, daß es jetzt weniger waren. Der Gedanke, sie könne sich in diesem Zustand – ruhiggestellt, angstlos – in Melodys Club treiben lassen, versetzte mich in höchste Alarmbereitschaft. Natürlich war mir klar, daß sie sich praktisch in einen anderen Menschen hätte verwandeln müssen, um mit rezeptpflichtigen Tranquilizern zugedröhnt einen Sexclub zu besuchen, trotzdem beunruhigte mich die Vorstellung sehr.

Ich halte dies alles – mit sämtlichen zweifellos recht belanglosen Einzelheiten – fest, um deutlich zu machen, daß ich die Verstörung, in der ich mich befand, als ich aus der Wohnung stürmte, ein Taxi heranwinkte und mich in den *Plymouth Rock* in der Eleventh Avenue bringen ließ, durchaus nicht leugnen will. Ja, ich war verstört, verletzt, meinetwegen auch wütend, aber ich wollte Carol nur bitten, nach Hause zu kommen, weil ich wissen wollte, was los war, was sie wirklich in ihrem Herzen bewegte. Jeder Gedanke an Gewalt lag mir fern. Liegt mir überhaupt fern. Ich bin, was dieses Thema betrifft, geradezu allergisch. Allein die Vorstellung widert mich an, macht mich körperlich krank. Das Verhalten, das man mir später zum Vorwurf machte, ist mir so absolut wesensfremd, daß ich darüber lachen würde, wenn der Vorfall nicht immer noch die Macht hätte, mich zum Weinen zu bringen.

Die Bar hier in Corinth schloß etwa um die Zeit, zu der ich in jener Nacht in New York meine Wohnung verließ. Durch eine kilometerlange Allee, flankiert von kleinen Holzhäusern, in deren Vorgärten geisterhaft ein winterliches Geflecht von Hartriegel und Magnolien trieb, ging ich in Richtung Busbahnhof. Ich hatte genügend getrunken, um weder die Kälte noch meine

Erschöpfung zu spüren. Mir war, als hätte ich endlos so weitergehen können. Die Häuser hörten auf, und die Warenwelt am Straßenrand begann: hellerleuchtete Tankstellen und Geschäfte für den täglichen Bedarf, die großen Hohlblockwürfel von Walmart und K-Mart, die nur darauf warteten, von den Archäologen einer auf die nächste erdgeschichtliche Katastrophe folgenden Zukunft fälschlicherweise für die Gräber von Kaisern gehalten zu werden, die sich mit all den seltsamen Totems unserer Zeit – elektronischem Schnickschnack und Plüschtieren – hatten begraben lassen, in endloser Wiederholung wie die bekannten Reihen chinesischer Tonsoldaten, Faustpfänder unseres unergründlichen Tuns und Treibens für die Ewigkeit. Ihnen folgten die Fast-food-Schuppen – Schreine einer verschollenen Religion, Stupas für Hähnchen- und Hummergötter ...

Dann kam eine Cocktailbar – ein flacher rosafarbener Kasten, in dessen dunklem Fenster eine Neonpalme blinkte. Auf der asphaltierten Fläche vor der Bar standen ein paar Wagen, deren nächtlich metallischer Glanz ihnen das Aussehen abgebrühten Einzelgängertums verlieh. Ich trat ein: mahagonifarbenes, fast schwarzes Licht, dazwischen matt rosafarbenes Glimmen aus kleinen tropischen Neonblumen.

Eine stupsnäsige Bedienung, nabelfrei gewandet und mit korallenroten Lippen, führte mich zu einer Nische.

»Ich heiße Terri«, sagte sie. »Wenn Sie eine Begleiterin wünschen – ich leiste Ihnen gern Gesellschaft.«

Erst jetzt nahm ich die übrigen Nischen wahr, in denen förmlich gekleidete Männer vor großen Gläsern – eigentlich mehr Vasen – mit einer Flüssigkeit saßen, die wie Farbe oder Frostschutzmittel aussah, je ein Mann in den prall gepolsterten, engen Abteilen aus Lederimitat. Die meisten hatten eine Cocktailbedienung – nabelfrei wie Terri – an ihrer Seite.

Im nachhinein tut es mir leid, daß ich Terris Angebot ausgeschlagen habe. In Corinth eine Person zu wissen, die mir wohlgesinnt genug war, um zu bestätigen, daß ich mich in jener Nacht dort aufgehalten hatte, wäre mir eine große Hilfe gewesen. Aber daran war natürlich gar nicht zu denken. Nicht einmal allein hätte ich in so einer Lokalität sitzen dürfen, obgleich man mir wohl unter den gegebenen Umständen nachsehen wird, daß ich nicht sofort wieder ging.

»Nein, danke«, sagte ich.

Terri lächelte lieb.

»Wenn Sie eine sehen, die Ihnen gefällt, brauchen Sie's nur zu sagen, dann schicke ich sie Ihnen.«

Ich murmelte einen Dank und begriff, wie eitel der Versuch war, an so einem Ort den eigenen Verhaltenskodex erklären zu wollen. Gladstone kam mir in den Sinn, der sich im mitternächtlichen London der Königin Viktoria aufgemacht hatte, um den Straßenmädchen Moral zu predigen. Mood-Music mit mächtigen Bässen dröhnte aus der Dunkelheit. Alles hatte einen bemüht lateinamerikanischen Anstrich: So träumte sich ein winterliches Corinth die schwülen Tropen ... Was für ein Tag, was für ein sonderbarer Tag!

Nachdem Terri gegangen war, fiel mir wieder mein abschreckendes Äußeres ein, und daß sie sich nichts hatte anmerken lassen, rührte mich. Da war mir vor dem Club in der Eleventh Avenue ein anderer Empfang zuteil geworden. Der in Gummi gekleidete Mensch am Eingang hatte sich einfach weggedreht und es nicht einmal für nötig gehalten, auch verbal deutlich zu machen, daß mir der Einlaß verwehrt wurde. Ich wartete einen Augenblick und sah zu, wie ein Paar heranschwebte – eine junge Frau, die einen älteren Mann an einer Hundeleine führte. Dann fuhr ich, von heiligem Zorn beschwingt, zurück in unsere Wohnung, griff mir das, was ich brauchte, aus Carols Kleiderschrank und verschleuderte noch einmal zehn sauer verdiente Dollar für eine zweite Taxifahrt zum Club. Auch wenn die Kostümierung eher primitiv war, erfüllte offenbar die nach Gangsterart übergezogene Strumpfmaske, unter der mein Kopf aussah wie ein Fötus im Glas, den erhofften Zweck. Vielleicht war es aber auch nur so, daß die Lustbarkeiten im Club um halb vier schon so fortgeschritten waren, daß ein einzelner Spielverderber keinen Schaden mehr anrichten konnte. Sei's drum – der Lurch am Eingang geruhte, meine fünfzig Dollar entgegenzunehmen, und ließ mich ein.

»Nichts Echtes, Mann, ist das klar?« Nichts Echtes ... Doch das Blut, das über ein mir nur zu gut bekanntes, schreckensstarres Gesicht rann, ein Gesicht, das ich flüchtig durch die Feuerschutztür erblickt hatte, die hinter mir zuschlug, als ich keine zwanzig Minuten später auf die Straße befördert wurde, hatte durchaus echt ausgesehen. Und auch die Reitpeitsche, mit der einer meiner bulligen Begleiter auf mich einschlug, ehe er sie – offenbar des Glaubens, sie gehöre mir – hinter mir herwarf, war echt. Sie kam mir bekannt vor: Ein dicker Mann in Lederhose ohne Hosenboden hatte sie jedem angeboten, der sie haben wollte. Ich hatte wohlweislich Abstand zu ihm gehalten – und nicht nur zu ihm –, soweit das in dieser beklemmenden Enge möglich war. *Noli me tangere* ... Im Rückblick scheint mir der Club ausschließlich zoologisch interessant. Ich denke an Remy de Gourmants *Natural Philosophy of Love,* ein Buch, das ich meine Studierenden wegen des glänzend analysierten biologischen Unterbaus sexueller Verhaltensweisen lesen lasse. Die Räume, die an den von der Tanzfläche abzweigenden Gängen lagen, wirkten wie eine lebende Illustration seiner Ausführungen – Orgien in Ameisenhaufenformation, bei denen die Liebenden in goldenen Kaskaden zu Boden stürzten, Frösche, die ekstatisch im Schleim schäumten, spintrianische Gastropoden, die hermaphroditische Girlanden bildeten ...

War er dort gewesen, überlegte ich, als Terri mir mein Bier brachte – in einem bizarren Krug mit einem Deckel, den man bei jedem Schluck lüpfen mußte –, hatte er gesehen, wie ich jenes erste dunkle, dröhnende Gelaß mit der Masse zuckender Körper betrat und mich bei jedem blauen Blitz, der es kurz erhellte, verzweifelt nach Carol umsah? Hatte er eine Strumpfhose gefunden – gekauft, geliehen – und sich über den Kopf gezogen, um mich darzustellen? Konnte es sein, daß seine Vendetta schon damals begonnen hatte, noch ehe mir sein Zimmer im Arthur Clay angewiesen wurde?

Und wenn ja – warum?

Warum?

12

Ich nahm den ersten Bus, der an jenem Morgen Corinth verließ, und legte mich schlafen, sobald ich nach Hause kam. Am späten Abend weckte mich Mr. Kurwens Fernseher. Benommen ging ich in die Küche und suchte nach etwas Eßbarem. Im Kühlschrank waren ein paar Eier, im Brotkasten eine halbe Packung altbackenes Scheibenbrot. Ich erinnerte mich an einen Imbiß, den meine Mutter manchmal für mich gemacht hatte, als ich klein war, eine Art »Armer Ritter«, den sie »Goldschnitte« nannte. Dazu wälzt man Brotscheiben in verschlagenem Ei und brät sie in Butter. Das mußte genügen, dachte ich. Immer noch besser, als in eins der kleinen In-Lokale im East Village zu gehen und unter den Cliquen junger Leute allein dazusitzen und so zu tun, als sei man Ehrengast einer exklusiven Ein-Mann-Party.

Während der Essensvorbereitungen ließ ich das Radio laufen. Die Nachrichten brachten eine Meldung über die Verletzung der Flugverbotszone durch den Irak. Ein Sprecher des Pentagon sagte, die USA würden über Zeitpunkt und Art ihrer Reaktion nach eigenem Gutdünken entscheiden. »Wir gedenken nicht, uns von diesem Mann unsere Agenda vorschreiben zu lassen«, verkündete er, und ich weiß noch, daß ich diese Einstellung ganz und gar bejahte. Danach kam eine kurze Meldung über eine im Central Park gefundene weibliche Leiche. Es gab mir einen kurzen Ruck – die übliche Reaktion, wenn man derlei Dinge erfährt –, aber ich hörte nicht so genau hin. Die

Goldschnitte war fertig, die gelbweiß gefleckte Glasur auf beiden Seiten leicht gebräunt. Ich legte die Scheiben auf einen Teller, schenkte mir ein Glas Wasser ein und setzte mich an den Küchentisch. Dann kam mir eine witzige Idee. Wenn Carol und ich so rechtzeitig wieder zusammenfanden, daß wir im Sommer wie geplant zu ihrer Tante nach Cape Cod fahren konnten, würde ich die mit Fliegengitter geschützte Veranda, auf der wir immer aßen, die »Flugverbotszone« taufen. Das würde ihr Spaß machen. In Gedanken sah ich Heiterkeit das Gesicht mit dem klaren Teint erhellen, sie würde ihr hohes, streng musikalisches Lachen hören lassen, und von Stund an würde bei allen – ihrer Tante und sämtlichen Gästen – die Veranda mit dem Fliegengitter nur die Flugverbotszone heißen, und ich würde mich an dem Wissen wärmen, daß ich zur allgemeinen Belustigung beigetragen hatte. Jetzt tat es mir leid, daß ich Elaine den Pullover geschenkt hatte, der eigentlich für Carol gedacht war, ja, ich wünschte, jenes Abendessen bei Elaine hätte nie stattgefunden, ich hätte nicht nur den Pullover aufgehoben, sondern auch meine Gefühle rein und unberührt für Carol bewahrt, bis sie und ich bereit waren, einen Schlußstrich unter diesen ganzen Unfug zu ziehen und noch einmal von vorn anzufangen. Als ich mit diesen Gedanken fertig war, mich aus der unvermeidlichen Bugwelle des Selbstmitleids herausgekämpft und das Geschirr abgeräumt hatte, kam im Radio schon die nächste Nachrichtensendung mit Einzelheiten über die Leiche im Central Park, eine gewisse Rosa Vasquez aus Ecuador, die erst kürzlich nach New York gezogen war. Sie war irgendwann in der vergangenen Nacht durch einen Schlag auf den Kopf ermordet worden. Das Motiv für den Überfall war unbekannt.

Ich machte das Radio aus, denn ich hatte keine Lust, der unerklärlichen Unruhe, die sich in mir regte, noch unnötig Nahrung zu geben. Ich las zwei Stunden lang und benotete dann Referate, bis ich müde genug war, um wieder ins Bett zu gehen.

Am nächsten Morgen war in der *Times* ein Foto der Frau mit den goldenen Ohrringen. Nicht, daß man auf dem unscharfen Bild die Ohrringe selbst hätte erkennen können, aber es war eindeutig sie. Das Bild sah nach einem Paßfoto aus und konnte durchaus eine Vergrößerung ebenjener Aufnahme sein, deren Entstehung in der Einwanderungsbehörde Trumilcik so anschaulich geschildert hatte. Ich erinnerte mich an die Stelle, wo er beschrieb, wie die Frau lächelnd ihr Haar so zurechtgestrichen hatte, daß die Ohrringe vorteilhaft zur Geltung kamen, nur um sich von dem bärbeißigen Fotografen sagen zu lassen, sie solle den Schmuck – *aretes!* – entfernen. Deshalb wirkte das Gesicht so verdrossen, das mir über den Worten *Frau im Central Park erschlagen* entgegensah. In dem Artikel hieß es, sie habe mit Kunsthandwerk aus dem Regenwald gehandelt.

Ich besitze offenbar die Gabe, zumindest vorübergehend das Vordringen schlechter Nachrichten abzublocken. So wie ich meine wahre Reaktion auf den Anblick von Carols Halcyon in der Schwebe gelassen hatte, als sie seinerzeit so unbeschwert aus Palo Alto zurückgekommen war (nur um ein paar Wochen später mit einer durch die Verzögerung vielleicht übersteigerten Vehemenz den eigentlichen Schlag erst recht zu spüren), erlebte ich jetzt etwas wie ein innerliches Fintieren und Finassieren; mir war, als hätte mich eine wahrhaft grauenerregende Erscheinung bedroht, deren Schlag ich hatte ausweichen können.

Ich verbrachte den Vormittag in einem Zustand gespannter Neutralität, schaffte es, die Benotung der Referate abzuschließen, ja sogar mein Seminar für den nächsten Tag vorzubereiten. Aber als ich mich nachmittags auf den Weg zu Dr. Schrever machte, merkte ich bereits, wie der Glanz dieser Abgeklärtheit sich nach und nach verflüchtigte. Gleich einer stark zersetzenden Substanz fraßen sich die Weiterungen von Trumilciks neuestem Manöver (denn nur darum konnte es sich wohl handeln) dunkelfleckig in meine Seele. Allmählich hatte sich herauskristallisiert, in welcher Form die Untat daherkam, die an mir begangen wurde; wie ich aber einen so ungeheuerlich raffinierten Racheakt hatte auf mich ziehen, wie oder warum eine so kunstreiche Vernichtungsmaschine je an *meinem* Leben hatte andocken können, war nach wie vor unbegreiflich.

Ich lag schweigend auf Dr. Schrevers karminroter Couch und konnte an nichts anderes als an Trumilcik denken. Bisher hatte ich ihn hier noch mit keinem Wort erwähnt, da mein instinktiver Hang zur Zurückhaltung in direktem Verhältnis zu der Gefahr gewachsen war, die Trumilcik in meinen Augen darstellte. Klarer denn je erkannte ich, wie unklug es wäre – so gern ich mir alles vom Herzen geredet hätte –, mein Seelenbildnis, das Dr. Schrever in ihrer Kladde erarbeitete, noch um die Figur dieses offenkundig Geistesgestörten zu ergänzen.

»Haben Sie etwas auf dem Herzen, worüber Sie nicht sprechen möchten?« fragte sie, nachdem wir uns minutenlang angeschwiegen hatten. Ich hatte den feinsinnigen Humor vergessen, den sie manchmal an den Tag legte, und suchte nach einer harmlosen Bemerkung, mit der ich sie hätte abspeisen können, aber meine Gedanken hielten hartnäckig an Trumilcik fest.

»Sie scheinen zerstreut zu sein, Lawrence.«

»Ach ja? Tut mir leid.«

»Bedrückt Sie etwas?«

»Außer der Tatsache, daß meine Frau mich verlassen hat, meinen Sie?« Das hatte unbekümmert und ironisch klingen sollen, hörte sich aber wehleidig und viel zu dramatisch an. Der Satz war ein Mißklang in dem stillen Raum.

»Sind Sie mir böse?« fragte Dr. Schrever.

»Nein. Warum sollte ich Ihnen böse sein?«

»Vielleicht haben Sie gehofft, ich würde Sie von dem Kummer befreien können, den Ihre Frau Ihnen durch ihren Weggang bereitet hat. Oder ich würde Ihnen helfen, sie zurückzuholen. Deshalb sind Sie ja vermutlich gekommen.«

Am liebsten hätte ich eine laute, höhnische Lache angeschlagen und klipp und klar verkündet, warum ich wirklich hier war, aber wie üblich überwog die Vorsicht, und weil ich es mir nicht leisten konnte, eine Frau gegen mich aufzubringen, die vermutlich auf meiner Seite stehen würde, falls ich einmal Unterstützung brauchte, murmelte ich nur etwas Unverbindliches.

So schleppte sich das noch eine halbe Stunde hin, danach ließ Dr. Schrever die Sitzung in ungebrochenem Schweigen zu Ende gehen.

Noch auf ihrer Couch begriff ich, daß ich jenseits jeder Hilfe war, die sie mir hätte leisten können, selbst wenn ich aus echter Not zu ihr gekommen wäre. Sie mochte wohl gewisse Einblicke in meine Beziehung zu Carol gewonnen haben, dachte ich, aber was konnte sie schon gegen das Verschwinden einer Eisenstange tun, auf der meine Fingerabdrücke waren?

Als ich am nächsten Tag über die Mulberry Street ging, sah ich am Eingang zum Campus eine Gruppe von Studierenden zusammenstehen; einige führten Transparente mit.

Eine Demo! Der Anblick stimmte mich fast heiter, so selten war er in diesen unpolitischen Zeiten geworden.

Als ich den Namen *Bruno Jackson* erkannte, freute ich mich noch mehr. Offenbar hatte sich das Ergebnis unserer letzten Sitzung herumgesprochen, und die Studierenden hatten beschlossen, ihren Unmut über Brunos Verhalten kundzutun für den Fall, daß der Präsident noch schwankte, ob er unserer Empfehlung, den Mann zu feuern, folgen sollte.

Auch wenn ich persönlich keinerlei Genugtuung über Brunos Abgang empfand, hatten wir aus meiner Sicht damit doch die Welt für die Studenten ein wenig sicherer gemacht, und ich hatte nichts dagegen, das auch mir als Verdienst anrechnen zu lassen.

Es war ein bitterkalter Morgen. Auf die am Gehsteigrand hochgetürmten Schneewälle hatte es geregnet, danach waren sie gefroren und glänzten jetzt wie Eisberge. Ihre filigranfeinen Ränder zersprangen klirrend unter meinen Sohlen.

Die jungen Leute skandierten: *Schluß mit den Schikanen, Schluß mit dem Mißbrauch*, dann folgte ein Nachsatz, den ich nicht verstand, aber die Tendenz schien klar.

Studierende hatten etwas an sich, was sie unwiderstehlich sympathisch machte, dachte ich: So schroff und unbeholfen sie manchmal sein mochten – sie hatten einen untrüglichen Instinkt für das, was in einer bestimmten Situation moralisch richtig war. Mit ihnen an meiner Seite fühlte ich mich gegen die Feindseligkeit der Welt da draußen gefeit, und während ich auf sie zuging, freute ich mich auf einen kurzen Moment menschlicher Wärme. Vielleicht hatte ich immer ein wenig zu sehr auf Distanz geachtet, mich aus begreiflichen Gründen eher übertrieben unzugänglich gegeben, als übergroße Vertraulichkeit zuzulassen. Zumindest wußten sie jetzt, wie sehr mir ihr Wohlergehen am Herzen lag. In dieser dunklen Phase meines Lebens bewegte die bevorstehende Anerkennung mich sehr (ich rechnete wohl damit, daß sie applaudieren würden, wenn ich den Campus betrat). Ich war – auch wenn das lächerlich klingen mag – fast zu Tränen gerührt.

Es wurde ganz still, als ich vor den Protestlern stand. Ich nickte ihnen lächelnd zu. In der Gruppe erkannte ich einige der jungen Leute, mit denen ich in der Bahn gesessen hatte, als Bruno mit ihnen nach New York zu der Vorstellung von Trumilciks Stück gefahren war. Das Mädchen mit der peruanischen Strickmütze trug eins der Transparente, auf denen

Brunos Name stand. Als ich noch einmal hinsah, begriff ich bestürzt, daß ich die Thematik der Demonstration völlig verkannt hatte. FREIHEIT FÜR BRUNO JACKSON stand darauf. Offenbar hatten die Kräfte der Reaktion, die draußen in der Welt heutzutage immer mehr an Boden gewinnen, auch diese bislang so idealistischen jungen Leute erreicht.

Ich versuchte mich mit dem Wissen zu trösten, daß wir – auch wenn sie das vielleicht derzeit nicht einsahen – ausschließlich in ihrem Interesse gehandelt hatten. Und doch: Wie gern hätte ich sie in dieser schweren Stunde hinter mir gewußt!

Sie fingen wieder an, ihre Parolen zu schreien, diesmal deutlich vernehmbar, platt, primitiv und bedrückend verbohrt in ihrer billigen Ironie:

Jetzt ist mit Schikanen Schluß!
Ficken darf, wer ficken muß!

Im Weitergehen überkam mich eine unendliche Mattigkeit. Ich konnte kaum mehr laufen. Mir schien, als strebten die tristen Fußwege des Campus ins Grenzenlose. Auch dies wäre ein Bild der Ewigkeit, dachte ich: für alle Zeit zwischen dem Tor des Arthur Clay College an der Mulbery Street und Zimmer 106 hin- und herzupendeln, vorbei an den Parkplätzen, den rußgeschwärzten Gebäuden, den eisengrauen Einfassungen aus Hemlocktannen, den grau verschindelten Studentenwohnheimen, die sich mit jedem Schritt, den man tat, weiter in den kalten Nebel erstreckten ...

In meinem Fach lag ein kleiner silberner Schlüssel. Ein Schlüssel wozu? Jeglicher Hinweis fehlte. Ich erinnerte mich an das, was neulich der Pentagon-Sprecher im Radio gesagt hatte: *Wir gedenken nicht, uns von diesem Mann unsere Agenda vorschreiben zu lassen.* Trotzdem steckte ich den Schlüssel in die Tasche – ein bißchen widerstrebend zwar und mit dem unbestimmten Gefühl, daß man gegen so einen Widersacher mehr aufbieten mußte als simple Trotzhaltung – und machte diese kleine Kapitulation dadurch wett, daß ich mir verbot, Zeit auf die Frage zu verschwenden, welches Schloß, welche Tür er wohl öffnen mochte.

Ich hielt mein Seminar, ging zum Mittagessen, stand meine Sprechstunde durch – alles in einem mehr oder weniger schlafwandlerischen Zustand. Nachmittags verließ ich den Campus über einen Seiteneingang und ging zum Bahnhof, um den Heimweg anzutreten. 1-800 WARUM LEIDEN? fragte die Anzeige des Fußpflegers. 1-800 SCHMERZ ADE. Inzwischen war es merklich wärmer geworden, offenbar lockerte der Winter jetzt seinen Griff. Es war ein milder Nachmittag mit weißem Himmel und feuchter Luft, die leicht nach Erde roch. Fast ohne zu merken, was ich tat, ging ich hinüber auf den anderen Bahnsteig und stieg in den Zug, der mich von New York wegführte.

Wieder zogen die verwitterten alten Schuppen an mir vorbei, deren unzeitige Weihnachtslichterketten wie verwelkte Blumengirlanden von den ausgebleichten Schindeln herunterhingen, die vor sich hin rostenden Fahrerkabinen der Lastwagen, der verlassene Rummelplatz. Im Vorbeifahren fiel mir etwas auf. An der Holzbude, auf der ich beim letztenmal nur die Buchstaben M und H hatte ausmachen können, las ich jetzt deutlich die ganze Aufschrift: DER MANN MIT DEM HORN.

Vielleicht lag es nur daran, daß es zu dieser Tageszeit verhältnismäßig hell war, aber mir schien, als leuchteten die beiden Worte in frischer Farbe. Sie strahlten etwas eindeutig Festliches aus. Ich sah die vergnügten Menschen einer vergleichsweise unschuldigeren Ära vor mir, die sich mit ihren Zehn-Cent-Stücken angestellt hatten und sich – halb gutgläubig, halb skeptisch – fragten, ob und wie die Direktion mit so einer Dreistigkeit durchkommen würde. Und indem ich mich an dieses Bild des Frohsinns hielt, konnte ich zumindest eine Weile den leisen Stich ignorieren, den ich, wie den verächtlichen Blick eines Fremden, beim Anblick dieser Worte verspürt hatte. *1-800 warum leiden?* dachte ich. *1-800 Schmerz ade …*

Von dem Bahnhof in seinem grauen Asphalttümpel ging ich die eineinhalb Kilometer nach Lincoln Court.

Bei Tageslicht waren die Stille und Leere noch bedrückender. Der blaue Briefkasten an der Ecke wirkte sonderbar gestresst, als versuchte er mit aller Kraft lebendig zu werden, um auf seinen kurzen Beinchen davonlaufen zu können. Ein geparkter Wagen sah aus, als könne ihm jeden Augenblick der kalte Schweiß ausbrechen. Ich ging an dem langgezogenen Hufeisen fertiger und noch nicht fertiggestellter Häuser entlang: Keine Seele war zu sehen. Gelbliches Röhricht stand verfilzt und aufgequollen vom Winterwetter in dem Unterholz dahinter, durch eine Baumreihe begrenzt. Nirgends eine Regung, überall gespannte Wachsamkeit. Mir fiel ein Artikel ein, in dem geschildert wurde, wie Menschen unter Druck die physische Welt wahrnehmen: Ihre Formen und Strukturen prägen sich mit unnatürlicher Intensität ein und quellen über sich selbst hinaus. *Hyperkathektisch* nennt man das, wenn ich mich recht erinnere. Hyperkathektische Realität.

Das Haus schien im Tiefschlaf zu liegen. An den vorderen Fenstern waren die Vorhänge zugezogen, die Garagentür war geschlossen. Ich fragte mich, ob es möglich war, mit Hilfe eines Tricks einen Wagen in einer geschlossenen Garage aufzuspüren, so wie man ein Ei rotieren läßt, wenn man wissen will, ob es hartgekocht oder roh ist. Doch selbst wenn der Wagen da war, sagte ich mir, war das noch kein Beweis dafür, daß Elaine nicht doch eine Reise angetreten hatte. Gleichzeitig versuchte ich mir noch immer mein unbestimmtes Gefühl zu erklären, daß sie eben nicht verreist war, daß dieser Bruder aus Iowa Roger Freeman nicht angerufen hatte – nicht weil ich Roger für unglaubwürdig hielt, sondern weil ich vermutete, daß jemand sich als dieser Bruder ausgegeben hatte (woran hätte Roger das schließlich merken sollen?) –, daß es diesen Bruder womöglich ebensowenig gab wie einen Verkehrsunfall, daß ... Ja – was? Meine Mutmaßungen vermochten das Dickicht aus Fragen und Gegenfragen nicht zu durchdringen, sie verloren sich darin, so wie sich der Strahl einer Taschenlampe in absoluter Dunkelheit verliert.

Das Herumlungern machte mich nervös. Plötzlich fragte ich mich, ob ich beobachtet wurde, und prompt hatte ich das Gefühl, daß dem so war. Sorgfältig bemüht, mich nicht allzu unauffällig zu geben, ging ich zur Haustür und klingelte. Nichts rührte sich. Im Griff der abgeschlossenen Tür war ein Schlüsselloch wie bei Hotelzimmertüren. Einer zögernden Eingebung folgend holte ich den Schlüssel aus der Tasche, den man mir in mein Fach gelegt hatte. Wurde ich erwartet? Aber ich sah sofort, daß der Schlüssel nicht paßte, und weil wohl kein Mensch sich freut, wenn sich herausstellt, daß jemand seine scheinbar spontan getroffene Entscheidung vorhergesehen hat, vermerkte ich das mit einiger Erleichterung. Gleichzeitig aber begriff ich, daß ich insgeheim erwogen hatte, ins Haus zu gehen und mir den Brief zu holen, den ich angeblich an Elaine geschrieben hatte, und daß ich die ganze Zeit halb unbewußt gehofft hatte, der Schlüssel werde mir den Zugang ermöglichen, ja, daß ich überhaupt vor allem deshalb hergekommen war. Erst jetzt, da diese Hoffnung dahin war, wurde mir das volle Ausmaß der Gefahr bewußt, die das Schreiben in Elaines Schlafzimmer für mich darstellte.

Ich hatte mich mit dem Brief so gut wie gar nicht mehr beschäftigt, nachdem Elaine ihn an jenem Abend in ihrem Schlafzimmer erwähnt hatte. Die Entdeckung, daß es so einen Brief gab, war von der viel schwerer wiegenden Enthüllung bezüglich Barbara Hellermanns Tod so unvermittelt in den Hintergrund gedrängt worden, und in der Folge hatten sich die

Dinge so rasant entwickelt, daß mir keine Zeit geblieben war, der Sache auf den Grund zu gehen oder auch nur zu begreifen, daß dies womöglich erforderlich werden könnte. Jetzt aber, vor Elaines Haus, wurde mir klar, daß ich – ohne bewußt darüber nachzudenken – den Brief zusammen mit dem Zettel in lateinischer Sprache, dem Schlüssel, des Anschlags der Uni Portland und all dem anderen mutwilligen Schabernack der letzten Wochen Trumilciks gegen mich gerichteter Schurkerei zugeordnet hatte. Und was immer auch das letzte Ziel seiner Schurkerei sein mochte – daß ein Schriftstück, das allem Anschein nach Beweis für eine eindeutige Beziehung zwischen Elaine und mir war, in diesem Zusammenhang einiges Gewicht für ihn hatte, ließ sich leicht denken.

So lässig wie möglich ging ich ums Haus herum und rüttelte an der Hintertür – vergeblich. Im Weitergehen sah ich, daß die Jalousie an einem der Küchenfenster nur halb heruntergelassen war. Ich spähte durch die schräggestellten Stäbe, und schlagartig stieg Panik in mir hoch, obgleich das, was ich sah, im Grunde nur meinen Verdacht bestätigte. Auf der Arbeitsfläche stand das, was nach dem Essen übriggeblieben war, das Elaine und ich vor fast einer Woche gemeinsam eingenommen hatten – schmutziges Geschirr und Besteck, verschmierte Weingläser, zerknüllte Servietten. Wenn ich den Kopf einzog, konnte ich durch die schmalen Schlitze der Jalousie ein Stück gefliesten Fußboden sehen, auf dem etwas, was nach den Resten von Elaines Quiche aussah, offenbar mit großer Wucht gelandet war. Kleine Insekten krabbelten über den bleichen Quark und die grauen, zerbrochenen, gehirnmasseähnlichen Blumenkohlröschen.

Ich verzichtete auf jeden weiteren Versuch, ins Haus zu gelangen, wandte mich vom Fenster ab und machte mich taumelnd und mit weichen Knien davon. Es war, als triebe etwas mich gegen meinen Willen fort. Als Lincoln Court hinter mir lag, fiel mir etwas ein, was ich seinerzeit als unwichtig abgetan hatte – daß ich nämlich an dem Abend, an dem ich zu Elaine zum Essen gegangen war, den Zettel mit ihrer Adresse in meinem Büro hatte liegenlassen. Bestimmt hatte ich ihn zusammen mit den für Trumilcik bestimmten Zwanzig-Dollar-Scheinen herausgezogen. Der Zettel war in seinen Besitz gelangt. Er hatte Elaines Adresse in Händen gehalten. Er hatte gewußt, wohin ich wollte, wo Elaine wohnte. Der Gedanke an das, was das bedeutete, legte sich schwer auf meine Seele, und nacktes Grauen ergriff mich. Ich sah jetzt nicht nur mich und Elaine an jenem Abend im Haus zusammensitzen, sondern war genötigt, das Bild durch Trumilcik zu vervollständigen, der mit einer Eisenstange in der Hand von draußen hereinspähte.

13

Als ich am nächsten Tag mit der U-Bahn zu Dr. Schrever fuhr, fiel mir ihre Kladde ein. Ich sagte mir, daß auch diese Aufzeichnungen sich – genau wie Trumilciks Eisenstange und der Brief in Elaines bemaltem Kästchen – gewissermaßen unerlaubt meiner Person bemächtigt hatten, frei zugänglich waren und mich auf eine Art darstellten, die zumindest äußerst peinlich werden konnte. Ich hätte die Kladde gern an mich gebracht, aber sofern ich mich nicht dazu durchringen konnte, sie Dr. Schrever zu entreißen und damit aus der Praxis zu stürmen – und das traute ich mir denn doch nicht zu –, war das wohl eine ziemlich vergebliche Hoffnung.

Doch dann fiel mir ein, daß sich die Existenz dieser Kladde vielleicht zu meinen Gunsten nutzen ließ.

Das Wort »Alibi« kam mir – auf das triste Einerlei meines Lebens bezogen – fast so grotesk vor wie vor einer Woche das Wort »Privatdetektiv«. Andererseits begriff ich, daß mein Abstecher nach Corinth (über den ich begreiflicherweise nicht mit Dr. Schrever sprechen wollte) neues Gewicht bekommen hatte. Er war – zumindest was Rosa Vasquez anging – mein Alibi. Zu beweisen, daß ich mich in der Nacht, in der sie ermordet worden war, in Corinth aufgehalten hatte, erschien mir plötzlich sehr viel wichtiger als jeder Vorteil, der mir möglicherweise aus diskretem Schweigen erwachsen mochte. Und als Beweisstück schien mir Dr. Schrevers Kladde ideal.

Und so beschloß ich denn, auf das vorsichtige Taktieren zu

verzichten, das mich Anfang der Woche auf der Couch praktisch hatte verstummen lassen. Ich würde Dr. Schrever nun doch von Trumilcik erzählen, und zwar die ganze Geschichte: wie mir der Verdacht gekommen war, daß er sich in meinem Büro aufhielt, wie ich seine Erinnerungen und schließlich sein Versteck gefunden hatte. Von der Decke und der Eisenstange würde ich ihr erzählen, von der Widerwärtigkeit, mit der er mich zum Dank für meine vierzig Dollar beschenkt hatte, von dem Zettel mit der anonymen Nachricht, der Bekanntmachung der Uni Portland, dem Schlüssel … Ich würde schildern (und spürte schon jetzt die unaussprechliche Erleichterung, die mir diese Schilderung gewähren würde), wie in mir der Verdacht aufgekeimt war, daß Trumilcik etwas mit dem Tod von Barbara Hellermann zu tun hatte, und ich würde erzählen, wie ich in dem Bemühen, ihm auf die Spur zu kommen, am letzten Wochenende die wunderliche Fahrt nach Corinth unternommen hatte.

Ich würde, ohne dies in den Vordergrund zu stellen, sehr präzise in meinen Zeitangaben sein, würde die Reise auf das genaueste schildern, die Busfahrt, die Raststätte, die Stadt, das Frauenhaus, mit all den minutiösen Einzelheiten, in denen Wirklichkeit sich manifestiert. Ich würde die Mitmenschen, die mir unterwegs begegnet waren, so genau beschreiben, daß es für niemanden – selbst wenn sie irgendwann vergessen haben oder leugnen sollten, mich getroffen zu haben – zweifelhaft sein konnte, daß ich mit ihnen zusammengekommen war. Vor allem würde ich gnadenlos ehrlich im Hinblick auf mein Verhalten und meine Empfindungen sein, auch wenn ich mich dadurch belasten sollte. Auf diese Weise stand ich zwar als Lügner und Betrüger dar, war aber vor Beschuldigungen schwerer wiegender Art geschützt.

Leider hatte ich keine Gelegenheit, diesen Plan in die Tat umzusetzen. Noch ehe ich Dr. Schrevers Praxis erreicht hatte, war auch dort so etwas wie ein schützendes Kraftfeld entstanden, das mich fast buchstäblich hochzuhieven schien und mich so schnell, wie ich nur laufen konnte, in die Gegenrichtung trieb.

Als ich aus der U-Bahn kam, hatte ich mir die *Daily News* gekauft und sie auf dem Weg am Park entlang gelesen. In der *Times* hatte heute früh nichts über Rosa Vasquez gestanden, aber die *News* meldete neue Entwicklungen, und an diesem Punkt meiner Lektüre hatte ich gemerkt, wie ich herumgewirbelt und – zutiefst verunsichert durch die gespenstische Ironie, mit der sich dieses Fiasko vollzog – in Richtung Village zurückgescheucht wurde.

Es war jemand hinter der Frau hergewesen, ein sogenannter *Stalker.* Jählings begriff ich ihre Reaktion an jenem Nachmittag im Park. Auch sie hatte mich für Trumilcik gehalten. Die ebenso groteske wie hoffnungslose Pointe bestand darin, daß sie, nachdem sie mich etwas ins Wasser hatte werfen sehen, die Polizei verständigt hatte, die Mr. Kurwens Glasauge von der Eisscholle gerettet hatte, so daß es jetzt eine mögliche Verbindung zwischen dem Angreifer der Frau und dieser bizarren Augenprothese gab. Es war wie eine Rätselfrage: Was haben ein Glasauge und ein Mord ohne Motiv miteinander zu tun? Die Antwort – nicht die wahre, aber die einzige Antwort – ließ sich, das hatte ich in diesem Moment begriffen, aus Dr. Schrevers Kladde konstruieren. Möglicherweise war das bereits geschehen – daher auch die radikale Unzugänglichkeit ihrer Praxisräume.

Meine Wohnung wirkte leerer und stiller denn je. Ich ging unruhig hin und her und überlegte, was ich tun sollte. Mich der Polizei stellen mit einer verqueren, noch immer nicht nachprüfbaren Geschichte über eine Verschwörung, die darauf abzielte, mich als Serienmörder darzustellen? Trumilcik in seinem Versteck aufspüren oder es zumindest versuchen? (Um ihn dann höflich zu ersuchen, er möge doch bitte dieses rücksichtslose Treiben beenden?) Oder flüchten, mit der Bahn oder mit dem Flugzeug, bis die Wogen sich, wie es so schön hieß, geglättet hatten?

Ich war so aufgewühlt und unter Stress, daß mein Fühlen und Denken zum Stillstand gekommen war wie ein abgewürgter Motor. Wie in Trance suchte ich ein paar Sachen zusammen – warme Kleidung, Paß und Green card – und packte alles in meine Aktenmappe, ohne auch nur zu ahnen, wie es weitergehen sollte. Dann überließ ich mich der lähmenden Mattigkeit, die ich nun schon so gut kannte. Gedankenverloren sah ich aus dem Fenster, ohne mich zu rühren. So weit weg war ich mit meinen Gedanken, daß ich zunächst dachte, der silberne Fleck, den ich aus dem Augenwinkel wahrnahm, sei eine Spiegelung des rotierenden Ventilatorflügels auf der anderen Seite des Hofs. Auch als ich mich aus meiner Betäubung aufgerafft hatte und in die Küche ging, um die wenigen frischen Lebensmittel zu entsorgen, die ich noch hatte, dauerte es einen Augenblick, bis ich merkte, daß der Fleck mir in die Küche gefolgt und ein wenig größer geworden war. Und das bedeutete, daß er nichts mit dem Ventilatorflügel zu tun hatte, sondern ein Bote aus der Welt des Schmerzes war, der mir in seiner vertrauten schimmernden Wehr wieder einmal einen Besuch abstatten wollte.

Als der Schmerz sich wie ein großer besonnter Makrelenschwarm über mein Gesichtsfeld verbreitete, stieg kindisches Selbstmitleid in mir auf. Ich mußte an meine Mutter denken und sehnte mich nach ihrem beruhigenden Umgang mit meinen Migräneanfällen. Ich dachte daran, wie sie dabei so tief in die Spalten und Schrunden meines Schmerzes eingedrungen war, daß es fast schien, als brächte sie es fertig, die Bürde auf sich nehmen und mich davon zu befreien. Und wie sie dann, als die Schulmedizin mir nicht helfen konnte, diesen Homöopathen ausfindig gemacht hatte, den alten Finnen mit seinen geheimnisvollen kleinen Pillen. Wieder überlegte ich, was sie wohl enthalten hatten, und bedauerte, daß ich nicht meine Mutter anrufen und sie danach fragen konnte, und als die silbrige Sehstörung sich gelegt hatte und die erste Schmerzwelle gegen meinen Kopf brandete, überkam mich eine große Traurigkeit, weil es zwischen mir und meiner Mutter so weit gekommen war: Ich hatte sie im Lauf der Jahre aus den Augen verloren und kannte inzwischen weder ihre Anschrift noch ihre Telefonnummer. Schon immer hatte ich gespürt, daß das nicht in Ordnung war, aber erst jetzt kam mir in aller Klarheit das Befremdliche, ja Erschreckende dieses Zustands zu Bewußtsein. Fast noch schlimmer war, daß ich mir die Sache selbst nicht recht erklären konnte. Es war, als gäbe es im Terrain meiner Seele einen tiefen Abgrund, eine heftige Verwerfung, ein verborgenes Verlies – Tiefen, in denen bestimmte Ereignisse, selbst so folgenschwere wie diese, ohne einen Laut verschwinden konnten.

Der Schmerz dröhnte in meinem Kopf, hämmerte an die Schädelinnenwand. Ich hörte mich laut aufschreien vor Qual, griff nach Mantel und Aktenmappe und lief aus dem Haus. Zumindest hatte ich jetzt ein Ziel vor Augen, ich wußte, wohin ich wollte: Washington Avenue 156. Schließlich hatte ich ja im Zuge meiner Bemühungen, einer möglichen Verbindung zwischen Trumilcik und meiner Frau auf die Spur zu kommen, in der letzten Woche die Adresse im Telefonbuch von Manhattan oft genug gelesen. Allerdings hatte ich in diesem Moment alles andere als dieses Rätsel im Kopf, denn der war vollauf mit seinen eigenen Beschwerden und der immerhin ein wenig lindernden Erinnerung an zwei kühle Hände beschäftigt, die sich gegen meine Schläfen und meine Stirn gedrückt hatten.

Es war ein altes Brownstone-Haus mit bröckelnden schwarzen Löwen rechts und links von der Treppe. Der Name, den ich suchte, stand an einem Summer, der als *No. 5* gekennzeichnet war. Als ich ihn drückte, öffnete sich zu meiner Überraschung die Haustür ohne Präliminarien an der Sprechanlage. Ich schleppte mich die läuferlose Holztreppe zum fünften Stock hoch. Aus der offenstehenden Wohnungstür schwappten Stimmen und leise Musik. Dahinter war eine kleine Diele mit einem Garderobenständer, der mit Wintermänteln behängt war.

Gleich darauf – Sekunden, ehe mir klar wurde, was ich da im Blick hatte – war mir, als würde ich weggestoßen, genau wie heute nachmittag vor Dr. Schrevers Praxis und am Vortag vor Elaines Haus. Es war, als drängte mich eine unsichtbare, aus Raum, Luft und Licht bestehende peristaltische Bewegung immer weiter zurück, bis über den Rand meiner Existenz hinaus.

Ich wandte mich ab, noch immer ohne benennen zu können, was mir gerade ins Auge gefallen war, als eine Stimme mich begrüßte.

Ich drehte mich wieder um. Vor mir stand Melody Schroeder, ein Glas Rotwein in der Hand. Ihre Wangen waren weich und rosig, das Haar kurz, fast wie geschoren, aber auch das wirkte eher weich als burschikos. Sie bedachte mich mit ihrem sonderbar durchtriebenen, heimlich wissenden Lächeln. Köstlicher Essensgeruch lag in der Luft.

»Ich bin Lawrence Miller«, sagte ich. »Sie haben mal –«

»Ich weiß, wer Sie sind.«

»Ich wollte fragen –«

»Ja, aber ich kann Ihnen nicht helfen.«

Ich blinzelte und schwieg. Schon der leiseste Versuch nachzudenken schien mein Kopfweh zu verstärken.

»Ach so, Sie meinen … nein, es geht nicht um Carol. Es … Ich habe …« Ich faßte mir an den Kopf.

Sie streifte mich mit einem Blick distanzierter Neugier.

»Ach ja?«

»Der Blumfeld neulich, das waren doch Sie, nicht?«

Sie lächelte. Erst jetzt erkenne ich die Grausamkeit dieses Lächelns; es war, wie mir im Rückblick klar wurde, derselbe träg wissende Ausdruck wie damals, als sie, spaßhafte Harmlosigkeit in der rauchigen Stimme, jene Expedition in den *Plymouth Rock* vorgeschlagen hatte.

»Hier«, sagte sie und legte eine Hand an meine Stirn – nur eine, in der anderen hatte sie noch immer das Weinglas. Sie trug einen schweren, goldenen Daumenring, den mein Blick verschwommen wahrnahm, als sie nach meiner Stirn griff und den Daumen dagegendrückte. Die Bewegung hatte etwas Beunruhigendes, fand ich, etwas dezent und undefinierbar Obszönes.

»So. Tut mir leid, aber ich habe Gäste zum Abendessen da, die ...«

»Sie ist doch hier, nicht?« fiel ich ihr ins Wort. Zumindest teilweise hatte ich jetzt erfaßt, was mir vorhin ins Auge gefallen war: Halb verborgen unter den anderen Mänteln auf dem Ständer leuchtete unverkennbar das Königsblau von Carols capeartigem Wintermantel.

»Ja.«

Ich warf einen Blick über Melodys Schulter, aber von der Diele aus ging der Korridor um die Ecke, so daß die Gäste nicht zu sehen waren. Tanzende Schatten an der Wand verrieten, daß sie bei Kerzenlicht saßen. Die Vorstellung, daß Carol sich hinter dieser Ecke befand, dort, wo ich Stimmen und Musik hörte und Essen roch, war so unglaublich, daß sie das Kopfweh verdrängte, und einen Augenblick dachte ich, Melody habe mit ihrer Berührung wieder Wunder gewirkt. Ich versuchte, in der murmelnd dahinplätschernden Unterhaltung Carols Stimme auszumachen. Selbst der Klang ihrer Stimme wäre etwas gewesen, was ich hätte mitnehmen, wovon ich tagelang hätte zehren können! Das Leben selbst – alles, was ich mir vom

Leben wünschte – schien hinter dieser Ecke zu liegen. Ein paar Schritte nur, und ich wäre aufgenommen in diesen freundlichen, von Kerzen erhellten Kreis.

»Es ist besser, wenn Sie jetzt gehen«, sagte Melody.

Ich nickte. Mir schien in ihren Worten eine von ihr unbeabsichtigte tiefe Weisheit zu liegen, als wollte sie mir klarmachen – und zwar zu Recht! –, daß jenes für mich nicht sichtbare goldene Bild nur weiterbestehen konnte, wenn ich ihm fernblieb. Als ich mich zum Gehen wandte, sah ich, daß ich den Mantel, der den von Carol fast ganz verdeckte, ebenfalls kannte, und mit einem Schock begriff ich: Es war der Anblick dieser Zweisamkeit – des schwarzen Mantels mit den an dem erhabenen Stoffgeviert befestigten Rockschößen, der über Carols blauem Mantel lag –, der jenes sonderbare Kraftfeld erzeugt hatte, das mich abzustoßen schien, als ich über die Schwelle getreten war, und das ich jetzt erneut wie einen eisigen Windhauch spürte, der mich in die Nacht zurücktrieb.

Bruno!

Es war der Mantel von Bruno Jackson!

Mocht er leben! sagt Angelo, nachdem er sein Versprechen gebrochen hat, als Gegenleistung für eine Nacht mit Isabella Claudios Leben zu schonen, *mocht er leben! Doch seiner wilder Jugend hitzig Blut könnt einst in Zukunft wohl auf Rache denken …*

Wie die Gäste der Sendung *Desert Island Disc* habe ich meinen Shakespeare und meine Bibel: Barbara Hellermanns Shakespeare und Trumilciks Bibel, die, wie nicht anders zu erwarten, keine herkömmliche Bibel ist. Mit Hilfe dieser beiden Bücher versuche ich, mich in den Ereignissen der vergangenen Wochen zurechtzufinden. Und mir scheint, daß ich Umfang und Vielschichtigkeit der gegen mich geführten Kampagne nicht etwa (wie ein Teil von mir in halsstarriger Skepsis bis zum Schluß vermutete) überschätzt, sondern verhängnisvoll verharmlost habe.

Daß ich es nicht mit einem, sondern zwei Widersachern zu tun hatte, die gleichsam in einer ausgedehnten Zangenbewegung gegen mich vorrückten, im Fall von Bruno motiviert von Rache (Trumilciks Motiv muß ich noch ergründen), war mir durchaus nicht klar, als ich in Melodys Haus die Treppe hinunterstolperte und auf die Straße trat.

Statt mich zu heilen, hatte Melodys einhändige Berührung mein Kopfweh womöglich noch verschlimmert. Und zu der körperlichen Pein kam nun noch die Seelenqual, die mir der Anblick von Bruno Jacksons Mantel in inniger Umarmung mit dem von Carol bereitete. Es fiel mir nicht leicht, mich mit einer Erinnerung zu befassen, die ich zweifellos in wohlverstandenem eigenen Interesse verdrängt hatte – daß nämlich Bruno und Carol sich kannten, daß sie vor drei Jahren als Fellows des Getty-Instituts in Kalifornien unter einem Dach gelebt hatten. Herausgestellt hatte sich das im vergangenen Herbst, als Bruno und ich uns gerade kennengelernt hatten, uns bei einem Kaffee im Speisesaal gegenseitig aushorchten und vorsichtig ausgewählte Details unserer Lebensgeschichten austauschten. »Getty-Institut?« fragte ich. »Da war meine Frau vor ein paar Jahren auch. Carol Vindler.«

»Carol Vindler ist Ihre Frau?«

Während ich mich durch die Straßen des West Village schleppte, versuchte ich, mich auf diesen Augenblick zu besinnen: Hatten Brunos Augen auf eine ganz besondere Weise gefunkelt, hatten seine Stimme, sein Verhalten erkennen lassen, daß er über heikle Informationen verfügte und im Bruchteil einer Sekunde entschieden hatte, sie mir zu verschweigen? Natürlich war ich mir nicht sicher, aber schon wenn ich diese Möglichkeit in Betracht zog, drehte sich alles vor meinen Augen. Bruno und meine Frau? *Nein!* Ich hätte das Wort am liebsten laut herausgeschrien, das Veto unauslöschlich in Vergangenheit, Gegenwart und Zukunft eingebrannt. Bei manchen Schicksalsschlägen scheint eine Fortsetzung des eigenen Lebens schlechterdings unmöglich ...

Ich nahm mich zusammen, so gut ich konnte, und bemühte mich um eine kühlere, rationale Sicht. Sie kannten sich, soviel stand fest. Vielleicht fühlte sie sich – wie offenbar viele Frauen – zu ihm hingezogen, aber selbst in diesem Fall bezweifelte ich, daß wirklich etwas passiert war. Das ganze lichte Gebäude von Carols Persönlichkeit mit Gefühlen, die so präzise, so diamantenhell waren wie ihre Intelligenz, gründete auf Ehrlichkeit. Täuschung wäre darin ebensowenig hinnehmbar gewesen wie ein Papierkügelchen in einer Schweizer Uhr. Doch jetzt, da sie wieder frei war ... Ob sie den Kontakt zu ihm wiederaufgenommen hatte? Selbst die zufriedensten Ehefrauen haben für den Fall der Fälle ein paar Namen und Gesichter gespeichert – Exliebhaber, einen Mann, mit dem sie in einer anderen Situation vielleicht geschlafen hätten, eine Zufallsbekanntschaft, die ihr schweifender Blick eine Sekunde länger festgehalten hatte, als bei flüchtigem gesellschaftlichen Kontakt nötig gewesen wäre, ein Blick, der Möglichkeiten eröffnete, von denen sie schließlich Abstand nahmen, ohne sie je zu vergessen ... Und wenn er kommt, der Fall der Fälle, wenn der Partner nicht mehr da ist – wie unkompliziert, wie naheliegend ist es plötzlich, zum Telefon zu greifen ... Nur konnte ich mir bei näherer Betrachtung Carol nicht einmal in dieser Rolle vorstellen. Selbst das hatte etwas Niederträchtiges, wäre das Eingeständnis latenter Unaufrichtigkeit in der Zeit unseres Zusammenlebens gewesen, das ihr schon aus Stolz auf die eigene Integrität gegen den Strich gegangen wäre.

Nein, die Initiative mußte von Bruno ausgegangen sein. Er hatte offenbar von unserer Trennung gehört – kein Kunststück, New York ist schließlich ein Dorf! – und hatte es verstanden, sich geschmeidig ihrem neuen Umfeld anzunähern. Vielleicht kannte er Melody, kannte sie durch ... durch Trumilcik! (Und an dieser Stelle kam mir zum erstenmal der Gedanke, daß Bruno und Trumilcik womöglich unter einer Decke steckten; Bruno mit seiner Schläue, den hinterhältigen Machenschaften des Unzufriedenen, Trumilcik mit seiner tierisch kruden Brutalität. Bruno hatte die Bekanntmachung der Uni Portland aufgehängt, vielleicht sogar eigens erfunden, den Zettel in mein Fach gelegt, den Brief an Elaine gefälscht; Trumilcik hatte auf meinen Schreibtisch geschissen, mich in der Synagoge überfallen.) Und über Melody war er an Carol herangekommen.

Ah! In mir zog sich alles zusammen. So muß Eltern zumute sein bei der Vorstellung, ihr Kind könne von einem Unbekannten entführt werden. Es war eine jähe, wutschäumende Panik, die mich erfaßte und die ich nur mit Mühe niederkämpfen konnte, um der Frage nach dem Warum nachzugehen. War es einfach Opportunismus gewesen? Die Unverbesserlichkeit des Weiberhelden, der nur seine Instinkte auslebt? Vielleicht. Aber war da nicht – zumindest im Ergebnis – etwas, was ganz persönlich mir galt und darauf abzielte, mich in jenen Kreis der Hölle zu stürzen, in dem die Opfer sexueller Eifersucht ihre Folterqualen leiden? Mit anderen Worten: etwas, was möglicherweise weniger damit zu tun hatte, daß es ihn nach Carol gelüstete, als mit Rache an mir? *Mocht er leben!* – ich las es noch einmal – *doch seiner wilden Jugend hitzig Blut könnt einst in Zukunft wohl auf Rache denken* ... Zu schade, dachte ich bedauernd, daß der Ausschuß für Fragen sexueller Belästigung nicht befugt war, Todesurteile zu erlassen.

14

Ich übernachtete in meinem Büro im College. Mit einer Nacht Gnadenfrist, sagte ich mir, würde ich wohl rechnen können, ehe jemand auf die Idee kam, mich dort zu suchen. Seit meiner Begegnung mit Trumilcik hegte ich den Verdacht, daß ihm der Keller der Synagoge als Nachtquartier lieber war als mein Büro, und hielt es für wenig wahrscheinlich, daß er heute hier auftauchen würde. Sollte er aber doch kommen, war ich bereit. Dachte ich jedenfalls.

Zuerst versuchte ich, in meinem Schreibtischsessel zu schlafen, merkte aber bald, daß ich wegen der grellen Campusbeleuchtung vor dem Fenster und der unablässigen Kopfschmerzen in dieser Stellung kaum auf Entspannung hoffen konnte. Auch die Heizung war wohl abgesenkt worden; es war ungemütlich kühl im Zimmer. Ich brauchte einen Platz, wo ich mich ausstrecken konnte, ich brauchte Dunkelheit und etwas zum Zudecken.

Mit größtem Widerstreben, aber in dem Bewußtsein, daß nichts anderes in Frage kam (die Kammer war so schmal, daß man sich dort nicht langlegen konnte), öffnete ich Trumilciks Versteck, kroch hinein und schob die Schreibtische hinter mir zusammen. Ich wickelte mich in sein stinkendes Bettuch, schloß die Augen und verfiel in einen von quälenden Träumen erfüllten unruhigen Schlaf.

Ich merkte nichts von nächtlichen Heimsuchungen menschlicher oder sonstiger Art, aber als ich im Morgengrauen unreinlich und mit verquollenen Augen aus Trumilciks Versteck kroch, begriff ich, noch ehe ich in einen seiner strategisch angebrachten Spiegel gesehen hatte, daß sich eine Katastrophe ereignet hatte.

Ich zwang mich, ruhig stehenzubleiben und den Kopf zu betrachten, der mir aus dem Spiegel entgegensah. Dabei hatte ich das Gefühl, in rasender Geschwindigkeit von einer Ohnmacht in die nächste zu fallen, allerdings ohne daß mir vergönnt gewesen wäre, dabei das Bewußtsein zu verlieren.

Aus meiner Stirn war ein dickes weißes, hornartiges Gebilde herausgewachsen.

Natürlich konnte das nicht sein. Entweder schlief und träumte ich noch, oder die zunehmende Nervenbelastung der letzten Tage hatte mich derart in Mitleidenschaft gezogen, daß ich halluzinierte. Dieses Wissen aber minderte das Entsetzen, das mich angesichts meines Spiegelbildes überkam, nicht im geringsten. Behutsam legte ich die Hand an den Auswuchs und betete, mein Tastsinn, der womöglich weniger hysterisch reagierte als mein Auge, möge diese Ungeheuerlichkeit als Schimäre ausweisen und zum Verschwinden bringen. Leider trat der entgegengesetzte Effekt ein: Das Ding fühlte sich widerwärtig wirklich an, hart, glatt wie Stein und eiskalt.

Ich hatte keine Schmerzen mehr, fühlte mich jetzt aber sterbenskrank. In der Beziehung zwischen mir und meiner Umgebung hatte sich etwas verschoben. Rein äußerlich war sie unverändert, aber in irgendeiner wesentlichen Hinsicht schien sie von mir oder ich von ihr abzurücken. Es war, als hätte ich in einem Zug den Platz getauscht, so daß das, was mir früher entgegengekommen war, jetzt von mir fortglitt. Ein eigenartiges Gefühl beschlich mich, als ich mich im Zimmer umsah, das ich gleich darauf als *Wehmut* erkannte. Ich nahm ganz gewöhnliche Dinge – die schwarzgebeizten Stühle, die Sonnenblumenuhr, die getöpferten Trinkbecher, die Kaffeemaschine für fünf bis sieben Tassen – nicht einfach wahr, sondern betrachtete sie mit wehmütiger Trauer, mit einer Sehnsucht, als hätten sich meine und ihre Welt schon voneinander gelöst.

Wenn ich das nächstemal in den Spiegel schaute, redete ich mir ein, wäre das weiße Horn verschwunden, das mir da aus der Stirn wuchs. Weit gefehlt: Es war noch da, bleich und spitz, mit dem gleichen komplizierten Wechselspiel von Licht und Schatten wie jeder andere nicht eingebildete Körperteil. Ich tröstete mich mit dem Gedanken, daß das Ding, so real es mir auch vorkommen mochte, zumindest für andere Menschen unsichtbar sein mußte, und beschloß so zu tun, als sei es nicht da. Durch eine Lücke in den Hemlocktannen vor dem Fenster sah ich, wie ein Hausmeister seine mobile Putzstation zum Fachbereich Naturwissenschaften auf der anderen Seite des College-Geländes rollte. Viel Zeit blieb mir nicht mehr, wenn niemand merken sollte, daß ich hier genächtigt hatte, aber es war mir unmöglich, das Zimmer zu verlassen. Ich hatte das Gefühl, ich würde vor Scham tot umfallen, wenn jemand mich so zu Gesicht bekam.

Gut möglich, daß ich in meinem Büro geblieben wäre und es auf die Entdeckung hätte ankommen lassen, wenn mir nicht Barbara Hellermanns braune Baskenmütze eingefallen wäre, die ich mit ihren übrigen Sachen nach meiner Rückkehr aus Corinth wieder in die Kammer gehängt hatte. Ich holte sie heraus und setzte sie auf. Das Horn wölbte sich merkwürdig unter dem bauschigen Stoff, so daß es aussah, als trüge ich einen Kinder-Fahrradhelm aus absurd weichem Material, aber zumindest war der Auswuchs nun verdeckt.

Ich sah mich noch ein letztes Mal um. Dabei fiel mein Blick auf das Buch, das ich zu Beginn des Semesters in die Hand genommen hatte und dessen wanderndes Lesezeichen mich, ohne daß ich etwas ahnte, zum erstenmal auf Trumilcik gebracht hatte. Spontan steckte ich es in die Manteltasche, dann schlich ich mich hinaus und ging eilig über die Mulberry Street zum Bahnhof.

Der Zug war um diese Zeit gnädigerweise leer. Ich saß allein auf einem der drehbaren Plastiksitze und starrte geduckt aus dem Fenster auf den vergifteten Flußlauf, der sich träge an den bröckelnden Behausungen entlang des Bahngleises vorbeiwand. Ich überlegte, was mich an dieser ausgelaugten Landschaft eigentlich so faszinierte. Bei aller Häßlichkeit hatte sie etwas Unwiderstehliches, eine seltsame, geschändete Schönheit, von der man trotz allem Entsetzen den Blick nicht lassen konnte. An manchen Tagen schillerten die Eisschollen, die sich über den Fluß schoben, rosafarben, an anderen minzgrün, je nachdem, vermute ich, welche Drüse welches stillgelegten Chemiewerks, welcher Farbenfabrik gerade aufgeplatzt war und ihren giftigen Inhalt ins Grundwasser ergoß. Selbst die Waldstücke, die hier und da noch stehengeblieben waren, schienen todgeweiht – die Bäume, dünn und dürftig, standen so nah beieinander, daß sie keine Zweige ausgebildet hatten, sondern unzählige parasitengleiche Schößlinge, dünn wie Draht, die den Stamm mit sinistrem Gewucher bedeckten. An den Ästchen flatterten ausgebleichte Plastiktüten, und das war auch schon alles, was man ihnen an Blättern oder Blütenschmuck zutrauen mochte.

Hierher hätte ich mit Carol kommen sollen, dachte ich plötzlich. Bei ihrem Interesse für Reinheit und Verschmutzung (als sie mich verließ, schrieb sie gerade an einem Artikel über die endlosen Dispute zum Thema Kanalisation und Müllentsorgung, die offenbar den Assisengerichten im mittelalterlichen Europa Vollbeschäftigung garantiert hatten) hätte sie diese Landschaft entschlüsseln können. Wie gern hätte ich neben ihr gesessen und zugehört, wenn sie sich mit ihrer klaren Stimme – in der immer eine leise Belustigung über die Dinge schwang, auf die ihr wacher Intellekt gerade gestoßen war – zu diesem

Thema ausließ. Ich mußte an die kleinen farbigen Pfeile denken, mit denen sie das Manuskript meines Vaters gespickt hatte, und dieser Gedanke führte zu meinem Vater selbst, zu seinem Tumor und schließlich zu der morbiden Frage, ob ich womöglich gerade ein grausames physiologisches Erbe angetreten hatte – eine Vorstellung, von der ich mich so schnell wie möglich wieder verabschiedete, um zu dem erfreulicheren Bild seines pfeilgespickten Manuskripts zurückzukehren. Und in diesem Zusammenhang erinnerte ich mich eines bestimmten Hinweises in seinen Unterlagen, der mich – in Ermangelung irgendwelcher anderer Pläne – so nachdrücklich mobilisierte wie ein Befehl.

Soviel auch dagegen sprechen mag – ich hatte keinen anderen Grund dafür, an jenem Tag ins Cloisters-Museum zu gehen.

Es war ein kalter, schöner Vormittag. Das Museum – ein ziegelgedeckter Phantasiebau – erhob sich in gleißender Frische über dem Hudson, als habe man es gerade erst aus dem Sonnenlicht herausgemeißelt.

Ich war noch nie dagewesen, und die nüchtern-strenge Anordnung der Sammlung beeindruckte mich sehr. Das übliche Kunterbunt von Informationen und Sicherheitsvorkehrungen fehlte ganz. Steinerne Wände und unverzierte Holzbalken schufen eine Atmosphäre mönchischer Schlichtheit. Die Räume waren sparsam ausgestattet, so daß dem Auge genug Raum blieb, die einzelnen Stücke in Ruhe zu betrachten. Hagere Heilige aus Holz, goldfunkelnde Lettner, wuchtige Truhen vermittelten den Eindruck zeitlos-gelassener Harmonie. Unablässig zog gregorianischer Gesang durch die Räume, und hin und wieder schlug mit authentisch geborstenem Klang eine Glocke an. Sogar der unverkennbar kirchliche Geruch nach Kerzenwachs und geölten Holzböden stieg dem Besucher in die Nase.

Wie ich einer ausliegenden Broschüre entnahm, war es John

D. Rockefeller, der die berühmtesten Schätze des Museums, die Einhorngobelins, erworben hatte. Er hatte sie gesehen, als man sie 1922 zu einer Ausstellung von Frankreich nach New York gebracht hatte. »Ich verweilte nur fünf Minuten, um mich an der Schönheit und Fülle ihrer Farben und Muster satt zu sehen«, schrieb er, »und kaufte sie auf der Stelle.«

Die sieben Gobelins mit der Darstellung von sieben Phasen der Einhornjagd hängen in einem Raum, der einer Kemenate in einer mittelalterlichen Burg nachempfunden ist. Ich trat ein – außer mir war niemand da – und machte langsam die Runde.

Ich kann mich kaum mehr als zwanzig Minuten dort aufgehalten haben, aber als ich den Raum verließ, war ich benommen, ja fast überwältigt, als hätte ich gerade einen langen, quälenden Film durchgestanden, einen Film voller Szenen, die zu meinem Leben in einer traumgleichen Wechselbeziehung oder aber in rätselhaft enthüllendem Gegensatz standen. Mein Verstand hatte sich aus den statischen Bildern der Gobelins so etwas wie eine fortlaufende bewegte Handlung geschaffen, so daß mir war, als hätte ich die ganze Jagd in all ihrer lustvollen Schönheit und Grausamkeit miterlebt.

Direkt vor meinen Augen, so schien es, waren die jungen Jäger mit ihren Speeren und Hunden von der blumenbestandenen Lichtung aufgebrochen und durch den Wald geritten, bis sie an einem Wasserlauf das Einhorn entdeckten, das dort niederkniete und sein Horn in den Bach tauchte, um ihn für die anderen Tiere des Waldes zu reinigen. Ehrfurchtsvoll und schweigend sahen die Jäger zu, wie es diese geheiligte Handlung vollführte, doch kaum war sie vollbracht, löste sich der Bann, und sie umringten das Einhorn mit erhobenen Speeren und haßerfüllten Mienen. Das bedrängte Tier, dem der Fluchtweg abgeschnitten war, setzte sich mit einer Wildheit gegen die Angreifer zur Wehr, die zu einem so sanftmütig wirkenden Tier gar nicht zu passen schien; nach einem Mann, der versuchte, es von hinten mit dem Speer zu erlegen, schlug es mit beiden Hinterbeinen aus, während es gleichzeitig einem unglückseligen Windhund mit dem Horn brutal die Flanke aufriß. Indessen winkte eine Frau mit schmalen, schönen, durchtriebenen Augen den Jägern, als wollte sie ihnen flüsternd das Geheimnis anvertrauen, wie man Einhörner in die Gefangenschaft lockt. Und tatsächlich – bald kniete das arme Geschöpf mit einem Ausdruck milder Ergebung zu Füßen der Frau, und ihre blasse Hand ruhte auf seinem Kopf. Gleich darauf wurde es grausam erstochen. Den Kadaver warfen die Jäger über einen Sattel und ritten damit zum Tor des königlichen Schlosses, wo sie das Horn feierlich dem Königspaar überreichten.

Das war alles, was die Jagd betraf, aber in einem unverhofften, wundersamen Schlußbild war das Einhorn, auf übernatürliche Weise zu neuem Leben erweckt, wieder da, vor einem berückend schönen, blumenübersäten Hintergrund in einer hölzernen Umzäunung sitzend.

Gegenüber der Galerie, in die ich gelangte, als ich den Raum verließ, führte eine Glastür zu einem Balkon mit Blick auf den Hudson.

Ich trat hinaus, um Luft zu schöpfen und mich zu sammeln. Der Blick über die steinerne Brüstung war wie ein farbiger Panoramastich, dessen heiterer Glanz jeden Zweig, jedes Boot, jede kleine Welle mit liebevoller Genauigkeit nachzeichnete. Ein Ausflugsdampfer tauchte auf; *Nizam Tours* stand in roten Buchstaben auf dem grauen Rumpf. Die weiße Bugwelle wirkte massiv und unbeweglich; wie Quarzgeröll lag sie auf der Wasserfläche aus gehämmerter Bronze.

Ich hatte mir hier draußen Gedanken über das Gesehene machen wollen, aber schon lenkte mich etwas ab, was im Zusammenhang mit den Dingen stand, die ich unter mir sah – dem Fluß, dem Dampfer, der kristallenen Klarheit dieses Bildes.

Inzwischen weiß ich, daß es so etwas wie ein wehmütiges Echo meiner ersten Begegnung mit Carol war, damals aber empfand ich nur eine namenlose Qual, die mich vom Nachdenken über die Gobelins abhielt.

Ich ging wieder hinein und stand nun in einem Saal, in dem ausschließlich Abbilder der Jungfrau Maria ausgestellt waren.

Ich hatte nicht gemerkt, daß es sich um eine Sonderausstellung handelte, und auch nicht das entsprechende Hinweisschild zur Kenntnis genommen.

Vorbei an Madonnen aus Lindenholz und wurmstichigem Nußbaumholz, mit Zepter und in majestätisch unbewegter Haltung, das Jesuskind auf dem Arm, oder mit der geschundenen Leiche des Sohnes im Schoß, kam ich zu einem kleinen Triptychon und blieb davor stehen. Es war eine Verkündigung; das Bild zeigt die Heilige Jungfrau in einem roten Gewand mit strengem Faltenwurf, die noch nicht gemerkt hat, daß Gabriel – in komplementärer weißer Robe – auf sie zukommt.

Die Farben hatten einen satt leuchtenden Glanz, den man, wie ich dem Schildchen entnahm, durch das Übermalen von wäßrig-opaken mit lichtdurchlässigen Ölpigmenten erzielt hatte.

Noch während des Lesens merkte ich, daß ich plötzlich zu schweben begann. Einen Augenblick wußte ich nicht, wie mir geschah, und fragte mich, ob ich jetzt endgültig ins Reich des Phantastischen geraten war, was mir noch glaubhafter erschien, als ich sah, daß sich vom anderen Ende des langen Saals hinter dem Altarbild jemand auf mich zubewegte – eine Frau, in der ich Carol erkannte.

Meine Seligkeit war unbeschreiblich, und Sekundenbruchteile lang schien sie mir durchaus Grund genug für meine Levitation zu sein. Carol war hier! Sie kam auf mich zu! Meine schöne, strahlende Frau!

»Carol!« rief ich.

»Schafft ihn raus!« hörte ich sie rufen und erkannte gleichzeitig den wahren Grund für meinen Schwebezustand – daß mich nämlich zwei bullige Aufseher an den Ellbogen gepackt hatten und versuchten, mich aus dem Saal zu entfernen.

»Carol!« rief ich noch einmal.

»Komm mir nicht zu nah. Ich habe eine Personenschutzanweisung, und das weißt du ganz genau.«

»*Carol!*« schrie ich, und es schien, als riefe ich sie über eine breite Kluft des Mißverstehens, die nicht nur mich von ihr trennte, sondern alle Männer von allen Frauen zu trennen droht, als erlebten wir eine Art Kontinentalverschiebung der Geschlechter.

»Bringt ihn raus. Er muß drei Kilometer Abstand zu mir wahren. Ich habe gestern abend schon die Polizei holen müssen.«

Diese alberne Personenschutzanweisung! Carol hatte sie ausstellen lassen, nachdem sie an jenem Abend im *Plymouth Rock* attackiert worden war.

»Hör zu, Carol«, rief ich, »der Mann im Club, das war nicht ich, das war –«

Aber die Aufseher zerrten mich weg, und plötzlich sah ich sie nicht mehr. Jäh spürte ich neue Kraft in den Gliedern, als hätte die Erkenntnis, daß dies womöglich meine letzte Chance war, mich zu erklären, unvermutete Reserven in mir freigesetzt. Mit einer heftigen Bewegung machte ich mich von meinen Schergen los und lief auf Carol zu. Dabei bekam einer der Aufseher meine prallvolle Aktentasche zu fassen, die hinfiel und aufging.

Offenbar hatte ich in der Nacht doch Besuch gehabt. Klappernd rollte aus meiner Aktentasche ausgerechnet Trumilciks Eisenstange.

Selbst ich mit meiner ausgeprägten Begabung, in jeder Situation auf den Sieg der Vernunft zu hoffen, erkannte jetzt, daß die Zeit für Erklärungen vorbei war. Ich schnappte mir die Aktentasche, rannte aus dem Saal (erst jetzt bemerkte ich das unaufdringliche Ausstellungsplakat *Mittelalterlicher Marienkult* und in bescheidenen Buchstaben darunter Carols Namen als der Kuratorin), stieß die Aufseher weg, die versuchten, mich aufzuhalten, und stürmte aus dem Museum in den verlassenen Fort Tryon Park.

15

Ich bin wohl an die dreißig Kilometer zu Fuß gegangen, immer den Gleisen folgend, durch die vertrauten farblosen Vororte, die ausgefaserten Waldstücke und unten am Fluß entlang. Es dunkelte schon, als ich an der Anzeige des Fußpflegers vorbeikam. Verstört und benommen kämpfte ich mich weiter, immerhin aber mit dem Gefühl, mich dem Ende meiner Reise zu nähern. Noch ein paar Minuten, dann kamen die morschen Schuppen mit ihren spinnwebartigen Weihnachtslichterketten in Sicht, und endlich stand ich unter einem kalten amethystfarbenen Himmel zwischen den leeren Buden und der schrottreifen Maschinerie des früheren Vergnügungsparks.

Die Tür der Bretterbude, über der das frisch gemalte Schild prangte, war mit einem großen Vorhängeschloß gesichert. Beim Vorbeifahren mit der Bahn war es mir nicht aufgefallen, und als ich jetzt davorstand, kam ich mir auf einmal recht töricht vor, als hätte ich meiner Phantasie die Zügel schießenlassen, nur um von der nüchternen Kompromißlosigkeit der Realität jäh gebremst zu werden.

Als ich vom Fort Tryon Park aus aufgebrochen war, hatte ich angesichts meiner plötzlich sehr eingeschränkten Möglichkeiten ebendiese kleine Bude angepeilt. Aus dem gleichen Grund, aus dem man offenbar von mir erwartet hatte, daß ich das Cloisters-Museum besuchen würde (warum sonst hätte man mir den Eisenstab in die Aktentasche geschmuggelt?), spürte ich, daß man mit meinem Kommen früher oder später auch hier rechnete, und ich hatte den langen Weg mit dem deutlichen Gefühl zurückgelegt, einen unangenehmen, aber letztlich unvermeidlichen Termin mit dem Schicksal wahrzunehmen. Was hatte meine überhitzte Phantasie erwartet? Kein Empfangskomitee, das sicher nicht, aber auch nicht die kaltsinnige Gleichgültigkeit einer abgeschlossenen Tür. Ich zerrte ein bißchen an dem Schloß herum, aber es rührte sich nicht, und die stählernen Krampen, durch die der Bügel führte, waren fest in Balken verankert, deren Holz hier draußen durch die Witterungseinflüsse nicht morsch, sondern steinhart geworden war. Enttäuscht wandte ich mich ab. Der Tod selbst wartete womöglich hinter dieser Tür auf mich – ehrlich gesagt war ich davon fast überzeugt –, aber trotzdem stand ich da wie ein Betrogener. Die Logik des Unvermeidlichen hatte sich jäh verflüchtigt. Ich konnte gehen, wohin ich wollte, überallhin, nirgendwohin – es spielte keine Rolle mehr.

Der Leser dieses Berichts, der nicht soeben einen Fußmarsch von dreißig Kilometern hinter sich gebracht hat, dürfte mir an dieser Stelle um einige Schritte voraus sein, auch wenn ich zu meiner Verteidigung vielleicht anführen sollte, daß auch ich nicht mehr sehr viele Schritte brauchte, um auf einen Gedanken zu verfallen, der mir eigentlich gleich hätte kommen müssen.

Er war noch in meiner Tasche. Als ich ihn ins Schloß steckte, sagte mir ein Klicken, das mir fast ebenso befriedigend wie aufreizend in den Ohren klang, daß ich ausnahmsweise einmal recht gehabt hatte.

Die Bude ist innen ein bißchen größer, als sie von außen wirkt. Hinter der Tür verläuft auf Taillenhöhe ein Querbrett, an dem vermutlich mein Vorgänger saß und sich durch die mit einem Vorhang versehene Öffnung zur Schau stellte.

Auch ich sitze hier und benutze das Querbrett als Schreibtisch, an dem ich einen ausführlichen und gewissenhaften Bericht über die Ereignisse erstellt habe, die zu diesem zwangsweisen Rückzug aus der Welt führten. Auch wenn es furchterregende Kräfte waren, die sich gegen mich verschworen hatten, bin ich davon überzeugt, daß meine Darstellung diese unerfreuliche Abgeschiedenheit beenden, vielleicht sogar die Wiedervereinigung mit meiner Frau herbeiführen wird. Mein Vertrauen in die elementare Anständigkeit und Vernunft meiner Mitmenschen ist ungetrübt. Ich glaube an den Sieg der Wahrheit, so wie ich daran glaube, daß in einer guten Woche die wie abgestorben wirkenden Sträucher und Schößlinge vor der Bude ihre unzähligen grünen Blättchen und duftenden Blüten aus der Erde hochholen werden, wie öde und tot diese Erde jetzt auch noch aussehen mag.

Wenn meine Widersacher kommen – womit ich rechne, nachdem sie sich so viel Mühe gemacht haben, mich hierherzulocken –, bin ich bereit, auf sie zuzugehen, nicht in feindseliger Absicht, sondern im Geiste der Versöhnung. Ich trage niemandem etwas nach. Nachdem ich so viel Haß aus so vielen Quellen in mich aufgenommen habe, frage ich mich, ob dies nicht eine uralte, vergessene, aber vielleicht noch immer nützliche gesellschaftliche Funktion ist, die mir aufgetragen wurde, so wie anderen angenehmere, leichter erkennbare Rollen zugedacht sind – eine Führungsaufgabe etwa oder die Verbreitung von Lachen.

Hinter dem Rummelplatz ist eine weitläufige, weiche, leicht geschwungene Wiese – eine Mülldeponie wahrscheinlich –, aus der geschwungene weiße Plastikrohre aufragen und blasse Dämpfe in die kalte Luft blasen. Jenseits der Wiese verläuft eine viel befahrene Hauptverkehrsstraße, über die man nach etwa einem Kilometer zu einem Einkaufszentrum kommt, in dem ich mich hin und wieder den neugierigen Blicken anderer Kunden stelle, um Kerzen und Paraffin für den kleinen Ofen zu kaufen, den ich mir angeschafft habe; es ist mein einziger Einrichtungsgegenstand. Ich kann mühelos von ein paar Dollar am Tag leben, und unter diesen Umständen werde ich so bald nicht verhungern.

Und wenn ich das Bedürfnis nach Erleuchtung verspüre oder auch nur danach, mich mit etwas anderem als meiner Arbeit zu zerstreuen, habe ich ja Barbara Hellermanns Shakespeare und Trumilciks merkwürdige Bibel, die ich aus Zimmer 106 mitgenommen habe, als ich es endgültig verließ. Es ist eine Übersetzung der Gnostischen Evangelien, jener Schriften, die als apokryph von den ersten Patriarchen verworfen wurden und in dem Schriftenkanon, aus dem sich die autorisierte Fassung des Neuen Testaments zusammensetzt, keine Berücksichtigung fanden. Als ich das Buch vor ein paar Tagen aus der Aktenmappe nahm, öffnete es sich seltsamerweise von selbst auf der Seite, die ich gelesen hatte, als ich es zum erstenmal in der Hand hielt. Ich hatte den Absatz vor mir, der mich so gefesselt hatte, bis ich gestört wurde und die Stelle nicht wiederfand:

Wenn du zutage bringst, was in dir ist, wird das, was du zutage gebracht hast, deine Rettung sein. Wenn du nicht zutage bringst, was in dir ist, wird das, was du nicht zutage bringst, dich zerstören.